Narrative

Tea Ranno

Terramarina

ROMANZO

MONDADORI

Dello stesso autore in edizione Mondadori

La sposa vermiglia
Viola Fòscari
L'amurusanza

librimondadori.it

Terramarina
di Tea Ranno
Collezione Narrative

ISBN 978-88-04-73140-5

Pubblicato in accordo con Grandi & Associati, Milano
I edizione ottobre 2020

Terramarina

A Emanuele,
che di Terramarina schiuse le porte.

A Terramarina vado abitando
quando non sono sveglia
e neppure dormo,
quando gli occhi vedono
barche,
asini su per la collina
carichi di mandorle
ancora da sgusciare,
quando i piedi nell'acqua
rompono
le reti d'oro del sole
e i pendenti alle orecchie
richiamano i cori dei morti
che ora mi vivono tra i capelli.
Ci abito quando
gli anelli alle dita
sono parole in tondo
o unite per frammenti
nella pietra all'anulare
tutta sfaccettata di luce
quando la pace
ha pane di risata tra i denti
e sul collo un velo di cielo
con nuvole a decoro.
A Terramarina c'è la casa
in cui vivo quando
non sono sveglia
e neppure dormo.

1

Visto da lassù, dal colmo della collina, il paese pareva un grumo di case adagiato sulla mano di Dio, così le venne da pensare. Altri lo dicevano *presepe*, e potevano anche aver ragione, ma presepe solo col buio, si disse, alla luce dei lampioni che dava ai muri un colore di biscotto e nascondeva le brutture della modernità.

Era la vigilia di Natale e si gelava. Pure piovigginava adesso e lei era uscita senza ombrello, senza cappotto; all'ultimo momento aveva preso uno scialle e in quello s'era avvolta, come le femmine antiche che spariscono tra il nero delle frange. Non voleva essere riconosciuta, coinvolta in cene e riunioni di famiglia, feste, abbracci, musica di ciaramelle, i regali nelle carte lucenti, gli *auguri auguri auguri* che rinnovano il rito dell'amurusanza, vera o solo ostentata perché è Natale e così dev'essere. E neppure l'odore d'incenso della messa di mezzanotte. Niente voleva!

Perciò aveva camminato fin lassù inerpicandosi per i vicoli ripidissimi, scansando di proposito le strade dei negozi, la folla degli ultimi acquisti per ritocchi alle tavole che avrebbero dovuto sfavillare. Né luci né sfarzo per lei, solo quel panorama bello da levare il fiato, quello sgranellarsi di case lungo i fianchi della collina e il mare nero in fondo, la costa sparsa di luci come uno scampolo di metropoli che metropoli non era, ma ferrame d'industria che il buio – trafitto dalle capocchie blu, rubino, smeraldo e oro – trasfigurava in terra di fiaba.

Agata si strinse nello scialle. La tramontana le sbatteva in faccia aghi di pioggia. Sarebbe dovuta rincasare, e invece restava lì, a fissare la lontana provinciale, la lunga fila di macchine in risalita dei tornanti: tutti a casa rientravano, pure dal Continente, pure dai pizzi più lontani di Sicilia, ché Natale è festa che non ammette solitudini.

"Guarda che ti vengo a prendere con la forza" le aveva detto Toni Scianna, l'amico suo più caro, un tempo infatuato di lei e adesso innamorato perso di Violante, la moglie ragazza che l'aveva reso da poco, per la seconda volta, padre. "Siamo tutti a casa mia. Non può mancare giusto lei, sindaca."

Sindaca... La chiamava così quando voleva dare tono di ufficialità a un discorso o ripristinare le distanze fasulle con cui in Municipio lavoravano gomito a gomito, lei appunto in qualità di sindaca e lui in quella di assessore ai Lavori pubblici, nonché suo vice, uomo di cui si fidava talmente tanto da potergli mettere nelle mani, in caso di necessità, la sua stessa vita.

"Non risponde?" aveva incalzato lui.

"Faremo festa domani, professore" aveva detto stancamente.

"Pure stasera, sindaca!" Un ordine, più che altro.

Aveva scosso la testa: "Voglio stare sola, Toni".

"Ma perché?" L'aveva chiesto con rabbia.

Non gli aveva risposto. Che avrebbe dovuto dirgli? Mi manca Andrea? Non posso vivere senza di lui?

Scema, sarebbe parsa. Patetica.

Guardò verso la casa dell'amico suo. Sfavillava come un albero di Natale. Una ridondanza che il vecchio Scianna avrebbe aborrito e che il nuovo, invece, guardava con gli stessi occhi estatici del figlio Francesco, un frugolo di appena due anni che già speditamente camminava e parlava.

Da quando aveva sposato Violante, Toni era diventato un altro: dell'insegnante di latino e greco un poco saccente, femminaro, di nascosto poeta, che un tempo aveva interloquito con Dante – e ultimamente con Dio – era rimasto molto poco. Adesso pareva in perenne stato d'ebbrezza, e quando lei glielo faceva notare, lui allargava le braccia e: "Vero è" ammetteva, "Violante mi scimunisce. Ha una tale carica di vita che accanto a lei ho riguadagnato i miei vent'anni e i quindici, pure i dieci, e certe volte mi pare di essere tornato piccolo, quando mi faceva contento già solo un pesciolino di zucchero".

Scosse la testa infastidita. "Sei gelosa della sua felicità?" si chiese. E di più si sentì stupida. E triste. E sconsolata. E sola in quello scuro e in quel silenzio, in quella bellezza piovigginosa che rigava le luci lontane e aggiungeva tristezza.

Ebbe voglia di piangere, ma le lacrime non vennero.

L'orologio della Torre cominciò a rintoccare. Otto colpi che l'aria cristallina rese più nitidi.

"Alle otto a casa mia" aveva detto Toni.

E infatti, puntualissime, ecco due figure bussare alla sua porta. Persino da lassù la riconobbe Lisabetta, per via dei capelli crespi che il vento agitava quasi fossero i serpenti vivi di una criniera di Gorgone. Per un istante la guardò con gli occhi degli altri quella femmina capace, coi suoi intrugli d'erbe, di risuscitare addirittura i morti, così dicevano in paese; ma invece di averne timore, o riverenziale rispetto, di più l'ammirò. Al suo braccio c'era Peppino Grimaldi, il medico di cui pure la più velenosa delle lingue non avrebbe potuto che tessere lodi.

All'inizio, quando Grimaldi e Lisabetta si erano fidanzati, la gente s'era confusa: ma come, il dottore che dà confidenza alla majara? L'uomo di scienza che avalla gli intrugli stregoneschi?

E invece si erano dovuti ricredere, perché il dottore e la majara si erano rivelati una coppia formidabile pure nell'esercizio della professione, e là dove non riusciva lei coi suoi rimedi, ecco che subentrava lui coi suoi farmaci, e mai malati trovarono più in fretta soluzione definitiva ai propri acciacchi.

Anche Lisabetta aveva insistito perché quella sera lei fosse della combriccola: "Soru, non ti posso sapere sola".

Soru, sorella, così si chiamavano tra loro perché davvero l'una era diventata per l'altra – entrambe figlie uniche – la sorella che non aveva avuto.

"Ho bisogno di fare quattro conti" aveva detto.

"Mizzica, giusto la vigilia di Natale? Non se ne parla."

"Per favore, Lisa, capiscimi..." Nel dirlo la voce le si era incrinata e l'altra s'era dovuta arrendere.

«Andrea, dove sei?» mormorò spingendo gli occhi verso il mare lontano.

Le rispose uno straccio di nenia suonata da musicanti di passaggio che di più accrebbe la desolazione.

Spostò lo sguardo sulla caserma. Chiusa e scura, senza neppure un vezzo a ricordare che era Natale e bisognava essere più buoni. Anzi, felici. Non è così, signor maresciallo?

Un groppo di pianto le chiuse la gola. Si levò dalla testa lo scialle perché il vento le portasse via i pensieri. Di tutto voleva scordarsi: d'essere la sindaca di quel paese che stava operando un cambiamento anche "a colpi di poesia" – dunque insufflando cultura soprattutto nei giovani –, e la Tabbacchera che ogni mattina, da quattr'anni, s'alzava dal letto e non smetteva di pensare al marito morto, quel Costanzo Di Dio a cui sulla tomba aveva giurato "amore a mai finire", e *mai* era parola irrevocabile.

Invece s'era innamorata del maresciallo, piano piano: un giorno un cenno di saluto, un giorno la gentilezza d'un sorriso, un giorno la richiesta d'un consiglio in una questione che lui, nuovo e per di più continentale, non riusciva a sbrogliare, poi il regalo di un libro: "Lo deve leggere, signora. Le piacerà", ed erano diventati Andrea e Agata: sparito il maresciallo, sparita la Tabbacchera, se non nei casi in cui volevano scherzare, o quando la sindaca si rivolgeva in via ufficiale al maresciallo e insieme agivano per combattere il malaffare che infestava quella terra come una gramigna. Lui accanto a lei, discreto, disponibile, garbato, mai una parola di troppo, mai un gesto fuori luogo, e però la vampa del desiderio c'era e lei la sentiva, la percepiva in ogni gesto trattenuto, in ogni frase bruscamente spezzata. La sapeva vedova, Andrea Locatelli, e la rispettava.

Nel tempo, avevano preso l'abitudine di mandarsi brevi SMS, perlopiù versi di poesie a loro care. Aveva iniziato lui: "*Non domandarci la formula che mondi possa aprirti...*". Lei subito, in risposta: "*... sì qualche storta sillaba e secca come un ramo...*".

Un gioco bellissimo che li aveva avvicinati ancora di più, e che aveva dato l'avvio a uno scambio di e-mail in cui ognuno aveva preso a raccontarsi all'altro.

Così lei aveva saputo dell'infanzia di lui a Torino, delle idee di giustizia che aveva succhiato insieme al latte di sua madre, un magistrato di ferro che gli aveva messo in filastrocca i Principi Fondamentali della Costituzione e gli aveva insegnato che la legge sta al di sopra di tutto.

"Avrei potuto non diventare sbirro?" le aveva scritto un giorno.

Lei gli aveva detto di un padre amatissimo che s'era fatto madre quando la madre era venuta a mancare.

Ed erano andati avanti così.

Finché un giorno erano finiti uno addosso all'altra e il bacio lungo che s'erano dati l'aveva stordita.

"Ti amo, Agata" aveva mormorato lui.

Pure lei l'amava, che non lo sapeva? Ma era stata così scema da irrigidirsi, da prendere le distanze per ribadire dentro di sé la fedeltà al marito morto: se il cuore sbattoliava come una lodoletta in gabbia, pazienza, il corpo doveva ubbidirle.

E il corpo le aveva ubbidito: legnoso e sempre all'erta, aveva creato tra loro un imbarazzo tale da contaminare il tempo a venire, per cui avevano preso a trattarsi con la trepida gentilezza di chi non vuole infrangere un cristallo e usa ogni riguardo per riuscirci. Una cautela che aveva raggelato l'intesa, la confidenza.

E allora lui se n'era andato. Così. Da un giorno all'altro. Aveva chiesto di tornare nella sua Torino e l'avevano accontentato.

"Stop. Fine di una storia" s'era detta Agata pensando che fosse la soluzione migliore: lei da sola, fedele a Costanzo, lui a farsi una vita tra la gente sua.

E invece era subentrato lo strazio, un dolore fatto di mancanza e desiderio, di parole non più condivise, dell'attesa che lui venisse e le parlasse, di mani che nella stretta del buongiorno o della buonasera si dicessero la gioia d'incontrarsi, il caffè di mezza mattina da prendere insieme in Municipio con un pretesto, gli occhi negli occhi a confidarsi quello che le parole non avrebbero potuto.

Ricordi che acuirono il dolore: un canazzo infisse i denti nella polpa tenera di quel suo cuore che aveva smesso corazze e difese e ora palpitava come un uccello vivo in bocca appunto al cane.

"Basta!" si disse.

Voltò le spalle al panorama e imboccò la discesa.

E se la salita era stata faticosa, "a scendere tutti i santi aiutano" diceva suo padre.

Invece non fu così. La pioggia s'era trasformata in un nevischio che rendeva scivolosa la strada, e dovette procedere con cautela, rasentando i muri, appoggiandosi a ogni gradino come fanno i vecchi.

Vista così, titubante nel passo e avvolta nello scialle, nessuno avrebbe immaginato che quella vecchia fosse la Tabbacchera magnifica su cui non c'era occhio maschio che non si posasse con desiderio. Alta, slanciata, gran petto palombino, fianchi tondi, occhi del più acceso azzurro, incarnato di pupa e capelli neri a onde lunghe sulle spalle, era davvero bellissima. Subito dopo la morte di Costanzo i pretendenti erano piombati sopra di lei come falchi su un agnello, ma là dove avevano pensato di trovare morbidezza, s'erano imbattuti in una sostanza di carrarmato: inaccessibile la Tabbacchera, blindata in quella sua vedovanza che non ammetteva intrusioni.

I maligni dicevano di lei che giocasse di ritocco: tanta perfezione a trentasett'anni suonati?

"E come ve la spiegate una cosa così?" andava chiedendo la nuova giornalaia, una siracusana petulante come una cocorita.

"Saranno le erbe della majara" rispondeva il meccanico, pure lui forestiero e dunque privo di devozione verso quella donna che fin troppi amavano.

"E vi pare che la majara non se li metterebbe pure sulla faccia sua gli inguacchi suoi?" replicava. "Lei sì che lo porta scritto a chiare lettere il tempo che passa!"

"Volete dire che la Tabbacchera fece un patto col diavolo?"

"Che certo! Un diavolo che di nome fa Chirurgo e di cognome Plastico" e giù a ridere.

"E sentiamo, per quale ragione?" s'era intromesso una

volta Roberto Mancuso, che per la Tabbacchera si sarebbe fatto scannare.

"Giovanotto, quella femmina troppo bedda è" aveva risposto il meccanico abbassando la voce, per non inimicarsi la giornalaia a cui tirava il filo. "E ti pare che le bedde non fanno niente per tenersi stretta la dotazione di bellezza che il tempo traditore scippa a unghiate?"

"Alla Tabbacchera il tempo ci fa una riverenza" aveva tagliato corto lui. E raggiunta Agata: "Signora Tabbacchera, dicono che faciste un patto col demonio per mantenervi fresca e carusidda. Ne convenite?".

"Che certissimamente!"

Erano scoppiati a ridere. Poi, lei: "Avanti, Roberto, spicciamoci. C'è l'ordine di tabacco da inoltrare". Subito s'era scurita in volto. Male le facevano quelle chiacchiere, malissimo.

E mentre il ragazzo – che ormai aveva preso in mano la gestione della tabaccheria e la portava avanti con lo stesso impeto appassionato di Costanzo – predisponeva l'ordine di sigari e cigarillo, lei s'era avvicinata allo specchio e, scrutandosi: "Dunque pure gli altri s'accorgono della stranezza" s'era detta, "dunque non sono solo gli occhi miei che mi vedono così".

Era come se la vecchiaia si divertisse a scansarla, come se le cellule di cui era composta, invece di rinnovarsi al ritmo lento dell'anzianità, godessero dell'euforia della carusanza, e carusa continuassero a farla.

Da una delle viuzze laterali d'un tratto sbucarono due. Li riconobbe immediatamente, erano Sarino Motta e sua moglie Franca, la madre di Roberto.

Si buttò lesta in uno spacco tra due muri: scialle o non scialle, Franca l'avrebbe riconosciuta. Era sarta, abituata a prendere le misure d'ognuno. Non aveva bisogno di guardare in faccia le persone per riconoscerle: girovita, girobacino, giropetto, larghezza spalla-spalla, lunghezza spalla-gomito, lunghezza gomito-polso, lunghezza coscia: le misure di tutti aveva in testa e non sgarrava.

Camminavano come una coppia di ziti sebbene si fossero sposati, pure loro, in tarda età, quando Franca, dopo vent'anni d'indefesso corteggiamento – era rimasta vedova con Roberto di quattr'anni – aveva capitolato alla perseveranza di quell'uomo che s'era fatto goccia di pazienza, e lento, inesorabile, aveva perforato la roccia dei *no* di lei, guadagnandosi finalmente la gran felicità di maritarsela. Con un braccio le cingeva la vita, con l'altro reggeva un grosso paniere, contenente le scacciate appena uscite dal forno, da cui esalava una fragranza di patate, broccoli, pepe e salsiccia da scimunire. Quattro cani s'erano già posti lungo la scia di quell'odore, quattro randagi affamati che ringhiavano mostrando i denti: anziché scacciarli a pedate, Sarino tirò fuori una delle focacce e gliela sbriciolò in un angolo. «Venite, forza, ché pure per voi è Natale» disse.

Le si riempirono gli occhi di lacrime.

Rustico lo dicevano quel Motta campagnolo abituato a trattare più con le bestie delle sue terre che con gli uomini, e che Franca Cortese stava cambiando in un uomo avvezzo pure *a stare in società*, per come le sembrava doveroso.

La focaccia sparì in quattro bocconi, i cani si misero a uggiolare implorandone ancora. Lui guardò Franca, che assentì, quindi: «E però bonu cchiù» disse facendone a pezzi una seconda, «sennò che ci portiamo al professore?».

Ripresero a camminare stretti stretti finché una voce: «Franca!» gridò. «Sarino! Aspettateci.»

Di più lei s'infrattò tra i muri, e meno male, perché fu quasi sfiorata da un'altra coppia: Carmine Acquaforte e sua moglie Luisa, pure loro diretti a casa Scianna, pure loro con pacchetti in mano.

Sentì Carmine che diceva: «Minchia, Franca, mi facisti perdere la scommessa!».

Sentì Luisa ridere, e aggiungere che era certissima che Franca le avrebbe preparate le focacce, pure che Toni aveva comandato: "Non venite a mani piene, ché c'è da mangiare per un reggimento!".

«Ma vi pare a voi che Franca Cortese sarebbe venuta a mani vacanti?» domandò Luisa.

«E vi pare a voi che Franca Cortese» ammiccò Sarino «si sarebbe limitata alle scacciate?»

«Che altro facisti, Franca?» volle sapere Carmine.

«Il gelo di cannella.»

«Minchia!»

Famoso era, quel gelo, "nell'Isola e fuori dall'Isola", per dirla con Motta, che di Franca era il più accanito estimatore.

«Io, per non sbagliare, portai bottiglie di Nero d'Avola» fece allora Carmine. «Quello buono, per le occasioni.»

«Perché» domandò Franca, «hai il vino di serie A e quello di serie B?».

«E tu no?»

Sarino sussurrò qualcosa che strappò una risata a tutti.

Agata si sentì una ladra, una che ruba la vita degli altri per dare senso alla propria. Li immaginò a casa, nella loro intimità fatta di gesti minimi, lei che spadella, lui che apparecchia, lei che si butta stanca sul letto, lui che le massaggia i piedi, lei che parla di quella volta in cui, bambina... lui che evoca un ricordo simile, lei che nel letto gli si accuccia accanto, lui che se l'incardina tra le cosce...

Intanto, dal fondo del vicolo: «*'Na rutta c'è friddu, ci cari lu jelu, c'è u Re do Celu, si chiama Gesù...*» presero a cantare alcuni zampognari, o meglio: uno cantava e gli altri suonavano.

Subito il vicolo si animò, si schiusero vetri e imposte, ci fu qualcuno che si unì al canto, mentre voci a saluto passavano come nastri da una finestra all'altra: «Ci vediamo più tardi in chiesa...».

«Puntuali, mi raccomando.»

«Non ti scordare i fiori.»

«Già in sacrestia li portai...»

Zampogne e tamburelli, l'allegria di un braciere che qualcuno trascinò in mezzo alla strada e che subito, investito dal vento, sprizzò faville lunghe e vivissime.

Lisabetta diceva che in quei grovigli scoppiettanti si poteva leggere il destino. Lo diceva per scherzo, certo, perché il destino non è che si serve di alfabeti decodificabili per dire a qualcuno: *Senti, domani t'azziccherò in petto un fiore di felicità*, oppure: *Domani non ti basteranno gli occhi per piangere tutto lo sconforto che ti sverserò nel cuore.* Il destino se ne strafotte di farti sapere se domani sarai contenta o addolorata, viva o morta, perché a lui, delle cose della vita e della morte, che gliene può importare?

"Pensieri scemi" si disse, ma di più fu attratta dalle faville che il vento traeva dai carboni, da quel pazzo gioco di luce che gli occhi suoi bevvero come passaporto di un destino che sdogana il lutto e dispone alla vita.

Visione di felicità che durò appena qualche istante. Presto, infatti, il braciere fu tirato in casa, le faville si spensero, gli amici si dileguarono, i suonatori pure, il silenzio ovattò i muri, le bambole nei cassetti chiusero gli occhi, gli angeli nei presepi fecero uno sbadiglio e lei si ritrovò sola.

Sempre sola 'sta Tabbacchera bedda; la morte, infatti, s'era portata via quelli che aveva amato.

Ora amava Andrea.

Fosse partito per salvarsi? Per non morire come gli altri?

«Ma che minchia dice, signuruzza?» qualcuno gridò da una finestra.

Rabbrividì, le parve la voce di Costanzo: stessa intonazione beffarda, stessa amorosa schiettezza.

Pensò a lui, pensò ad Andrea, e si sentì sopraffatta.

2

Lori provò a ripararsi meglio, ad accucciarsi nel piumino che puzzava di rancido. Sdraiata sotto quella tettoia, la pioggia che s'andava facendo nevischio, lasciava che il gelo pigliasse lentamente possesso di lei. Tutto scuro intorno, i riverberi delle luminarie – del rosso rutilante, del giallo, del blu – leccavano a intermittenza la cima delle case oltre il cortile; evocavano tempi felici, quando sua madre e suo padre erano con lei, quando Natale aveva cartocci di caldarroste a scaldare le mani, il presepe vivo di uomini e di animali: casette di legno con la fornaia che ti dava il pane caldo, il pastore che ti regalava la ricotta, la venditrice di ulive bruscate che regalava ulive e uova sode, e poi il vasaio, i tessitori, il fabbro che faceva sprizzare scintille dall'incudine, e il falegname che faceva la guardia al Bambino, come Giuseppe marito di Maria nella grotta accanto al bue e all'asinello.

Era scesa dall'autobus perché s'era sentita morire. Non avrebbe potuto restarci un attimo di più in quel tubo sovraffollato, surriscaldato, col tipo che mangiava pane e pecorino, l'altro che s'era tolto le scarpe, il profumo stucchevole della donna che aveva accanto. Un conato di vomito l'aveva fatta schizzare in piedi, faticosamente avanzare verso il portellone dove già s'accalcavano i passeggeri in uscita.

I numeri rossi dell'orologio segnavano le 17.17: s'era chiesta se pure a Terramarina fossero le 17.17, se pure a Terramarina ci fossero orologi elettronici o grosse sveglie panciute che mai si sarebbero sgravate di tutto il tempo di cui erano colme.

"A Terramarina vado abitando quando non sono sveglia e neppure dormo..." sussurrava cantando sua madre. *"... quando i piedi nell'acqua rompono le reti d'oro del sole... quando la pace ha pane di risata tra i denti..."*

Terramarina. Sempre *Terramarina* diceva, come se lì, in quella terra meravigliosa, fosse rimasto incagliato un pezzo del suo cuore che la chiamava, che le diceva "Vieni, vieni" con una voce di sirena che forse non era proprio di sirena ma di un uomo che s'era chiamato Filippo e troppo presto l'aveva lasciata.

"Un giorno ci andremo, Lori, te lo giuro" le ripeteva. "E sarà bellissimo."

"Un giorno vicino o lontano?"

"Forse vicino, forse lontano. Chi lo può dire?"

Una sera, frugando in un cassetto, aveva trovato una fotografia col mare in fondo e una casa con un portico di colonnine, tutta bianca come il velo di una sposa, tra i fiori del giardino c'era la mamma, che rideva e salutava. Sul retro c'era scritto: TI AMO, TERRAMARINA.

"Allora sei tu, Terramarina" aveva esultato mostrandole la foto.

Lei aveva scosso la testa: "Io sono Concetta".

"No no, è scritto qui: tu sei Terramarina."

"Concetta..."

"Terramarina è più bello."

Aveva sforzato un sorriso, poi aveva detto: "È un nome troppo lungo, Nnica".

Nnica, "piccola". Nessuno più la chiamava così.

"Allora Mina" aveva deciso. E da lì non s'era mossa, per cui: "Mina, voglio il pane... Mina, dammi l'acqua... Mina, raccontami una storia... Mina, tienimi stretta... Mina, fammi volare...".

Poi era morta. Concetta era morta. Mina, invece, era rimasta dentro di lei.

No. Dentro di lei c'era quel pane ch'era cresciuto ogni giorno di più. Che non si chiamava.

Con lo sguardo fermo sui numeri rossi dell'orologio, non s'era accorta dell'uomo che aveva preso a scrutarla con insistenza: gli occhi socchiusi di chi mette a fuoco un'immagine, la fronte corrugata di quando si cerca di far combaciare visione e ricordo.

"Non è questa la tua fermata" le aveva detto l'autista.

Aveva annuito più volte come a dire che lo sapeva, che non aveva importanza.

L'aria fresca l'aveva rianimata, smorzando la nausea.

Tutta chiusa in quel piumino di due misure più grande, aveva cominciato a camminare. Non sapeva verso dove. Sconosciuto quel posto, mai visto prima.

Una salita ripidissima. In cima il pinnacolo d'una chiesa. Tanta luce lassù. Una croce.

Non aveva borsa e neppure ombrello.

"Le bambine scucite non portano altro che se stesse" aveva pensato arrancando su per la salita, fino a quando la chiesa non era comparsa per metà. Il resto del cammino – una trentina di scale – non era riuscita a percorrerlo.

Sdraiata sotto la tettoia, gli occhi chiusi, il gelo che le mangiava le gambe, i ricordi che andavano e venivano, sentì d'un tratto sul viso un fiato caldo, come d'animale che annusi e si prepari a mordere. Si rizzò a sedere, spalancò gli occhi.

Nessun animale nei pressi.

La neve sfarinava lenta. Natale scaldava i cuori nelle case degli altri. Dalle finestre socchiuse venivano allegrie di bimbi, tintinnii di stoviglie, la normale felicità di chi si vuol bene.

A lei dolevano le ossa, il cuore. Per lei il tempo passava con l'andatura di un soldato che ha perso la guerra: il passo stanco sotto l'uniforme a brandelli, e un bastone a cui appoggiarsi, lo squillo di una tromba nelle orecchie che segnava un punto di disfatta.

Tornò a chiudere gli occhi.

3

Agata chiuse la porta dietro di sé. Vi si poggiò contro per riprendere fiato. I cristalli tra i capelli per un istante brillarono.

Si tolse le scarpe, le calze bagnate. A piedi nudi si avvicinò al balcone. Le imposte socchiuse non le impedivano di vedere ciò che stava accadendo in casa Scianna, posta dirimpetto alla sua: luci a scialo, tavola imbandita, albero di Natale alto fino al tetto, regali e confusione: chi andava e chi veniva, un televisore che mandava immagini di città in luminarie, Toni che s'occupava degli ospiti e ogni tanto sbirciava verso quel suo balcone (meno male che non aveva acceso le luci), come chiedendosi se non fosse il caso di fare una sortita e trascinarla lì da loro.

«Guai a te!» mormorò tra i denti.

Ebbe un moto di fastidio: possibile che si fosse tanto incattivita?

«Sula lassatimi!» ribadì.

Stesse parole che aveva detto a Franca quando, pure lei, aveva insistito affinché non trascorresse la festa come *una senza famigghia*.

A piedi nudi si diresse in cucina. Non aveva fame ma lo stesso aprì il frigo. Tirò fuori una mozzarella: minima, pallida, ghiacciata; le ricordò l'ospedale di quando l'avevano operata d'appendicite. Si fece pena. La rimise dov'era, chiuse il frigo.

Prese un pezzo di pane, lo mordicchiò. Le seppe amaro. Aprì la finestra e lasciò il resto sul davanzale, a beneficio dei passeri dell'indomani.

Nervosa era. Inquieta.

«Ma puoi amare due uomini contemporaneamente? Uno di carne e uno di spirito?» domandò al lampadario, che: "Minchia, Agata!" le rispose con la voce di Costanzo, "ma ce la vuoi finire?".

Non lo sentì.

Bevve dell'acqua. Pure questa le lasciò l'amaro in bocca.

Tornò in salone a scrutare la casa di fronte. Vide Violante comparire con Marco, il neonato, al collo. La vide sedersi sul divano, accostare il figlio al seno. Le sembrò una madonna: i capelli le spiovevano sulla guancia come il lembo d'un velo, un sorriso dolce le illuminava il viso, dalla sua persona irradiava un senso di pienezza che la turbò. Desiderò essere al suo posto. Desiderò essere la madre di quel bambino che succhiava, di avere strette intorno al pollice quelle dita da poco venute al mondo. Desiderò che Costanzo si mostrasse, adesso, lì, in quel buio e in quel silenzio, che le dicesse: "Qui sono, con te, amore mio, non ti lascio, che credi?". Ma il buio restava buio e di Costanzo, ormai da troppo tempo, neppure l'ombra.

Invece lì era, accanto a lei, e si arrabbiava con lei e si doleva per lei: possibile che non capisse che lui apparteneva ormai a quell'altra vita in cui l'amore partecipa dell'amore universale che non tiene conto di mariti, figli, fidanzati, amanti? Possibile che non capisse che il maresciallo l'avrebbe fatta felice, e la felicità di lei sarebbe stata la felicità di lui che, sapendole al fianco quel marcantonio, sarebbe stato più quieto. Possibile, Agata Lipari?

Niente, Agata Lipari da quell'orecchio non ci sentiva.

Con gli occhi alla casa di fronte, lei vide giungere altri due ospiti, anzi tre per l'esattezza: Lucietta con suo marito Ugo e il cane Patuzzu. Un trio che la fece sorridere: della vecchia Piangimorti – che per disperazione di solitudine andava a piangere a tutti i funerali – non era rimasta manco una briciola, e se ancora qualcuno tirava in ballo quel soprannome era solo per un confronto tra il prima e il dopo, come a dire: *Vedi, la vita tutto può, pure cambiare in femmina di luce un pezzo di tela stinta come la vecchia Piangimorti.* Merito di quel canuzzo che le aveva trovato il marito, dicevano le malelingue: un fior d'ingegnere – per di più catanese – che la trattava come se fosse una pupidda di zucchero, anzi, una reliquia!

Una reliquia... Le venne da ridere.

A quel ridere, Patuzzu alzò il muso verso di lei – che era nell'ombra e dunque non visibile dalla strada – e abbaiò.

«Vuoi Agata, nevvero?» gli chiese Lucietta, anche lei indirizzando lo sguardo verso gli scuri che nascondevano la Tabbacchera.

Più forte abbaiò il canuzzo, e lei: «Speriamo che ci ripensa. Ci soffro a saperla sola, a figghia, nella notte di Natale!».

Se Patuzzu sorrise, la sua padrona non se ne accorse, perché in quel momento qualcuno aprì la porta e tutti e tre furono inghiottiti dalla luce.

Agata si ritrasse. Sospirò. "Puoi sempre cambiare idea" si disse.

Ma no!

Caparbia era, e quando prendeva una decisione manco se fosse venuto il papa in persona – così diceva suo padre – avrebbe capitolato.

Stava pensando a suo padre quando un bussare frenetico la riscosse.

Sobbalzò. S'indignò: «Toni Scianna, come ti permetti?» disse, indovinando la sortita dell'amico e fermamente decisa a non aprire.

Pugni tempestarono la porta.

Finse di non sentire.

Pugni e pugni.

Un poco di rispetto, no? S'affacciò per dirgliene quattro all'amico suo inopportuno quando scorse il parroco che: «Apri, presto!» disse.

«Sola voglio...»

«Minchia, apri!» gridò.

Scese a precipizio le scale. Mai mai mai don Bruno le si sarebbe rivolto così.

Aprì.

Di furia lui entrò, di furia la scansò, a quattro a quattro risalì i gradini, si fiondò in bagno.

Lo seguì sbalordita: va bene che un'impellenza del corpo può determinare un'urgenza inusitata e però, quella mala parola, quella prepotenza... Sicura che fosse davvero lui?

Attraverso la porta spalancata vide che apriva il rubinetto, che regolava la temperatura dell'acqua. Lui era.

«Don Bruno...» di nuovo disse.

In quell'istante lo vide estrarre da sotto la mantella un qualcosa che non riconobbe subito: una cusuzza livida, rossoviolacea, sporca di sangue, con un budello incrostato sul pancino...

Si tappò la bocca per strozzarsi l'urlo mentre lui: «Chiama il dottore» ordinava in un sussurro e intanto, immergendola a poco a poco nell'acqua tiepida: «Giuiuzza» mormorava. «Giuiuzza bedda, figghia do Signuri, rapi st'ucchiuzzi. Avanti, gioia, avanti çiatuzzu...» e delicatamente la carezzava, delicatamente la lavava. «Figghiuzza» continuava a ripetere con quella voce di miele insospettabile in un colosso della sua stazza, «ràpili l'occhi, avanti figghia d'amuri, figghia do Signuri...»

Niente, non si muoveva, non respirava.

«Morì?» chiese lei in un soffio.

Si voltò rabbioso: «Ancora qui sei?» ringhiò.

Si scosse, scese a precipizio le scale, si fiondò fuori.

Scalza era, e scalza uscì, nella neve uscì: scalza e senza cappotto, senza sciarpa, senza scialle, quella pazza Tabbacchera che correva come un furetto, svoltava l'angolo, cadeva e si alzava e correva e non sentiva dolore di caduta all'anca o alla caviglia, ansimando correva, e ansimando giunse a casa Scianna, bussò, frenetica bussò, Toni aprì e: «Oh, Tabbacchera!» e già la strizzava in un abbraccio mozzafiato che diceva tutta la sua gioia.

Lo scansò, si svincolò mentre gli altri le parlavano addosso e ridevano e dicevano che dunque era stato solo uno scherzo, Tabbacchera, per regalarsi l'entrata trionfale: «Mannaggia a te, quanto m'hai fatto penare!» e baci e abbracci, e nessuno s'accorse ch'era scalza e scarmigliata, che aveva il cuore in gola: troppo amore annorba, signori miei, impedisce l'ascolto.

«Zitti!» gridò lei allora.

Strammarono.

«Dov'è il dottore?» chiese col fiato ai denti.

Scalza e scarmigliata, zigomi infuocati, capelli grondanti: solo allora la videro.

«Che fu?» domandò Grimaldi facendosi subito largo. A orecchio la capiva la disgrazia.

«'Na picciridda...» riuscì a dire. «Forse morta.»

«Che?» gridò Toni.

Ma Grimaldi era già fuori, e Agata appresso a lui.

Corre che pare un gatto, questo dottore che cinquant'anni non li deve compiere più, e lei appresso, e la neve fiocca, e la gente nelle case ride, e la gente nelle case mangia: il baccalà alla ghiotta, il baccalà fritto, le scacciate coi broccoli e le patate. Loro corrono, lesti, più lesti.

In casa Scianna il putiferio, Violante si mette gli stivali pronta a seguirli, i bambini piangono, le donne s'abbarruliscono.

«Che fu?» chiede Lisabetta tornata dal terrazzo dov'era salita a cogliere chissà che.

«Chi ni sacciu...» mormora Franca. «'Na picciridda morta» aggiunge piangendo. E trema e rivive l'attimo in cui vennero a dirle che suo marito era morto: "Morì, Giorgio! Curri Francuzza. Curri!".

Trema e piange, Franca la sarta, che conosce a mente le misure di tutti, e che davanti alla smisuratezza della morte si smarrisce e si confonde.

Lisabetta se la tira addosso, l'abbraccia forte e con la presunzione – la preveggenza? – delle majare: «Nun ti scantari» sussurra «ca nenti è. Nuddu murìu» e intanto piglia il cappotto e: «Voi restate qui» dice affidando Franca a Lucietta e pure lei scappando fuori, subito seguita da Toni e da Sarino, da Ugo Calcaterra e da Giulio, il figlio degli Acquaforte, studente in medicina che di Grimaldi è l'ombra.

Lentamente la creatura torna a un colorito normale. Lentamente comincia a muoversi: le mani, le dita che s'aggrappano a quelle di chi la sorregge, le gambe, la testuzza che si volge verso la fonte d'un suono tanto amoroso. Poi comincia a piangere. Un lamento all'inizio, di gattino scantato e sperso.

Poi uno sfogo più forte: di fame e di sete, visto che di freddo ormai non può piangere, e pure di rabbia per la mala accoglienza che il mondo le ha fatto.

Un pianto che a placarlo non basta una voce che dice: «Figghiuzza bedda, figghiuzza duci». Don Bruno non sa più che pesci pigliare e prega il Santissimo perché qualcuno corra in suo soccorso visto che lui, purtroppo, è inadeguato.

Un pianto che giunge fino al portone, fino alla Tabbacchera che, rientrando trafelata: «Viva è» esulta, e ringrazia gli angeli e i santi che ha implorato nel tempo ch'è andata e tornata, e mai pianto l'è parso più bello di questo che sta dicendo rabbia e offesa, certo, ma soprattutto vita.

«Figghia bedda...» tenta ancora disperato don Bruno. Teme che le sue mani grandi possano aver rotto qualcosa, che la sua inadeguatezza abbia fatto danni.

Dietro di lui, però, ecco Grimaldi che: «Datela a me» dice porgendo un telo di spugna in cui avvolge la creatura intanto che pure lui: «Bidduzza» mormora «picciridda...» con una voce di zucchero che diventa imperativa solo per dire: «Sparate al massimo i riscaldamenti» e subito torna allo zucchero, alla nenia nel mentre le poggia la mano sapiente sul petto, nel mentre le conta i battiti del polso, nel mentre ne prova l'udito, la regolarità del fiato, nel mentre ne verifica i riflessi sfiorandole la bocca che subito si spalanca.

«Sta morendo di fame» mormora.

«Datela a me» dice allora Violante, bagnata, sudata pure lei per la gran corsa, rossa sugli zigomi e accesa di contentezza, perché qua dove temeva di trovare la morte ecco che invece c'è 'sta cusuzza viva che reclama sazio. Si sbottona la camicetta e: «Nnicaredda, vene cca» sussurra pigliandola in braccio. Cerca un posto dove sedersi – va benissimo il bordo della vasca da bagno –, s'accomoda e se l'appizza al petto.

La ciurma al completo è giunta, ma il silenzio è assoluto. Manco i respiri si sentono. Solo quel ciucciare affamato nel mentre la bambina apre gli occhi – che sono grandi, fondi, scuri, pieni di una consapevolezza che ancora pesca tra le immagini dell'altrove – e li fissa su Violante. Che la guarda e sorride, un poco la ninna un poco la culla, un poco le dice: «Bedda si', picciridda, bedda e duci. Ma cu si', ma di unni veni? L'anciuleddi ti purtaru» e se la stringe al petto.

E nessuno chiede: "Come fu che tua madre t'abbandonò? Come fu che tua madre ti buttò ai piedi del cassonetto?". Non *dentro* il cassonetto, per fortuna, come ha riferito don Bruno. Per fortuna, o per un rigurgito di pietà?

«Ma quale pietà? Torme di canazzi affamati ci sono per strada. In un lampo se la sarebbero sbranata!» dirà poi, incarognito, Sarino Motta.

Nessuno parla. Tutti guardano il miracolo che si consuma davanti ai loro occhi.

Agata si frastorna, altro che *Sula lassatimi!*, altro che scuro e doglianza: "Accendete tutte le luci" dovrebbe dire, "facciamo festa, ché il dolore si cambiò in gioia ora che il Signore ci mandò questa figlia, ora che Natale è Natale per davvero". E invece resta in bilico tra un riso e un pianto che attribuisce all'eccesso di commozione. E se negli altri schietta si manifesta la gioia, in lei che se ne sta immobile, appoggiata allo stipite, con il respiro tornato finalmente regolare, c'è la consapevolezza che se solo Andrea fosse lì la sua felicità sarebbe perfetta.

E comunque, il più euforico di tutti è proprio Sarino. Contempla la bimba con occhi così lucenti, con una gioia così palese, che Franca si turba: lei ormai è vecchia, un figlio però ce l'ha; Sarino, invece, niente. Se si fosse sposato con una più carusa, adesso pure lui potrebbe essere padre. Al pensarlo le duole il cuore.

Lui si volta a guardarla, non capisce l'ombra che la sconforta, se la tira al fianco e, bisbigliandole in mezzo ai capelli: «Chi mali pinzeri fai, Francuzza?» le chiede. «Sei forse gelosa della picciridda?»

«Quando mai!»

«E allura?»

Tentenna, un poco si vergogna, e però: «Io non te lo posso dare un figlio» mortificata risponde.

«Ancora ascutava!» sussurra lui di nuovo euforico. «T'ho

mai domandato figli, io? T'ho mai lasciato pensare che li volevo?» Più forte se la stringe addosso. «Io a te voglio, gioia mia, solamente a te!» Quindi, a taglio di mali pensieri e di mali rimorsi, ché manco quello sguardo accorato della padrona di casa gli piace: «Com'è Tabbacchera, non intavoliamo?» domanda.

Franca lo zittisce con una gomitata.

Minchia!

«E che dissi di sbagliato?» chiede confuso.

Agata pensa con orrore al frigorifero vuoto, alla mozzarella orfana, al pane duro e al nient'altro di cui è pieno il frigo. Di proposito non ha fatto la spesa, di proposito ha cambiato quel Natale in Quaresima.

E ora?

Imbarazzata allarga le braccia: «Niente ho preparato» dice. «Niente vi posso dare...»

«Morti di fame ci lasci?» domanda Toni esagerando delusione.

Lo guarda interdetta. S'imporpora, si volge verso Lisa in cerca d'aiuto, ma questa: «Oh, babba!» dice con tenerezza.

Dalla ciurma che la contorna parte una gran risata.

E comincia il trasbordo da casa Scianna a casa Tabbacchera. Una processione di pentole e padelle, vassoi, teglie, persino una zuppiera con dentro un guazzetto di baccalà.

Lisabetta prende il comando delle operazioni vivandiere e s'impadronisce della cucina ghiacciata: accende i fornelli per scaldare, cuocere il latte mescolato con amido e zucchero che si tramuterà in un biancomangiare con varianti di cinnamomo e chissà cos'altro: un dolce che darà a quella nottata un sapore esotico di terra visitata da un Dio bambino ai cui piedi pastori e re si verranno a prostrare.

Si muove svelta, sicurissima in quella casa che ha abitato dopo la morte di Costanzo, senza sbagliare un gesto, senza una parola di troppo, il tutto per tornare prima che può alla stanza in cui la bimba trovata regna.

Carmine Acquaforte e Sarino Motta si occupano dei vini, Toni di suo figlio Francesco, che ha visto in braccio alla madre una creatura che non è il fratello e s'è confuso: «Mamma mia!» ha gridato per definire le posizioni, e subito s'è fiondato verso di lei.

Toni l'ha bloccato: «Giochiamo a nascondino?».

Gli occhi del bimbo hanno cominciato a splendere, perché il nascondino è la cosa (dopo sua madre, naturalmente) che nella vita gli piace di più.

La casa si riempie di luci, un chiacchierio, una confusione, un'invasione, mentre Costanzo, seduto in cima allo specchio, dondola i piedi nel vuoto e scambia un'occhiata d'intesa con Patuzzu. Uno sguardo che pare dire: "E ancora che hanno visto!" e che strappa a Costanzo una risata.

Agata se ne sta lì, rapita davanti a Violante e alla bambina, come rapiti dovettero stare i pastori davanti a Maria che allattava suo figlio.

«Come la chiamiamo?» chiede all'improvviso Grimaldi.

Tutti guardano la Tabbacchera che, senza pensarci: «Luce» risponde.

"Nome streuso" si dice Sarino Motta, che continua a restare Rustico di modi e di pensieri.

«Nome magnifico» dichiara don Bruno. Che guarda l'orologio e: «Carusi, spicciativi, che a mezzanotte c'è la messa».

«Vossia non si preoccupasse» lo rassicura Luisa Acquaforte, «niente ci vuole a impiattare.» Zitta zitta, infatti, visto ch'erano fin troppi intorno alla bimba, ha cominciato a disporre sul buffet la maggior parte delle pietanze fredde, i vassoi con i dolci, le bottiglie di vino, e quella gran corona bionda che è il gelo tremolante di cannella, su cui, come per caso, di tanto in tanto s'impigliano gli sguardi di tutti.

«Questa bambina la cresceremo noi» dice a quel punto Ugo Calcaterra, ingegnere nei modi e signore nel contegno, fino a quel momento in disparte e adesso pronto a rendere tutti edotti dei suoi progetti intorno alla creatura.

«Questa bambina...» s'intromette Sarino, che non tollera ingerenze d'altra paternità.

«... questa bambina intanto s'ha da vestirla!» li stoppa Violante, spiccia come solo una madre sa esserlo.

Non fa in tempo a parlare che Toni le porge i vestitini di Marco, ch'era corso a prendere intanto che gli altri s'industriavano al trasbordo di vettovaglie.

«Ma sono celesti» esclama Sarino. «La possiamo vestire di celeste una fimminedda?»

«E da quando in qua è il colore che fa mascula o fimmina una creatura?» gli domanda Franca, che sempre un poco lo sfotte – amorosamente, lo sfotte – per quella sua inossidabile rusticità.

«Ma perché, signuruzza, mi spiegasse» fa lui supponente «di che colore sono i confetti del battesimo: celesti per le femmine e rosa per i masculiddi?»

«Ci perdiamo in sottigliezze ora?» fa lei che mai si darebbe per vinta.

«Giocoforza!» ribatte lui, che ha trovato quella parola nel vocabolario e la usa *a cafè*, come capita.

E mentre gli altri ridono – che *Giocoforza* in bocca a Motta è parola ca proprio nun si po sèntiri –, Violante veste la bambina: tutta di celeste 'sta figghia che spande luce, così come luce spande la casa della Tabbacchera, che fino a un'ora fa era un pozzo d'ombra e ora sfavilla come un faro che si vede fin da laggiù, fino dal mare, a far capire che porto siamo, signori miei, porto che si fa madre, che accoglie e non rigetta, che apre e non si chiude, che abbraccia e sfama a dispetto dei canazzi che ringhiano di chiusure e di cesure e di leggi a sfratto, intanto che la vita se la gioca con la morte – e perde – in mezzo a un mare assassino.

«'Nu Bammineddu pari» mormora Lucietta con gli occhi lucidi.

«*'Na Bamminedda*» subito la corregge Sarino, ché pure vestita di celeste la picciridda appare immancabilmente femmina.

Si fa silenzio.

Don Bruno s'accorge dell'improvvisa devozione con cui si guarda adesso alla creatura, e pensa che nell'omelia non potrà prescindere dal raccontare il miracolo di quella figlia salvata dalla Provvidenza.

"Guai a voi!" esclama qualcuno.

«Che?»

Si guarda intorno, nessuno ha parlato: intenti a contemplare la nnicuzza, i presenti hanno le bocche cucite.

Eppure...

Torna all'omelia, richiama alla memoria i versetti che cantano la letizia: "Gioisci, figlia di Sion, esulta, Israele...". Esordirà così? Certamente. E poi: "Oggi celebriamo la vita" dirà. E poi?

Guarda la bambina, la vede piccola, inerme: "Solo un soffio è ogni uomo che vive" pensa ancora con le parole dei Salmi, "come ombra è l'uomo che passa...". E però quanta forza, quanta determinazione in questi soffi che vengono a popolare la terra, quanta tenacia, adesso, in questa creatura che s'afferra con le dita minuscole alle dita di chi la sostiene.

«Posso tenerla un poco?» all'improvviso chiede.

Violante gliela consegna.

Si siede, la sorregge come dono prezioso. Ne scruta soprattutto gli occhi fondi, ancora colmi del segreto di questo lampo di vita che siamo in mezzo all'Eterno.

Gli altri, radunati intorno a loro, sorridono alla bambina che adesso si stiracchia, sbadiglia.

«Talè» fa Motta a Franca, come se chissà quale prodezza la piccola stesse compiendo. E ride e si sente così felice che: «Com'è, intavoliamo?» sollecita, ché festa bisogna fare, festa grande, come quando il figliol prodigo tornò a casa e il padre ammazzò il vitello grasso e servì il miglior vino delle sue cantine.

Nessuno, però, si muove. Tutti lì stanno, in quel silenzio che solo le campane della Torre d'improvviso rompono, per cui don Bruno, riscuotendosi: «Carusi» dice in un bisbiglio perché la bimba non si scuièti, «allistèmini, ché tra un'ora devo cominciare la messa».

Nessuno pare sentirlo.

«Carusi...» torna a dire, un poco più forte.

Niente.

«Carusi!» e stavolta la parola esce forte e squillante, dimentica d'una bambina che si potrebbe scuietare.

I "Silenzio!" sputati dalla bocca delle donne gli grandinano addosso con una perentorietà che l'ammutolisce. E siccome non è cosa da lui tacere – ché a lui la bocca non c'è potenza umana che gliela possa chiudere – ecco che Violante, ridendo: «Padrepparroco, non si spacinziasse, ci lasciasse un paio di minuti ancora e poi, a lampo, intavoliamo».

A lampo?

Come no!

Nel mentre i masculi s'arrimìnano nella stanza senza sapere di preciso dove collocarsi, le mastre dell'apparecchio cercano la perfezione della tavola esumando argenteria e cristalleria.

«Ma quale argenteria!» sbotta don Bruno di nuovo padrone della sua bocca. «Una tovaglia, due posate, un bicchiere per ciascuno e via! A cunzare con tutti i santissimi crismi ci pensate domani!» Più che prescia, adesso ha una gran fame: lo stomaco borbotta e lui non vede l'ora d'appizzare la forchetta nel bendidio che colma il buffet e nel resto delle pietanze che attende su ogni piano libero della cucina.

Le donne apparecchiano alla meglio, sempre con decoro, però, essendo la vigilia di Natale. Ma tutto quel masculame per i piedi è d'intralcio per cui, Violante: «Signuruzzi, una cortesia: assittàtevi» intima «ché se a lampo dobbiamo fare, la strada deve essere sgombra».

Ubbidiscono, sia perché sono davvero d'impaccio, sia perché si sentono come orsi dentro una cristalleria, visto che di mobili e soprammobili preziosi è arredato quel salone, e già Sarino ha preso al volo un gingillo di Limoges che malamente si sarebbe infranto e Carmine ha urtato, salvandola in extremis, una clessidra di cent'anni fa. Se, infatti, il Tabbacchere fu comunista spinto e si votò alla causa dell'uguaglianza sociale ed economica, la casa fu arredata da Agata coi mobili antichi della sua famiglia e il gusto della signora ch'è cresciuta nella bellezza e di bellezza ama circondarsi.

Signora che, nel mentre le altre si apprestavano ad accendere i fornelli, ha preparato un nido su una poltrona: un lenzuolo bianchissimo, una copertina, un cuscinetto, le spalliere di due sedie come sponda, e la culla è fatta. E ora la bimba è lì, rannicchiata, che dorme.

Don Bruno, buttato sul divano, continua a pensare all'omelia, Motta s'imbambola sulla picciridda pensando al giorno in cui, signorinella, lui e Franca se la porteranno a spasso, Carmine Acquaforte e suo figlio Giulio, invece, hanno trovato su un tavolino un album di fotografie e hanno cominciato a sfogliarlo.

Eccolo Costanzo che ride, che comizia, che arringa una folla d'operai. Biondo, alto, i capelli ricci, asciutto di corpo e forte di spalle, accompagna con le mani la veemenza del discorso. A Carmine pare di sentirne la voce ardente che dichiara: "A me nessuno me la chiude la bocca. Ché verità in bocca a me canta, e non c'è prepotenza di padrone, non c'è mafia di potere che me la può impedire", e pure: "Non la dovete calare la testa come pecoroni solo perché v'assicurano un posto in quella fetenzia dove spalate veleno a vita, di veleno vi fottete i polmoni e alla pensione non ci arrivate...".

"Megghiu mòriri ca panza china!" replicavano i paesani, ché morire con la pancia piena era comunque un traguardo non indifferente.

Lui, allora: "Non ve la fate rubare la dignità".

E quegli altri: "Vuoi fare la rivoluzione, Tabbacchere?".

"Sì. A colpi di poesia" rispondeva lui, testazza rossa che voleva sovvertire l'ordine instaurato in paese dal vecchio sindaco.

Un ordine di connivenze e malaffare di cui anche Carmine era stato membro, e quando il sindaco, il vecchio Occhi janchi – così detto per il celeste slavato degli occhi – aveva deciso che al Tabbacchere avrebbero fatto sputare sangue, lui non solo non s'era tirato indietro, ma era stato in primissima fila in quel gioco a distruggere.

Perciò adesso si sente a disagio, pure che lui e Agata sono diventati amici, pure che la sua famiglia è stata accolta a braccia aperte dalla cricca Tabbacchera, pure che lui ha contribuito – cambiando coscienza più che bandiera – ad annientare il vecchio sindaco. Fuori posto si sente in questa casa che di Costanzo è stato il regno, e soffre nel rimanere seduto sulla stessa sedia in cui un tempo sedette lui, nell'apprestarsi alla stessa tavola a cui un tempo banchettò lui.

Giulio, invece, che della Tabbacchera è fortemente infatuato, continua a soffermarsi sulle foto di lei, turista magnifica con gli occhiali scuri e i capelli al vento a Venezia, a Firenze, a Parigi, al Miramare di Trieste.

Le donne in cucina ciuciulìano, ridacchiano, si parlano addosso mentre nell'aria si diffonde un odore di cipolle irrorate di vino che rende più sofferta l'attesa, per cui don Bruno, che non ci vede più dalla fame, irrompe tra le ciuciulianti e: «Domani v'aspetto al confessionale» dice «tutte quante siete!».

Lo guardano ridendo. «Per confessare che cosa?» gli chiede Lisabetta ponendogli sotto al naso la padella col soffritto.

«Tutta 'sta mala chiacchiera, tutta 'sta perdita di tempo.»

«Ragione avete» fa allora lei levandogli la padella da sotto al naso e dalle mani il pezzo di scacciata che aveva arraffato, «noi domani ci veniamo a confessare, voi, però, siccome avete prescia, v'accontentate di una cusuzza, giusto?» e senza dargli il tempo di replicare: «Violante, piglia quella mozzarella che c'è nel frigorifero, che stasera don Bruno penitenzia».

4

Rannicchiata nel piumino, Lori sentì gli scampoli di nenia che andavano e venivano a seconda di quanto si avvicinassero o allontanassero i suonatori. Pure al suo paese succedeva così. La Novena di Natale la chiamavano, sì, e c'erano... cos'altro c'era?

Si sforzò di ricordare ma per la sua mente dilagava il buio. Pensò che i ricordi sono come i calzini bucati: servono ago e filo per ripararli, ma anche pinzette e forbici, un'intera cassettina degli attrezzi.

L'uomo che aggiusta i ricordi si chiama Giona. È vecchio. Ha gli occhi sempre chiusi. Vede con le dita. Ti tasta il capo e indovina se hai mangiato oppure no, se hai fame oppure no.

"Siediti su quella sedia piccola" le diceva quand'era bambina.

Lei si sedeva, lo guardava, poi: "Voglio papà" chiedeva.

Lui le posava le mani sopra la testa e chiamava i ricordi: "Lo vedi? È alto, ha la camicia a quadretti".

Lo vedeva: alto con la camicia a quadretti blu come nella fotografia.

"E poi?" diceva. Tutto voleva sapere di quell'uomo che s'era fatto nuvola prima che lei spegnesse cinque candeline.

Piano, sempre sfiorandole i capelli con carezze delicatissime, lui: "Tuo papà" mormorava "era uno col vento nelle vene, e quel vento lo portava per mari e per terre...".

"Pure a Terramarina?"

Il vecchio annuiva piano.
"Dov'è Terramarina?"
"Non lo so, Lori."
"Non ci credo!"
"Davvero. È così."

Rabbrividì. Il fiato caldo dell'animale che l'era parso di avere accanto s'era dissolto e il gelo tornò a bucarle le ossa.

Sentì passi frettolosi, tacchi di stivali che urtavano secchi contro il lastricato. Di più si rannicchiò, di più ebbe voglia di scomparire. Si fece piccola piccola, una noce che si chiude in se stessa.

Quand'era scesa dall'autobus aveva camminato lungo una salita, poi un dolore acuto, un'acqua tiepida tra le cosce. Bussare? Chiamare aiuto? Impossibile.

Una fitta fortissima l'aveva piegata in due, era caduta per terra. Ginocchi nella pioggia, mani nell'asfalto bagnato, aveva strisciato fino a quel cortile, quella nicchia coperta da una tettoia. Lì i dolori da urlo, giù i jeans, le chiappe nel gelo, gambe larghe e spingi più che puoi... Un travaglio come un'agonia. Poi, finalmente, la testa fuori, tutto il resto fuori: scivolosa, sanguinosa, una bambina calda nelle sue mani gelate. Una bambina che ha pianto subito.

Per staccarla da sé ha usato i denti. Più forte la bimba ha pianto.

Se l'è stretta addosso. Insieme hanno pianto. Intirizzite tutte e due. S'è levata il piumino, s'è levata il maglione, ch'era caldo, sudato, e in quello l'ha avvolta. L'ha guardata. Non l'ha nominata. Se la nomini t'appartiene. Se l'è stretta al cuore: "Tienila con te" ha detto. Ma subito: "Smettila, scema!".

Ha visto la casa con tutte le luci accese. Un faro quella casa.

Su i jeans. "Alzati, vai" s'è imposta.

S'è alzata. È ricaduta.

Ha aspettato.

Ancora.

Finalmente l'ha raggiunta, la casa di luce. Ha lasciato la bimba sui gradini. Se n'è andata. La bimba ha pianto. Il suo corpo s'è proteso a riprenderla, rificcarsela dentro.

L'ha ripresa. A rificcarsela dentro non è stata capace.
Raffiche di un vento gelido.
L'ha riparata come meglio ha potuto.
"Lasciala! Muore se la tieni con te."
S'è voltata per riportarla alla casa di luce. "Bussi e scappi" s'è detta, "e così la salvi."
Invece è comparsa la mantella, nera, veloce.
Nessun tempo per tornare alla casa di luce. L'ha poggiata ai piedi d'un cassonetto lì vicino.
Ha spiato nascosta.
"Piangi!" ha urlato nella mente.
La bimba ha mandato un lamento di cane malato.
La mantella ha fermato i piedi, il respiro.
Lei ha respirato. "Salva."
Quando è arrivata nella nicchia, ha capito che la speranza non è merce per soli ricchi.
Poi i pensieri sono caduti per terra, e si sono rotti.
Poi la neve intorno a lei.
E il silenzio.
Una specie di pace.

Si rannicchiò ancora di più.
Chi avesse guardato in quel pertugio avrebbe visto soltanto un mucchietto di stracci.

5

«A tavola» disse finalmente Lisabetta.

S'avvicinarono, Sarino fu il più veloce di tutti. Seduto al suo posto, aveva già aperto il tovagliolo sulle gambe e versato il vino nel calice quando un sibilo all'orecchio – «L'educazione!» – lo colpì come una frustata. Alzò gli occhi e s'accorse che erano ancora tutti in piedi. Arrossendo si alzò, si scusò con un sorriso, e intanto fece un breve ripasso delle regole: braccia strette, no i gomiti sopra la tavola, non smollicare il pane.

Don Bruno si fece il segno della croce, quindi: «Benedici, Signore, questo cibo che stiamo per prendere...» disse. Sollevò lo sguardo e s'interruppe.

"E ora che fu?" si chiese Sarino.

«Dov'è la padrona di casa?»

«Qui» rispose Lisabetta girandosi verso destra, ma il posto accanto al suo era vuoto. «Era qui fino a un attimo fa» si corresse.

«Aspettiamola» disse il parroco pensando a un'improvvisa necessità corporale.

Gli altri, immaginando più o meno la stessa cosa, rimasero in piedi, ognuno di fronte al suo piatto.

Non deve soddisfare alcun bisogno corporale, la padrona di casa: non ritrovandosi in tasca il telefono e temendo d'averlo perso durante la corsa verso casa Scianna, è volata in camera per controllare che fosse lì. C'era infatti. L'ha preso, l'ha acceso, ha visto il simbolo della bustina col messaggio: un SMS. Auguri di Natale, certo. Ha aperto più per abitudine che per altro. *Andrea,* ha letto, e subito: "*Sparir non so né riaffacciarmi*".

È crollata a sedere.

E ora è qui che legge queste parole streuse che solo un appassionato di Montale potrebbe scrivere. E ride, sommessamente ride. Dunque non s'è scordato di lei, dunque la sta pensando, dunque pure lui sente la mancanza...

Subito digita: "*Ora che non ci sei, è il vuoto a ogni gradino*" citazione sempre di Montale.

Aspetta la risposta. Che però non arriva.

Il primo messaggio risale a un'ora addietro, dunque anche lui avrà aspettato inutilmente, pensando forse a un silenzio voluto, determinato a ribadire taglio d'ogni confidenza; del resto, come avrebbe potuto sapere che lei, con tutto quel traffico per casa, del telefono s'era proprio scordata?

Allora digita il messaggio canonico: "Buon Natale, maresciallo".

Aspetta che il telefono vibri per la risposta.

Nulla.

Per la mente, allora, a pezzi, a brandelli, cominciano ad affollarsi versi che le sue mani – soggetti dalla volontà indipendente – digitano veloci sulla tastiera.

Scrive: "*Lo sguardo fruga d'intorno, la mente indaga accorda disunisce...*". Invia.

"*Ma l'illusione manca...*" Invia.

"*Cerco il segno smarrito, il pegno solo ch'ebbi in grazia da te...*" Invia.

"*Ripenso il tuo sorriso...*" Invia.

"Pazza, che fai?" si chiede d'un tratto.

Rilegge i messaggi. Frasi stupide, prive di senso. Vorrebbe riacchiapparle, richiamarle indietro. Ma è impossibile.

Il telefono le scivola in grembo. Scuro, morto le sembra, nero sul nero del vestito che quella mattina aveva indossato per ricordarsi d'essere vedova. Un nero che adesso la soffoca.

Spalanca l'armadio.

Non ha portato il lutto in quei quattr'anni, ma gli unici

colori che s'è concessa sono stati il blu nelle sue innumerevoli gradazioni, il grigio – dal perla al fumo –, il marrone, e il nero appunto. Davanti a lei, pertanto, c'è una sfilza di abiti blu, grigi, neri e marroni. Tutti belli, per carità, tutti di ottima fattura, e però...

Le tremano le mani quando apre le ante che sono rimaste chiuse dal giorno in cui a suo marito scoppiò il cuore. Apre e indietreggia come investita da una folata fresca.

È qui il tripudio dei rossi e dei celesti, dei gialli, dei violetti e degli indaco, dell'oro e dell'argento, e poi carmini e malve, arancioni, verdi, acquemarine...

Lesta richiude.

Farfalle esagerate quei vestiti, fiori di una primavera che non può più abitare.

"Perché, sentiamo?" domanda indispettito Costanzo.

Non l'avverte, né come suono né come aria che le baruffa intorno. Resta immobile, imbambolata di fronte alle ante chiuse.

Che d'un tratto tornano a spalancarsi e i viola, i lilla, i rosa, i rossi e gli azzurri palpitano come se una mano di vento si divertisse ad animarli: vivi vivi, belli belli, troppo belli per non essere almeno sfiorati.

Li sfiora.

Il desiderio di avere indosso di nuovo il colore si fa più forte d'ogni cordoglio. La mano va sicura verso una seta porpora.

«Agata?» chiama Lisabetta da dietro la porta.

Chiude l'armadio come sorpresa a rubare. «Dimmi.»

«Sei sparita...»

La stanno aspettando!

«Arrivo» dice.

«Stai bene?» Sa che l'eccesso di gioia può sciogliere i cani del rimorso, e quel "Sula lassatimi!" dei giorni precedenti è stato ritornello troppo eloquente per non confliggere con la baraonda di adesso.

«Un minuto e sono da voi» risponde.

"Troppo squillante è la voce per venire da chi sta nello sconforto" pensa Lisa, e rifiata, abbandona i mali pensieri e torna indietro con passo più leggero di quando è venuta a cercarla.

Agata riprende il telefono. Ultima controllata prima di frammischiarsi alla babele.

Il tuffo al cuore arriva prima che il cervello realizzi: "Buon Natale, Tabbacchera mia".

Mia... Mia ha scritto! E ride pensando a tutte le volte in cui ha malamente zittito il qualcuno che azzardava quel *mia*: "Tua? Io solo mia sono!". Adesso invece esulta e, velocissima: "Quanto mi siete mancato, maresciallo" scrive.

Nessuna risposta.

Ma che importa? Una gran felicità le si propaga dentro. La folla di *sì* e di *no*, di *forse* e *quando mai*, di *aspetta*, e *lascia perdere*, si squaglia in una pozza di pace. Chiude gli occhi. Si colma di un respiro profondo. Quella specie di blocco che prima le consentiva solo inspirazioni brevi con lunghe apnee in mezzo, è sparito, si rilassano i muscoli, l'ansia corre a infrattarsi chissà dove. Andrà a Torino, si ripromette. Vuole parlargli in terra per lei forestiera, non qui, in questo paese in cui i ricordi della vita con Costanzo rendono tutto più difficile, e gli spiegherà, si spiegherà, e...

Dall'altra stanza giunge un tossicchio esagerato.

Percorre di volata il corridoio ed entra nel salone con gli occhi che sparpagliano contentezza, elemento che conferma in Sarino l'idea che i bisogni corporali vanno soddisfatti all'istante.

«Ci siamo tutti?» domanda don Bruno.

«Tutti!» conferma lei che all'improvviso pare avere addosso l'argento vivo.

È inevitabile che ogni sguardo s'impigli su di lei, che ciascuno s'accorga della luce che le ballarìa per il viso, che ciascuno – le donne in special modo – desideri conoscere i dettagli di tanto brio, ma non è il momento e neppure l'occasione.

«Signore...» fa don Bruno alzando gli occhi al soffitto.

La Tabbacchera – anello finalmente vivo della catena viva d'amurusanza che le gira intorno – allunga una mano verso quella di Lisa e l'altra verso quella di Toni, che subito la imita prendendo per mano Violante, che prende per mano

Lucietta e così via. E così, intorno alla tavola, si viene a ricomporre quella fenomenale cricca tabbacchera che ha posto a fondamento del proprio essere l'amurusanza appunto, e s'è data come obiettivo quello di poter cambiare il mondo a colpi di giustizia, di gentilezza e pure di poesia.

«Benedici, Signore, questo cibo che stiamo per prendere, tutti noi che ne mangeremo, la creatura che ci mandasti come segno del tuo amore» sbrigativo recita don Bruno.

L'amen che ne segue ha valore di sigillo, bollo di notaio a suffragio di quanto detto, fatto e accaduto in quella stramma vigilia di Natale in cui una bambinedda abbandonata al freddo e al gelo – allo sbrano dei cani – trovò casa, madri e padri in sovrappiù.

«Impiattiamo?»

«Davvero solo la mozzarella per lei, don Bruno?» fa Violante.

La guarda truce: «Vuoi finire all'inferno?».

«Solo se Vossia m'accompagna!» compitamente risponde.

Impiattarono.

Di cibi inusuali c'era solo una quiche preparata da Lisabetta – «Non è una focaccia, no» – con dentro qualcosa di cremoso, e qualcosa di aspro che non seppero riconoscere. Sempre un poco majari erano i piatti dell'erborista, sempre un poco streusi, non solo nel sapore (magnifico), ma pure nelle conseguenze.

Una quiche e pure una ratatouille – «Ma non è una caponata?» «No!» – con le melanzane dell'orto fritte e surgelate in casa in vista dell'inverno, i peperoni (idem), la cipolla, i pomodori e poi... le mandorle? Sì, forse.

«Pure un poco di cardamomo, giusto?» domandò Lucietta.

Lisa sorrideva: «Mangiate e basta».

Mangiavano, certo che mangiavano. Pure le frittelle, che non erano di patate, no.

«Cipolle?»

«No.»

«Porri?»

L'erborista annuì.

«C'è una punta di zafferano» aggiunse Lucietta, che sperimentava insieme a Lisa – nel ristorante di cui erano diventate proprietarie tutte le femmine presenti – le ricette più sfiziose.

Un ristorante – *Il piacere* – che dava loro più soddisfazioni del previsto, e che avevano dovuto momentaneamente chiudere per colpa d'un guasto al sistema elettrico.

«Zafferano sì, e pepe nero» completò Lucietta.

«Non solo» disse Luisa Acquaforte, che di quel ristorante era diventata espertissima amministratrice con grande meraviglia soprattutto degli uomini, che ancora si domandavano come avesse fatto a cambiarsi da mediocre casalinga – e perfida malalingua – ad amurusa femmina coi controcoglioni manageriali che moltiplicava al solo toccarli "i piccioli piacerosi", come Toni, scherzando, li chiamava.

Dunque, le frittelle: l'erborista spiazzò tutti visto che stavolta, oltre allo zafferano e al pepe, c'era chissà che in quelle spumette che davano un senso di sazietà e nello stesso tempo di fame, e vino chiamavano, perché il vino esaltava il retrogusto di sambuco: appena accennato, certo, e però così particolare, così esotico...

Si fece silenzio.

Fu come se ognuno, all'improvviso, sentisse l'urgentissimo bisogno di spegnere l'audio della stanza per calare dentro di sé la sonda che giunge dove ci sono le stanze poco perlustrate del cuore, quelle in cui l'anima s'infratta quando ha bisogno di capire la vita.

Una clausura che non durò a lungo: con tutta l'euforia che il buon vino e il buon cibo fomentavano, l'ultima cosa plausibile sarebbe stata appunto la mummificazione delle bocche.

La sonda ebbe il tempo di scendere, arrivare all'anima e trovarci ciò di cui ognuno abbisognava.

Agata, per esempio, ci trovò l'accetta che le permise di dare un taglio definitivo al suo matrimonio, lasciando che di esso restasse l'amore grande per suo marito, ché quello mai sarebbe morto, appunto perché giunto, ormai, alle altezze del sovrumano.

Lisabetta ci trovò suo padre. Gli sorrise, gli disse: "Finalmente sono felice".

E lui, morto in un incidente nelle industrie quand'era ancora troppo giovane: "E ti pare che non lo so, gioia mia?" sussurrò.

Violante ci trovò un gran bisogno di rimettersi a studiare, di iscriversi all'università e conseguire una laurea che non l'avrebbe fatta più sentire in soggezione di fronte a suo marito. Ma non una laurea in lettere, o in giurisprudenza o in un qualunque altro ambito più confacente a una donna, quando mai! Astrofisica voleva diventare. E ci sarebbe riuscita, pure che aveva due picciridduzzi da crescere. Volere è potere, le avevano insegnato, e in quanto a volontà nessuno la batteva.

Don Bruno ci trovò sua madre che...

Ma basta, basta mutismi.

«Com'è, s'accabbarono le scacciate?» domandò Motta.

«Per un esercito ce n'è» disse Franca.

«Altro vino?» chiese Grimaldi.

«Quanto ne volete» rispose Carmine attingendo a una riserva che pareva senza fondo.

«Allura ni putemu 'mbriacàri!» fece Sarino alzando il calice.

«Ca proprio!» esclamò Franca cercando di sottrarglielo. E siccome lui resisteva, nel tira e molla che ne seguì un poco di vino le schizzò sul petto e le colò nell'incavo tra i seni.

Sarino allungò la mano per asciugarlo.

«Altolà!» intimò lei paonazza.

Lui strammò, alzò le mani: «Mi arrendo!» gridò.

Si rise e si scherzò, ci si ricompose in tribù in cui uno aiuta l'altro senza distinzione d'età, di genere, di ceto, di lingua, di razza e di sapienza.

E non ci fu fame e non ci fu sete, non ci fu freddo, piuttosto un accaldarsi che spinse gli uomini a levarsi la giacca e a rivoltare le maniche delle camicie, ché davvero si sudava, ma nessuno pensava di ridurre la temperatura dei termosifoni visto che c'era una picciridduzza che non doveva patire il freddo, come non lo patì il Bambino nella mangiatoia, là dove i fiati del bue e dell'asinello furono per lui degna stufa.

Intanto che gli altri si attardavano a finire, don Bruno si alzò, guardò fuori dalla finestra: «Nevica forte» mormorò con aria sognante, ché inusuali sono le nevicate in Sicilia, e richiamano fantasie nordiche di renne e abeti e montagne la cui cima si perde tra le nuvole.

«Sembra un film» disse Acquaforte.

«E invece è la realtà» mormorò don Bruno a cui la salvazione della bambina, ma soprattutto i calici di vino buttati giù tra una forchettata e l'altra davano un senso di benessere che rasentava l'estasi. E siccome aveva perso il filo del discorso: «Che stavo dicendo?» chiese a Carmine che gli si era fatto vicino.

Quello non rispose subito. Pure lui aveva onorato il vino e, a ogni sorso: "A rifriscu di l'armuzza do Tabbaccheri" aveva detto nel pensiero, per rifarselo amico con quelle libagioni lo spirito dell'uomo che in passato aveva così tanto offeso.

Lo spirito di quell'uomo – che se ne stava seduto in cima alla cristalliera, coi piedi spenzolanti e gli occhi al canuzzo di Lucietta, giunto da chissà dove col pelo bagnato – gradiva e apprezzava, e pensava che ogni umano è un garbuglio di mistero difficile da comprendere.

«Cos'è che stavo dicendo?» di nuovo chiese don Bruno.

«Che questa» rispose Acquaforte «pare la scena di un film di Natale studiato a tavolino, e invece è solo opera di quel gran regista che si chiama Domineddio» aggiunse ispirato.

«Minchia!» fu l'inevitabile commento di Motta.

Lo guardarono.

«E che dissi?» si schermì.

«In presenza di parrini e picciriddi si parla pulito» lo bacchettò Franca.

«Scusate» disse. Tentò un'aria contrita, ma rideva, sotto sotto rideva, per nulla infastidito dai correttivi di sua moglie, anzi, ben deciso a ringraziarla più tardi, nel letto, a modo suo.

La bimba profondamente sospirò.

Violante abbassò le luci. Anche i suoi figli dormivano. Guardò Toni: «C'è troppo freddo per portarli fuori» disse.

«Fuori dove?» s'intromise Agata. «Non se ne parla! Restate qui a dormire. Ci sono letti per tutti.»

«Ma c'è la messa di Natale» disse lei guardando il bianco sfioccare con gli occhi di una monella che volentieri sarebbe corsa in piazza per tirare palle di neve ai passanti.

Lucietta indovinò il suo desiderio: «Andate voi» disse «tu e Toni. Ai bambini ci pensiamo noi».

«Si dovesse svegliare il piccolo...» tentennò lei.

«Ha appena mangiato» le ricordò suo marito.

Don Bruno, riscuotendosi dall'incanto e guardando l'orologio: «Tardissimo è» esclamò. «Devo scappare.»

«Andiamo insieme» suggerì allora Toni. «Con tutta 'sta neve, se facciamo cordata nessuno casca, giusto?» E siccome l'altro lo guardava storto: «Padrepparroco, non mi pare che siate adeguatamente attrezzato» aggiunse guardandogli i piedi chiusi nei mocassini di sempre.

«Perché, professore» replicò lui, un poco vergognoso per quelle scarpuzze che avevano conosciuto stagioni migliori, «è cosa usuale che qui nevichi?»

«Giocoforza!» mise bocca, di nuovo *a cafè*, Sarino.

Lo guardarono ridendo.

«Che dissi?» domandò avvilito: sempre Rustico era, e se aveva preso a studiare il vocabolario era solo per adeguarsi a quell'ambiente di signori in cui Franca l'aveva introdotto.

«Spieghimmillu tu» disse allora don Bruno.

Li guardò imbambolato, la parola gli era uscita dalla bocca scollegata dal senso.

Fu Franca a venirgli in soccorso: «Niente, voleva dire che *per forza* pure noi ci dobbiamo venire alla messa. Che siamo animali?». E a Sarino, che la guardava con tanto d'occhi, visto che non aveva la minima intenzione d'abbandonare quel caldo rifugio: «Amuni'» comandò.

Lui si portò la mano alla gola: «Brucia» mormorò agonizzante «ho la febbre. Non posso pigliare fresco, mi viene la polmonite...».

«Motta, non tragediasse» comandò il professore.

«Motta non dicesse menzogne!» avvertì don Bruno.

«Motta, Natale è!» diede Violante il colpo di grazia.

"Minchia..." pensò. E tuttavia, alzandosi rassegnato: «Se però mi viene l'influenza» disse a Franca «sono fatti tuoi». E sforzò un colpo di tosse, che gli uscì catarroso e grasso, tanto che lei, subito sul chi vive: «Fammi sentire la fronte» pretese.

Lui sgranò gli occhi: «Qui, signuruzza? Davanti al popolo tutto?».

«Ti dissi forse di spogliarti?» si spazientì lei.

«Carusi» tagliò corto don Bruno, «se volete restare a cafisiare, padronissimi! Ma siccomu si fici daveru troppu tardu, io me ne vado, chi vuole venire viene. Gli altri li aspetto domani alla messa di mezzogiorno.»

«Immantinente?» gli domandò Sarino giocandosi quell'altra sconosciuta parola.

«No, Motta. Ferocemente» precisò a denti stretti, e gli allungò una scoppola che lo prese di striscio sul cozzo; quindi, imitando gli altri, s'infilò il cappotto, si ravvolse nella sciarpa e si preparò ad affrontare quel gran spettacolo bianco che era la neve in fiocchi nel mentre, nel pensiero: "V'arringraziu, Signuruzzu" andava dicendo col cuore grato di un bambino, ché gioia grande aveva portato quel Natale, gioia vera, "e v'assicuro" aggiunse "che farò tutto quello che è in mio potere perché duri".

6

L'autobus aveva continuato il suo viaggio. Altri due paesi, altre due fermate: s'era lasciato le colline alle spalle e aveva proseguito senza più interruzioni fino alla città.

Al capolinea l'uomo era sceso.

Il freddo stringeva tutti nei cappotti, rincalcava i visi dentro i baveri alzati, gli ombrelli piegati in avanti si ponevano a barriera del vento, e tuttavia c'era folla per strada, le vetrine addobbate, grandi Babbo Natale con guance tonde e occhialetti in punta di naso che dispensavano sorrisi di plastica, luminarie in ogni balcone; un vassoio con un enorme pesce – laccato, sul dorso fettine di limone, qua e là ricci di maionese e bacche rosse – attirava l'attenzione dalla vetrina di un ristorante.

L'uomo aveva camminato svelto. A furia di pensarci, di abbinare viso a ricordo, s'era convinto che la ragazza scesa dall'autobus fosse quella di cui mesi prima si era parlato. Aveva ricordato i titoli dei giornali: "*Tenta d'incendiare la scuola, ricercata minorenne*".

La segnalazione era stata fatta a tutte le polizie, se n'era parlato in TV: "Scomparsa l'incendiaria. Quindici anni, alta circa un metro e settanta, occhi neri, capelli neri lunghi. Chi l'ha vista è pregato di informare le Forze dell'Ordine. Si chiama...".

Il nome l'aveva dimenticato, solo il viso gli era rimasto impresso. Certo, non era del tutto sicuro che fosse lei:

dall'incendio erano trascorsi più di sei mesi, l'illuminazione sull'autobus era scarsa, e in sei mesi i ragazzi cambiano... E però... però era molto probabile che fosse lei. Quando aveva visto la sua foto sul giornale, l'aveva guardata a lungo, gli era sembrato impossibile che quel viso ragazzino corrispondesse ai tratti di una stragista. Gli occhi, poi! Limpidi, grandi, pieni dello stupore dei quasi bimbi... Come potevano appartenere a una pazza che irrora di benzina la sua scuola e accende un fiammifero?

Erano stati appunto gli occhi – incrociati mentre lei avanzava verso l'uscita – che gli avevano fatto pensare: "Questa l'ho vista... Ma dove?".

Così, mentre l'autobus s'era inoltrato nel traffico intenso della provinciale, aveva preso a scartabellare negli schedari della memoria fino a quando non aveva ricordato tutto.

Che fosse la vigilia di Natale, in quelle sale spoglie del Comando dei carabinieri non lo si sarebbe detto.

"Devo fare una segnalazione" aveva dichiarato al piantone. Che, raccolte le sue generalità, l'aveva fatto parlare con un brigadiere.

A questi l'uomo aveva raccontato della ragazza, del viso molto simile a quello della fotografia diffusa dai media mesi prima, del fatto che lei fosse scesa prima di giungere a destinazione, per come la battuta dell'autista gli aveva confermato...

"È sicuro che sia l'incendiaria?" l'aveva interrotto sgarbato il carabiniere, ché certe rogne giusto la vigilia di Natale ti devono capitare?

"All'ottanta per cento."

L'altro aveva cominciato a redigere un verbale con l'indicazione del giorno, dell'ora, del luogo in cui la presunta stragista era scesa, aveva raccolto la dichiarazione del testimone, quindi: "Data e firma!" aveva detto porgendogli il foglio.

Data, firma e buonanotte.

Era stato soltanto dopo, nell'avviarsi a passo lento verso la casa in cui lo stavano aspettando, che l'uomo aveva provato un senso di sgomento. Si era sentito un bastardo, uno schifoso delatore che mette in moto la macchina della giustizia a danno di una più che probabile innocente: adesso infatti che pensava alla ragazza in sé, non quale probabile stragista, gli sovveniva un viso patito, segnato da una stanchezza che l'invecchiava di una decina d'anni, la bocca screpolata, due occhiaie nere da far pietà.

Si era augurato allora che il brigadiere strappasse il verbale, che lo mettesse sotto una pila di altre urgenze, che la ragazza – se davvero era lei quella che si cercava – avesse il tempo di dileguarsi.

La gioia con cui era stato accolto dagli amici, il vestito luccicante della padrona di casa, la gran tavola imbandita, i regali sotto l'albero, i bambini che si rincorrevano per le stanze avevano accresciuto lo sgomento.

"Cos'hai?" gli aveva chiesto la padrona di casa, sua sorella.

"Niente."

"Bugiardo."

Aveva tentato un sorriso a minimizzare, ma gli era venuto sghembo, amaro.

7

"Sei malata?" le aveva chiesto Giona la sera ch'era giunta da lui piangendo.

"Non ho più il sangue" aveva confidato guardandolo di sguincio.

Qualche istante di perplessità, poi il vecchio aveva sorriso.

Il suo cuore s'era alleggerito di tutta la pena: "Se lui è con me" s'era detta "chi sarà contro di me?" e già pensava al pezzo di lei che si sarebbe staccato da lei e si sarebbe fatto famiglia per davvero, alla gioia grande che un nuovo nato sempre porta. Allora aveva preso Giona per le mani e l'aveva trascinato in una pazza danza. Da troppo tempo non era così felice.

"Guarda che devi campare per due" aveva detto lui fermandosi per riprendere fiato.

"Che vuol dire?"

"Che hai la responsabilità di campare non solamente per te."

L'era sembrata una sciocchezza: avrebbe campato e basta, contando i mesi e aspettando l'arrivo della creatura. E invece... Chi avrebbe potuto dirlo, allora, che quella responsabilità sarebbe diventata così enorme?

"Mi raccomando..."

"Signorsì."

Quando se n'era andata si sentiva così leggera che un colpo di vento avrebbe potuto portarsela via.

Poi aveva cominciato a vomitare. Poi non era entrata più

nei jeans. Poi aveva dovuto dirlo a quei due che s'erano sostituiti a mamma e papà, due Caini che s'erano impadroniti della casa, delle cose, dei soldi e delle terre, e che avevano trasformato la sua vita in un inferno. Altro che sorridere, quelli s'erano proprio indiavolati!

"Ah, buttanella!" aveva detto Caino alzando la mano per una sberla e fermandosi un attimo prima di colpirla.

E Caina: "Ha solo quindici anni. Un bel repulisti e torna come prima".

Prima che arrivassero loro, lei era una bimba con gli occhi neri, i capelli neri, la bocca fragolina, la pelle di panna, il sorriso delle fate: "Una porcellana" diceva Mina. Alla morte dei suoi s'era scucita, come una bambola di pezza. Era stato Caino a strappare le cuciture, Caina aveva fatto i tagli più grossi. Cainazzo, il loro figlio, le sbavava appresso, le toccava il petto, i capelli, le metteva le mani in mezzo alle gambe.

Lei lo scansava a pedate.

Lui la guardava come guardava il fuoco che ardeva l'erba secca lungo tutta la spianata: "T'abbrucio" sempre diceva.

"Scherza" diceva Caino.

"Scherza" diceva Caina.

Solo lei sapeva che non scherzava.

Un gran sonno d'un tratto la ghermì, un torpore che l'avvolse in una coperta di benessere che tutto placava, tutto spegneva.

"Alzati!" urlò Mina nella sua mente.

Non le badò.

"Alzati!"

Non volle badarle.

"Alzati!" Un comando continuo, imperativo, martellante, imperioso – "Alzati!" – inesorabile.

"Solo due minuti" pensò.

"Alzati."

Poi non la sentì più. Fondo, fondissimo il pozzo del sonno.

All'improvviso uno strattone. Uno scotolone, forse pure una sberla.

Aprì gli occhi a fatica.

Nessuno.

La neve aveva coperto ogni cosa. Velluto bianco la strada, i tetti, i muretti. Trine bianche le righe tra ramo e ramo.

Chiuse gli occhi affondando di nuovo, pesantemente, nel sonno.

Un altro strattone la svegliò: "Alzati!". La voce però non era quella di Mina. Voce d'uomo le parve, intanto che una mano l'acchiappava per il colletto e la tirava su come fosse un fuscello, e la metteva in piedi.

Però nessuno c'era che la stava sollevando.

Allora pensò stesse succedendo quella cosa di cui aveva sentito parlare, quella cosa che ti sdoppi: una parte di te comanda e una parte di te ubbidisce.

Ma no. C'era qualcuno che la spingeva verso una bocca scura di strada, che la costringeva ad avanzare: le gambe due mazze, i piedi inesistenti, le mani che brancicavano nell'aria, e lo stesso camminava.

Vicoli bui, silenziosi.

La neve sfarinava lenta, indolente, come per mano di una fata che si divertisse a sfioccare sul mondo le piumette dei suoi cuscini.

Quel qualcuno continuò a spingerla – un passo, un altro – fino a quando la strada non finì. C'era un muro adesso davanti a lei, alto, a cingere un orto dal quale traboccavano foglie d'un fico fosforico per effetto della neve che s'addensava ovunque.

Un muro. Una strada morta. Fine del viaggio.

Tanta fatica per giungere fin lì... Perché?

Le mancarono le forze. Sbandò, urtò contro una porta alla sua destra che neppure aveva visto.

La porta si aprì. Cadde all'interno. Il piumino attutì il colpo.

Dentro c'era un tepore, un calore da vertigine.

Ma non poteva entrare così, di soppiatto, in casa di gente sconosciuta.

Fuori la neve prese a cadere più forte.

«Ehi...» allora gridò verso l'interno, giusto perché non la pensassero una ladra.

Nessuno.

Chiuse la porta. A tentoni cercò l'interruttore. S'accese una luce blanda.

Era una casa piccola, due stanze appena, un bagno e una cucina.

C'era puzza di chiuso, puzza di polvere, puzza di case disabitate.

Si rincuorò: "Se nessuno abita qui, nessuno vorrà spiegazioni" si disse.

Siccome aveva una fame da morire, aprì cassetti e stipetti per trovare qualcosa di commestibile. Nulla. Manco un barattolo di fagioli, manco una marmellata scaduta, una scatoletta di tonno, cracker rimasti a indurirsi.

Passò nello stanzino da bagno, niente doccia ma una vasca. Aprì scettica il rubinetto dell'acqua calda.

Il rubinetto sputacchiò, tossicchiò come quando non lo usi per mesi, poi l'acqua calda, sorprendentemente, sgorgò.

Riempì la vasca e intanto si spogliava.

Via le scarpe fradice, via il piumino, via i jeans e la maglietta.

Entrò piano nell'acqua tiepida che le parve bollente.

Per il corpo il formicolio doloroso del sangue che riprendeva a circolare.

Si distese, chiuse gli occhi, rimase immersa fino a quando non cominciò a sentire freddo. Allora tolse il tappo e aggiunse acqua calda.

Immersa fino al collo, gli occhi sempre chiusi, contò i respiri, i battiti del cuore, l'orecchio teso a percepire il minimo rumore.

Silenzio e pace.

Poi, quando finalmente il corpo si liberò di formicolii e fastidi, cominciò a lavarsi: via le croste di sangue rappreso, i grumi e gli sfilacci che l'erano rimasti appiccicati addosso, via il nero di lurdìa.

L'acqua s'arrossò, s'intorbidì.

Tolse il tappo e ne aggiunse di pulita. Dell'altro bagnoschiuma, bollicine fin sul mento.

Tirò fuori un piede: era violaceo, pieno di vesciche, la caviglia mozzicata dalla scarpa divenuta troppo stretta.

Tirò fuori l'altro, che in più aveva il segno di un taglio che s'era procurata cadendo.

Li guardò a lungo quei piedi suoi tanto brutti, e s'impietosì perché le parvero quelli di una vecchia.

Un rammarico che durò il tempo di un istante: si strinse nelle spalle, riprese a lavarsi. I piedi vecchi, adesso, erano l'ultimo dei problemi.

8

Don Bruno è sull'altare.

«Non la comincio subito la messa» esordisce nonostante l'evidente ritardo, visto che mezzanotte passò da un pezzo. Un fuori programma che sconvolge i presenti.

«Il Santo Bambino mi perdonerà» continua «ma ho bisogno di un *tu per tu* con voi, prima di cominciare la liturgia.»

Il popolo s'impietra sui banchi, le corone del rosario smettono di scorrere tra le dita delle beghine che smettono di masticare *Avemarie*, il sacrestano attisa le orecchie per evitare di perdersi anche solo una delle parole del parrino. Che adesso sta dicendo: «Io arrivo sempre puntuale agli appuntamenti col Signore e con voi. Oggi, però...».

"Oggi però *niente*!" lo stronca una voce che troppo assomiglia a quella di Costanzo il Tabbacchere.

Si turba, don Bruno, cose giuste, perché è umano, e di avere contezza di trapassati, per di più nell'esordio della messa di Natale, è cosa non conforme alle sue abitudini. Tuttavia, subito si ragguaglia: questione d'ebbrezza è, tutta colpa di quel Nero d'Avola che Sarino mesceva e che lui si rassegnava a bere.

"Rassegnava?" ridacchia la voce.

S'aggiusta la casula, don Bruno, si guarda intorno. Tutto in ordine.

Apre a caso il messale, sbircia verso il pubblico, imposta la voce e: «Amici miei» declama, «oggi dobbiamo gioire il doppio perché una creatura nuova venne...».

"Attonna!" sbotta l'invisibilità. "Allora Vossia non la capì la sonata!"

La sonata?

Bruno Cafisi, per tutti don Bruno, guarda l'organista che sta aspettando un suo cenno per cominciare, guarda il coro in attesa, apre la bocca... E si perde d'aria perché è ora, precisamente ora, che il Tabbacchere di botto gli si palesa, e di botto lui stramma, e la saliva gli va di traverso e comincia a tossire da farsi paonazzo.

«Che fu?» chiede il sacrestano.

«... acqua» dice mimando il gesto del bere nel mentre Costanzo, sospeso a due metri da terra, aria scanzonata, selva di ricci che pare effusione d'oro: "Di quella picciridda niente dovete dire, padrepparroco" ordina. "Niente! Nisba! Mai la trovaste, mai la vedeste, mai ne sapeste cosa. Mi spiegai?"

«Ma...» dice don Bruno all'aria davanti a sé.

"... ma non potete dire menzogna, lo sappiamo! Perciò solo questo vi si chiede: siate serpente!" e calca sulla parola *serpente* con un grido che pare un tuono.

Lui si guarda stravolto intorno. Il tuono l'hanno sentito tutti, ma l'hanno inteso, appunto, come tuono.

Serpente? E che vuol dire? Il serpente diede la mela a Eva... Dunque, diabolico come un serpente deve farsi? Maligno come un serpente?

Suda, nella sua testa è tutto un urto di citazioni fasulle.

"Mi deludete, don Bruno" lo sfotte allora Costanzo. Tono professorale, braccia conserte, piede che ribatte su un pavimento d'aria, aspetta la risposta che però non arriva: troppo frastornato è don Bruno. Così frastornato che non s'accorge del tempo che svelto corre e della gente che si pulicìa sulle segge.

Perciò, per non fare mattina: "Matteo 10, 16" si degna di spiegare lo spirdo: "'Siate dunque prudenti come i serpenti e semplici come le colombe'. Tanto ci voleva a capire?".

Minchia!, direbbe Motta se fosse presente. Il parrino, invece, si limita a calare gli occhi sulle mani che hanno preso a tremargli come foglioline alla brezza di marzo, e giura sulla sua vita, lì sull'altare, che di quella visione non farà parola con nessuno, perché a finire in una clinica psichiatrica non è che ci voglia poi così tanto.

"Purché siate omertoso riguardo alla picciridda" dice Costanzo svampandogli a un palmo dal naso.

«Ihhh!» grida, si ritrae e intanto s'agghiaccia, intanto annuisce, mentre il Tabbacchere gli svola davanti come un san Giuseppe da Copertino durante una delle sue più riuscite levitazioni.

Il sacrestano gli s'accosta preoccupato: «Don Bruno» bisbiglia, «vi passò la tosse?». Domanda scema, certo, ché glielo dicono gli occhi suoi stessi che smise di tossire, ma è la prima frase che gli viene alla bocca in quel delicatissimo momento.

Il parrino si degna forse di rispondergli? Macché! Imbalsamato pare.

Infatti ha occhi solo per Costanzo che tremolìa nell'aria davanti a sé intanto che piano piano svanisce.

«Don Bruno...» il sacrestano lo scuote.

Lui si scioglie come da un sogno, sbatte un paio di volte le palpebre, promette che di Nero d'Avola non ne berrà più manco un goccio, quindi, volgendosi ai fedeli: «Vi volevo dire...». La voce gli viene rauca. Se la schiarisce: «Vi volevo dire... che oggi è Natale... Ma Natale per davvero» si affretta a precisare.

«Ancora ascutava!» mormora il meccanico all'orecchio della giornalaia.

Che però, femmina maligna qual è: «Quello a me non me la conta giusta» afferma. «Davvero aveva un qualche annuncio da fare e qualcuno glielo levò dalla testa.»

«E chi? Nessuno vìstimo.»

«Forse la Madonna?» dice lei buttando la cosa a scherzo.

«Nel senso che la Madonna comparì al parrino?» fa il meccanico.

«Precisamente.»

Ecco.

Date le circostanze – lo strammamento di don Bruno palese a tutti – potrebbe non spandersi a macchia d'olio la voce? Potrebbe non passare di banco in banco la novità dell'apparizione?

Giammai! E infatti tra poco più di un'ora non ci sarà anima in paese a cui non sarà stata comunicata la gran notizia che forse don Bruno vide la Madonna: quella di Lourdes, secondo i meglio informati, quella delle Lacrime, secondo i più campanilisti, quella di Fátima a detta degli esterofili.

Ma questo, appunto, accadrà dopo, adesso c'è un don Bruno stremato che prende un gran respiro e, senza perdere altro tempo: «Avanti» sollecita «tutti in piedi. Cantiamo il Gloria».

E gloria fu. In cielo, in terra e in ogni luogo.

9

Gloria pure in casa Tabbacchera, certo.

Fuori campane a tinchitè, dentro un tepore ovattato, una luce soffusa a tutela del sonno di questa figlia scippata alla fame dei cani e al dolore di una madre che in questo momento sta buttando sangue chissà dove, pensa Agata, e chissà che non sia tornata sui suoi passi, che non sia venuta a cercarlo l'imbratto di sangue e carne strappato da lei coi denti.

Era stato il dottore a dire del cordone reciso coi denti, e questo aveva inorridito gli altri e impennato in Motta un'onda più forte di raggia: "Bastarda senza rimorso" aveva sdilliriato. "Ah, se l'avessi qui! La strozzerei con queste mie mani senza provare manco n'anticchia di pena!"

Don Bruno, subito intervenendo: "Zìttiti, Sarino, ché non le conosciamo le vie del Signore".

Lui non aveva replicato per rispetto. Le vie del Signore gli erano sempre parse malamente frequentate: briganti, terroristi, assassini, e proprio non lo capiva perché il Sommo non intervenisse, perché chiudesse gli occhi, perché si voltasse dall'altra parte quando le peggiori nefandezze lazzariavano l'umanità. Era rimasto muto, dunque, sia per rispetto al parrino, ma anche perché non voleva inimicarselo il grande Iddio che proprio quella sera aveva taliato dalla parte giusta e aveva portato la figghiuzza in mezzo a loro.

Figghiuzza alla quale smania di tornare, ora che vorrebbe la messa già finita.

Ma quale finita! Col Gloria la messa appena cominciò e lui, con la cravatta che lo strozza, il completo grigio, il cappotto nuovo, le scarpe nuove – ché Franca per quel Natale l'ha allicchittiàto come un signorino – smania come dentro una camera di tortura. E spicciatevi, no?

No! Tutto il copione della messa solenne deve essere rispettato, per cui il coro canta a due e a tre voci, canticchia don Bruno, che ancora non s'è ripreso dall'apparizione sconvolgente, canta il solista il versetto del salmo, il coro risponde cantando, il popolo dice "Amen", e lui vorrebbe scappare. Ma la tenaglia, che in certi momenti si fa la manuzza di Franca, gli si serra intorno al polso mentre la voce di lei angelica: "*Nun ti mòviri*" canta sulle note dell'*Agnus dei.* E il sacrestano annaca l'incensiere e a lui scatta la tosse.

«Finiscila di fare teatro!» sibila Franca.

È tosse vera, che l'incenso va a scovare fino nel fondo del petto.

Lei, allora, gli porge una caramella.

«Minchia, signora mia» le soffia nell'orecchio «attrezzata per tutte le evenienze siete» e ride e l'abbraccia nonostante la gomitata di lei sullo stomaco per via della mala parola. "Perdipiù in chiesa!" lo rimprovererà dopo, nel bagno della Tabbacchera, dove per un attimo si saranno appartati, e lui le chiuderà la bocca con un bacio, perché la ama accussì tanto quella femmina pipaiòla (piccantissima come il peperoncino) che niente, ma proprio niente di lei, lo può incazzare (con rispetto parlando).

Agata, giunta nella sua camera, ha controllato il cellulare. Nessun nuovo messaggio. E però quel *Tabbacchera mia*, che ha di nuovo letto, la stabilizza nella gioia, e anche dentro la risoluzione di partire.

Guarda la bimba avvolta nella copertina azzurra, vestita d'una tutina azzurra: davvero non si corre il rischio che la scambino per un maschietto, troppo delicati i lineamenti, troppo aggraziate le forme, dal nasino alla bocca, alla fronte, alle sopracciglia appena accennate.

Le tremano le mani a tenerla, ha paura di farle male. Piano piano, però, ci piglia confidenza, e la creatura le si rannicchia tra le braccia.

Prova a immaginarne il padre e la madre: l'hanno concepita con amore, oppure una botta e via, lei è rimasta gravida e non ha potuto abortire. O non ha voluto? E se non ha voluto, perché allora buttarla via?

Rabbrividisce. Pensa ai cani randagi che hanno divorato la focaccia sbriciolata da Sarino. «Meno male che don Bruno t'ha trovata, Luce» mormora.

È la prima volta che la chiama per nome.

Il nome si posa sopra la bimba, la veste di significato.

Se l'avvicina al viso, l'annusa, se l'accosta al petto: «Figghia bedda...» sussurra. «Figghia duci...»

Un languore la pervade, una tenerezza che è anche struggimento, dolcezza e acuto di pena, un improvviso bisogno di essere abbracciata, baciata.

S'imbambola sul ricordo di Andrea che le infila le dita tra i capelli. Così è cominciato quel bacio, con le dita di lui tra i suoi capelli nel mentre il viso si accostava al viso, la bocca alla bocca. E nel fantasticare, nell'abbandonarsi al languore del desiderio, ha l'impressione che la bambina le scivoli dalle braccia.

Bruscamente si riscuote, si raddrizza.

Troppo bruscamente.

La bimba spalanca gli occhi, comincia a lamentarsi.

La ninna, la culla.

Ma niente. È spaventata, 'sta figlia di nessuno che conserva scritti nel sangue i patimenti e gli scanti subiti da sua madre ed è sensibilissima – resterà sensibilissima – a ogni oscillazione umorale, per cui scatta disperatamente a piangere e la Tabbacchera, che mai ha accudito un bambino, entra in confusione: manco un succhiotto ha con sé.

«Possibile che hai di nuovo fame?»

In effetti la vede portarsi la manina alla bocca.

«Come può essere?»

Violante, prima di andarsene, le ha dato dell'altro latte: "Così non si scuièta" ha detto rimettendogliela, sazia, tra le braccia, "e dorme fino a quando non torno. Almeno per un'ora con la panzuzza china ci sta" ha concluso sorridendo. "Puoi stare tranquilla, Agata."

Agata, l'ha chiamata, e non Tabbacchera dandole scherzosamente del *voi* come ha sempre fatto. Lei le ha sorriso, ha capito che tutta la soggezione della ragazza nei suoi confronti – "Parlate come un libro stampato" – s'era ormai dissolta, e che in caso di bisogno se la sarebbe trovata al fianco, per cui, nella mente: "Spicciati a tornare, Violante" implora. E ninna la creatura, che però di ninne non ne vuole sapere.

Allora se l'avvicina al viso.

La bimba spalanca la bocca, le succhia il mento. E piange, continua a piangere.

E allora...

Allora succede come in un sogno:

la Tabbacchera infila la mano nella scollatura dell'abito e tira fuori una mammella;

la bambina nel giro d'un lampo trova il capezzolo e si quieta.

Non di fame stava piangendo, ma di paura appunto. E cosa importa se questa donna che le dà il petto, non è sua madre? Un petto, una minna, un çiauro di presenza viva che ti consola: di questo ha bisogno una creatura appena nata. E quindi?

E quindi teniamola appizzata a questo petto asciutto di latte ma ricco d'amurusanza, 'sta nnicaredda che, blandamente succhiando, si rimette a dormire.

Agata ferma sta, immobile, mentre la boccuzza intorno al capezzolo ogni tanto riprende a succhiare. Quasi non respira. Non si muove. Solo le lacrime prendono a colarle giù per le guance.

Ricorda tutte le volte in cui Costanzo le aveva detto: "Giuro che stanotte ti metto incinta" e lei ci aveva creduto. E il sangue, invece, era venuto, e in silenzio su quel sangue si era disperata, perché ogni volta era una nuova coltellata su una ferita aperta che si faceva sempre più fonda.

In due anni di matrimonio neppure una mancanza, e se

Costanzo si doleva e le diceva che avrebbero dovuto consultare un luminare, lei tirava fuori il suo sorriso più menzognero e stella si faceva per lui e, con una scrollata di spalle: "Ancora siamo giovani, il figlio arriverà a tempo giusto".

Ogni mese però aspettava e, nelle rare volte in cui c'era stato un ritardo, aveva esultato zitta zitta dentro di lei, con un sole nel cuore che tutta la faceva splendere. E trascorreva giorni trepidi, leggeri, e sorrideva, e aveva un che di svagato che di più seduceva, e di più gli uomini le ronzavano intorno come calabroni su un fiore splendidissimo e inavvicinabile.

Poi il sangue arrivava, e tornava il carbone al posto del sole, ma lei faceva in modo che non si vedesse: accendeva fiaccole e luminarie per non dare a Costanzo il gran dispiacere di saperla infelice, e riprendeva il minuetto della vita senza che un figlio pigliasse possesso di lei.

Con la picciridda appizzata al petto, Agata ripercorre i giorni del suo matrimonio e quelli della sua vedovanza, pensa al suo corpo ch'è rimasto sterile. Pensa pure che se questa bambina è entrata nella vita sua vuol dire che deve farsela bastare: una figlia di cuore al posto di una figlia di ventre.

La guarda. Pittata pare. Le sta attaccata al seno senza che da questo sgorghi latte e però non piange, ci si trastulla per conforto.

La carezza piano sui capelli, che sono chiari, una peluria appena. Ci prova a chiamarla *figlia*... Ma no, non le viene, Luce la chiamerà, anche nel caso magnifico in cui, sbrigate tutte le faccende di legge, le sarà possibile adottarla...

Adottarla?

"Oh, babba!" si dice. Per adottare bisogna essere coppia. "Come fai, tu da sola, a adottare una creatura? Come fai a darle una famiglia, tu che non hai un marito accanto?"

Pensieri e pensieri, e intanto la bimba s'è addormentata e la boccuzza s'è sfilata dal capezzolo. Bellissima è: la bocca a forma di bocciolo, la fossetta sul mento, la pelle che si va schiarendo, il gonfiore – tipico della nascita – che sfuma in una perfezione di tratti che la commuove. Madre le sarà, sì, pure se a petto asciutto. Si farà aiutare da Violante, che di latte ne ha tanto e abita nella casa di fronte; faranno in modo che i due bimbi – Luce e Marco – crescano insieme.

Il viso della bambina poggia ancora sulla mammella nuda. Dovrebbe ricomporsi, coprirsi. E invece resta lì, a contemplare quella miniatura che ha trovato sopra di lei il suo rizzetto.

I piedi vecchi sono adesso l'ultimo dei problemi.

Il problema vero è questo petto che scoppia, che sgriccia latte non appena lo tocca.

E le viene da piangere, ché peccato è questa grazia del Signore sciupata così.

Allora piglia il bicchiere che c'è sul lavandino – quello che dovrebbe contenere gli spazzolini e invece è vuoto –, lo lava bene sotto il getto caldo, poi si sciacqua a lungo le mammelle turgide, dolentissime, quindi spruzza il latte nel bicchiere. Lo guarda in controluce, ha una consistenza leggera, d'un bianco acquoso che si fa più denso a mano a mano che sgorga.

Il bicchiere è adesso pieno.

Annusa. Assaggia. Poi, a lunghi sorsi, beve.

Seduta sul bordo della vasca, beve.

Il latte suo, beve.

E si sfama e si disseta. E piange, 'sta figlia che si fa madre a se stessa, ché certe volte pure questo ti devi fare: madre a te stessa.

"Ché se non ci pensi tu a te" le diceva Giona "chi vuoi che ci pensi?"

"Mina" diceva lei.

"Dal cielo" ammetteva lui. "Ma principalmente tu."

"Tu no?" gli domandava.

E lui: "Certo. Ma tu prima di tutto".

Finisce di bere il suo latte – un altro bicchiere colmo –, finisce di sciacquarsi i capelli e il corpo, si avvolge nell'accappatoio, accende il phon: giù la testa, comincia ad asciugarsi i capelli che sfiorano il pavimento.

Aria calda addosso, dalla sua pelle profumo di shampoo e di bagnoschiuma. Con gli occhi chiusi si riappropria di sé, del suo corpo, di quel frammento di felicità che viene dall'essere puliti, dal non puzzare di muffa e di rancido.

Un gran sospiro, un gran colpo del capo all'indietro, e i capelli le si spandono a mantello sopra le spalle.

Magnifica è!, non potrebbe fare a meno di esclamare qualunque uomo la guardasse in quest'istante: alta, petto gagliardo, cosce lunghe, faccia di madonna. E se i piedi sono vecchi, se le mani sono spaccate dal freddo, se il corpo è scarno e il viso sciupato, si tratta di imperfezioni così irrisorie, rispetto al resto, da passare in cavalleria.

Dal bagno si sposta in camera da letto. Apre l'armadio, trova pantaloni e maglioni della sua misura, biancheria intima mai usata, pure cappotti e coperte... Sarebbe un paradiso se ci fosse di che mangiare.

All'improvviso dalla strada viene un canto a voce nuda: non chitarre, tamburelli, solo una voce di donna che canta una nenia:

> *"Dormi bambinu miu, dormi figghiuzzu beddu, ti tegnu no ma pettu, nun chianciri accussì..."*

Vorrebbe poterla cantare alla sua bimba una ninna così.

Schiude a spiraglio la finestra perché la voce giunga più nitida.

La Tabbacchera schiude a spiraglio la finestra.

Più forte si stringe la bimba al petto.

> *"... dormi ta matri è desta, tuttu u silenziu è cca..."*

Lori alza gli occhi verso il cielo trapunto di stelle.

La Tabbacchera guarda il cielo trapunto di stelle.

"... e quella più brillante di tutte, con lo strascico di una lunghissima coda, venne a risplendere sulla grotta di Gesù" racconta Mina nella sua mente.

Lori cerca la stella con la lunghissima coda, ma non la

vede. Vede, piuttosto, un lontano palpitare rosso, un grosso carbone ardente a mezz'aria.

Si stupisce, non capisce che ci fa quella luminaria di fuoco appesa al cielo.

Svampa rosso il fuoco in bocca all'Etna. "Strano" si dice Agata. Le eruzioni sono sempre precedute da sboffi di ceneri e vapori, ma fino all'imbrunire la montagna appariva definita nei contorni e pulita in cima, senza fumi che ne lasciassero intuire l'imminente sfogo.

Lori guarda con più attenzione, e vede – più nera nel nero della notte, le pendici punteggiate di luci – la sagoma della Montagna, che ha sempre guardato da un'altra prospettiva, perciò non l'ha riconosciuta. Un rosso vivo le palpita in cima.

Nessuna delle due, più avanti, sarà in grado di spiegare se ciò che adesso vede è fatto naturale o frutto di suggestione.

Ognuna delle due adesso questo vede:

il pulsare rosso che d'improvviso si alza in schizzo potente che giunge alle nuvole e le tinge di porpora, mentre il mondo circostante avvampa della luce di quel gran sole partorito dal centro della terra.

Nessun rumore, nessun tremore, nessun effetto terremoto, solo quest'alba nuova in cui la linfa della Montagna sgorga in un esubero di gioia e, pazziando, raggiunge il cielo.

Pazziando?

Si può dunque ancora pazziare?

Ancora gioire?

Trasgredire?

Ricominciare?

Un barlume di sorriso tocca le bocche di entrambe.

«Sì» mormora Agata.

"Sì" dice Mina nella mente di Lori.

«Sì» dice Lori.

Poi tornò il buio, il silenzio.

Ma quella scaglia rossa restò conficcata nel cuore di ognuna: una ferita che invece di suppurare peste effondeva forza.

Con la fronte appoggiata al vetro, la voce imperativa di Mina nelle orecchie, Lori parve perdersi in un mondo tutto fatto di quel sole che pulsava ardimento di vita e un gran benessere, che tuttavia non s'irradiava dalla scaglia rossa infissa nel cuore, quanto, piuttosto... dai piedi?

Dai piedi, appunto.

Con gli occhi chiusi – temeva che l'illusione svanisse – ebbe la sensazione che uno spennellatore d'olio d'iperico (così avrebbe detto l'erborista) si fosse messo a spandere di lenitivo i suoi poveri piedi.

Desiderò ardentemente che non si stancasse, che continuasse.

E quello continuò, certo che continuò, solo che adesso più che spennellature le parvero... Slinguazzate?

Aprì gli occhi e lo vide: un cagnolino che leccava, sì, teneramente leccava le ferite, che al tocco della lingua si sanavano.

«Ma tu chi sei?» domandò frastornata.

Per tutta risposta, quello si buttò per terra, si girò sulla schiena e prese a dimenarsi come un cucciolo in cerca di carezze. Aveva il pelo intriso di cristalli che brillarono per qualche istante prima di dissolversi: dunque veniva da fuori.

«Come hai fatto a entrare?» Era sicurissima d'aver chiuso la porta a doppia mandata. E intanto si guardò i piedi e si sconvolse: nessun taglio, nessuna vescica, "piedini da principessa" avrebbe detto Giona.

Gli occhi le si riempirono di lacrime, si chinò per carezzarlo mentre un *grazie* come un sospiro le usciva di bocca.

Il canuzzo la fissò con quegli occhi spaiati che aveva: l'azzurro che sfolgorava volontà d'acciaio e il nocciola che effondeva tenerezza.

Per gratitudine, per trabocco d'affetto: «Vieni qui» gli disse sedendosi per terra.

Se lo tirò addosso e affondò la faccia nel pelo arruffato, lo riempì di baci e di lacrime intanto che gli diceva di avere un buco nella pancia, un buco dove prima c'era una nnicuzza che ora era in mano a chissà chi, e che senza quella nnicuzza lei non ci poteva stare: «Non posso campare» confessò ignorando gli incitamenti vitali di Mina nelle orecchie, il sole rosso che dava parvenza di forza. Non c'era forza, non c'era vita senza la figlia.

Lui allora s'irrigidì, prese a ringhiare mostrando canini aguzzi che le parvero ferocissimi.

Si scantò, s'addolorò: «Pure tu mozzichi?» chiese delusa.

Non diede mostra di sentirla, conficcò quell'aguzzo di denti nell'orlo dei pantaloni e prese a tirare, a tirare. Indemoniato all'improvviso pareva!

Lei cercò di resistere, di contrastarlo scalciando, ma niente, fortissimo era, e tirava con tanta di quella furia da trascinarla con sé, fuori dalla casa, in mezzo alla neve che cadeva forte.

«Canuzzu, fermati!» A piedi nudi era, senza manco il cappotto.

Fermati? Ca quando mai! Pareva che qualcuno gli avesse messo il pepe nel culo: arraggiato e furioso, tirava.

«Aspetta!»

Si voltò, la guardò furibondo: "Aspettare che cosa? Nella neve si muore, bedda!".

Tirando tirando il canuzzo la trascinò per strade e stradette fino a un portone di legno: con una musata lo aprì, le girò intorno e, con una musata, la spinse dentro.

Gesù!

Si ritrovò in una specie di pianerottolo da cui partiva una scala di marmo.

Seduta per terra, l'ambiente le parve gigantesco, ma non ebbe il tempo di sentirsene sopraffatta perché fu altro a sopraffarla: una nuvola densa di odori che repentinamente l'avvolse, una sinfonia çiaurusa in cui il dolce s'accordava al pepato, al salato, all'aspro.

Chiuse gli occhi, annusò: mandarini ma anche mandorle tostate... biancomangiare... ragù, scacciata coi broccoli, e...

Ancora annusò, decodificò: ulive cunzate con aceto, aglio e menta (quelle fatte da Mina erano buonissime)... cotolette... zucchero caramellato...

E poi profumi costosi. Borotalco.

E poi un gran tepore.

Anzi, si moriva di caldo lì.

Cominciò a sudare, e intanto il cuore a galoppo, lo stomaco in subbuglio nel mentre veniva investita da mille sensazioni diverse, e da lassù, dalle stanze al piano di sopra, giungeva un parlare quieto, qualche risata.

Accanto a lei, poggiato sopra una mensola vide un cappello che le parve quello di un carabiniere.

Tremò. Ma dove l'aveva portata il canuzzo, in braccio alla Legge?

"Via, subito, scappa!" si disse.

Provò ad alzarsi, ma non ci riuscì. Manco a muoversi riusciva.

Gli odori sono lacci che t'insalsicciano, pensò arrendendosi: in certi casi è il corpo che ti frega, la fame che t'annorba a rendere vano tutto quello che hai fatto per salvarti.

10

«E tu cu minchia si'?» domanda una voce stupefatta alle sue spalle.

Si volta e sussulta. Perduta è!

Sulla soglia c'è un uomo incappottato, incappellato, che odora d'incenso e di bergamotto. Alle sue spalle s'affaccia altra gente, sguardi pizzuti che la fissano nel mentre qualcuno, dalla cima delle scale, accende una luce che l'abbaglia.

«Allura?» continua quello.

Muta.

L'uomo la scruta inquisitore: «Come hai fatto a entrare?» incalza.

Muta.

«Sei venuta per rubbare?»

Scuote la testa.

«E allora perché?»

Lei guarda il canuzzo. Che guarda Motta coi denti di fuori come a dire: "Attenzione a come la tratti".

A Motta scappa da ridere: «E unn' a truvasti 'sta bedda figghia?» gli domanda.

Dal sommo della scala, intanto, s'affaccia una donna con un bambino in braccio: «Come avete fatto a entrare?» chiede.

L'uomo solleva lo sguardo verso di lei: «Era aperto» risponde.

La donna li guarda perplessa.

L'altro, stringendosi nelle spalle: «Forse ci scordammo il portone socchiuso» dice.

Ma la donna in cima alle scale non sembra convinta.

Lori sposta lo sguardo da lei all'incappellato, alle persone che ostruiscono l'uscita: "Sono in trappola" pensa.

La donna sta venendo giù per le scale. Ha portamento di regina, e il bimbo che tiene tra le braccia sembra un principe.

Il tempo pare quagliare in uno sciroppo denso in cui, come in un acquario, si muovono le figure che abitano quest'androne di palazzo: la donna che scivola lungo la scalinata, l'uomo col cappotto che dice qualcosa a qualcuno dietro di lui, il canuzzo che attisa una sola orecchia, un fazzoletto che vola giù dalla ringhiera e che appartiene a chissà chi.

«Come ti chiami?» qualcuno le chiede.

Sono tutti intorno a lei, adesso, che resta seduta per terra, là dove il cane con quella musata l'ha spinta. La sovrastano, la guardano come fosse una bestia alla tagliola, e lei così si sente: bestia alla tagliola, gli occhi addosso come coltelli, i corpi come le sbarre di una gabbia viva che le impedisce la fuga.

La donna si piega sulle ginocchia per averla a portata d'occhi. Lei, però, all'improvviso è attratta dal principino che quella tiene tra le braccia: non è un principino ma una principessa – pure ch'è vestita di celeste –, ha una peluria bionda sulla testa, boccuzza a bottoncino, quel taglio d'occhi che tanto le ricorda quello di Mina...

Il suo cuore si ferma.

"Zitta muta, per carità" le ordina il cervello.

Zitta, muta, sì.

Contempla la picciridda. Ha la stessa misura del buco che l'è rimasto nella pancia, di quello che ha nel cuore.

Agata la osserva.

Gli altri non fiatano.

E a lei – mannaggia! – comincia a tremare il mento per l'immenso sforzo di resistere al pianto, al bisogno di pigliarsi la figlia e inghiottirsela.

La Tabbacchera sposta gli occhi sulla creatura e poi di nuovo su di lei.

Che d'improvviso ha il volto rigato di lacrime.

I pantaloni zuppi di neve, i capelli che odorano di shampoo e il corpo di bagnoschiuma, intirizzita e disperata, Loredana Delle Rose piange.

Gli altri restano come salami senza sapere che dire, che fare, che minchia successe, tu cu si', a cu apparteni, comu ha' fattu a tràsiri, cu ti puttau cca, chi c'entri tu co' canuzzu nostru?

Tutte domande legittime, certo. Che però restano informulate. E tanta è la sorpresa e tanto lo sbalordimento che nessuno s'accorge di Lisabetta, Calcaterra, Luisa, Carmine e Giulio venuti giù a rotta di collo nel vedere l'assembramento.

"Minchia che confusione!" sbotta Costanzo.

Sarino alza lo sguardo e stramma.

Stramma, trema, sente i capelli che gli si rizzano sulla testa, che gli si rizzano i peli delle braccia nonostante il triplo strato di camicia, giacca e cappotto! E però muto si mantiene, serio e corretto, anche perché Costanzo – in piedi sul corrimano – gli sta dicendo: "Attia tu, sentimi bonu: ora tu a 'sta carusa la proteggi, mi capisti? A costo della vita tua!".

S'imbambola, stupisce: «No... nun capii» mormora.

"La devi proteggere, ci devi stare accura. E solo così io ti potrò perdonare."

Dunque imperdonato era? Dunque non funzionò la confessione dopo che lui era morto per colpa del sindaco, e pure sua, che del sindaco a quel tempo era galoppino? La coscienza non gli aveva dato requie, come un canazzo che abbaiava rimorso, perciò era andato da don Bruno, che gli aveva detto: "Occupati della terra di Costanzo come se fosse cosa tua, e il Tabbacchere ne sarà contento". E lui così aveva fatto, da allora si era preso cura con amore di quel paradiso che era la Saracina. Dunque tutte minchiate aveva detto il parrino?

"Giusto disse il parrino!" accorda Costanzo. "E però i conti faccia a faccia con me non te li facisti, Motta." E brutto si fece il Tabbacchere, minchia quanto si fece brutto! In un momento – dacché pareva un angiolo, con quell'oro svaporante di capelli intorno alla testa – si cambiò in una bestia dell'Apocalisse, per cui Motta Sarino, conscio d'averlo molto oltraggiato il Tabbacchere quand'era in vita, con un sospiro, che pensò il suo ultimo, s'accasciò senza un grido per terra.

Gridarono gli altri, Franca in primis.
E tutti si scordarono della carusa.
Che si avvicinò ad Agata, la guardò negli occhi. Poi guardò la bambina. Tese le braccia.
E Agata gliela consegnò.

E ora c'è una carusa assittata in una delle poltrone del salotto con in braccio la picciridda che la fissa con quegli occhi fondi che sembrano sapere il prima, il dopo e l'Eternità tutta, chiuse in una bolla d'amurusanza che esclude il resto dei viventi.
Sarino, seduto poco lontano, guarda incarognito la madre e ingoia come un grosso pezzo di pane che gli è rimasto a mezzagola e intanto: «Ma taliatela!» sdillìria. «'Na santuzza pare, e invece la buttò ai cani 'st'armuzza 'nnoccente, e se non fosse stato per don Bruno che la salvava, altro che gioia mia, çiatu miu, ora morta sarebbe! E lei, la buttana...»
"Motta!" schiocca e abbrusca la voce del Tabbacchere.
Minchia minchia minchia! Di nuovo gli si rizzano i peli di tutto il corpo, e a Franca che lo guarda preoccupata: «Tutto a posto è» dice mentre s'asciuga col tovagliolo l'eccesso di sudore che gli straluce sulla faccia, fottendosene dell'educazione ché certo non è questo il momento di pensare al galateo.
"Ti dissi" continua Costanzo "che 'sta picciotta la devi tutelare. Quale buttana e buttana! Pure carte false devi fare per lei, mi capisti?"
«No... Sì... Ma come?» si confonde.
Delusione massima nella voce di quell'altro che mormora: "Nenti, mi sbagliai, ti sopravvalutai: non sei cosa".
Che? Ti sopravvalutai? Offesa mortalissima è, che l'orgoglio non può tollerare per cui: «Che devo fare?» domanda.
"Ci devi stare accura."
«Ma come?»
Silenzio.
«Sarino, che hai?» domanda Franca che continua a guardarlo inquisitoria.
Glielo può dire che ha visto il Tabbacchere? Glielo può dire che il Tabbacchere gli parla nel pensiero? Se una cosa del genere si viene a sapere, finisce sicuro in manicomio e gli fanno

l'elettroshock – come a quel mischinazzo di Caracciolo, che ora babbìa strada strada con la bava che gli cola sul mento – per cui, minimizzando: «Un crampo mi venne, Francuzza, accussì, a botta subbitanea, e accussì forte che mi stramazzò».

Lo guarda dubbiosa, ma lui, tragediatore nato, ostenta un dolore, minchia, un dolore così acuto e così stoicamente sopportato che lei si rasserena, e gli sorride, e lesta torna con sguardo chioccio – pure estatico – alla madre e alla figghiuzza.

Madre e figghiuzza che continuano a riguardarsi, conoscendosi intanto con gli occhi, che sono la porta della mente, mentre la madre, di nuovo: «Çiatu miu» mormora, e se la tira al petto e l'annusa e la bacia: dappertutto la bacia, sulle manuzze e sugli occhi, sul collo, sulla fronte, sulle guance e, tra un baciuzzo e l'altro, bisbiglia qualcosa che gli altri non capiscono, parole scògnite, come di un'altra lingua, che vanno e vengono al ritmo del telaio che continua a tessere la loro storia, cominciata il giorno in cui un giovanotto bucò malamente una quasi bimba e la lasciò incinta. Ma che importa, ormai?

Baci e sussurri, una specie di canzone, di cantilena... *vado abitando quando non sono sveglia e neppure dormo*... poi una pausa lunga, stupefatta... da cui emerge chiarissima e sbalordita l'esclamazione: «Ma allora sei tu Terramarina!». Frase che a loro niente dice, e che per lei, invece, è rivelazione massima: dunque era questo che intendeva sua madre quando la esortava a non arrendersi intanto che lei vagava come una mendicante per le strade. La Terramarina sua, la sua gioia grande, il suo perfetto amore è questa nnicuzza che si chiama... Come potrebbe chiamarsi se non, appunto, *Terramarina*?

Sorride, le passa un dito sulle labbruzze, la solleva per averla ad altezza d'occhi e: «Ciao Terramarina» la saluta.

E non c'è nessuno che dice: "Bedda, guarda che troppo tardi arrivasti! Guarda che l'abbiamo già chiamata, guarda che il suo nome è Luce!".

Muti stanno, ché spetta alla madre la nomina della sua creatura; diritto che nasce dall'averla covata a lungo nel ventre trapassandole sangue e nutrienti, quel bagaglio di ricordi che si fanno sangue nel sangue e che un giorno affioreranno come lampi d'un film già visto, non si sa dove né quando, ma visto, appunto, perché è così che succede: tua madre ti trapassa la carne ma pure la memoria, e pure uno spicchio dell'anima sua che s'innesta in te e in te permane.

La guardano, la scrutano per capire che cosa abbia per davvero nel cuore, che cosa fu che la spinse ad abbandonare la nnicuzza e a fuggire per poi tornare. Quale scanto? Quale tormento? E suo padre, sua madre? Dov'è la sua famiglia?

«Terramarina» ancora lei sussurra come se fosse parola preziosa e rara, e gli occhi le ridono, e loro sospirano e: "Mah!" pensa Sarino. "Che nome streuso... Certo, la possiamo sempre chiamare Marina, che è nome di cristiani, ma Terramarina... che minchia di nome è?"

Agata pensa invece che è un nome cantante, che ha in sé il frùscio del vento tra le spighe e quello della risacca, il profumo dei gelsomini, il salmastro del Mediterraneo che tutta la Sicilia circonfonde e abbraccia.

Toni invece pensa che 'sta carusa assomiglia a qualcuno... Ma a chi?

Giulio pensa solo al nome, che è bellissimo, ma pure alla carusa, certo, che irresistibilmente l'attrae.

La carusa, invece, sta pensando a Giona, lo sta invocando, gli sta dicendo: "Vieni, Giona, vieni, è qui Terramarina, non è un sogno, non è un'invenzione, Giona, vieni!".

Pensieri, dunque, e un gran silenzio.

Manco rumore di pane spezzato, come dovrebbe essere nella messa di Natale

manco rumore di vino versato, come dovrebbe essere nella messa di Natale

un silenzio di reverenza come in presenza di Madonna e di Santissimo

e però qui non c'è Santissimo e non c'è Madonna

qui c'è solo una carusa che mezz'ora prima Sarino Motta avrebbe scannato con le sue stesse mani e gli altri vilipeso a sputazzate e che ora, invece, guardano con rispetto nel mentre si sbottona la camicia – Violante corre ad aiutarla –, s'appizza la picciridda al petto

e amen.

11

Giona spalanca gli occhi. S'era appisolato davanti al fuoco. La voce di Lori ha perforato le velature del sogno ed è giunta a lui limpida, squillante: "Vieni, Giona... Terramarina è qui!".

«*Qui* dove?» domanda.

Ma la voce è svanita. Al suo posto il tonfo di un tizzo che frana nel camino, lo sfrigolio delle faville che ne sprizzano, un fiato più caldo che dalle braci si diffonde per la stanza e gli tocca il viso.

"Lunga e contorta è la strada che il destino piglia per portarti a Terramarina" si dice.

Nelle settimane che ne avevano seguito la fuga, aveva pensato molto a Lori, aveva temuto per lei, certo, ma non aveva mosso un dito per rintracciarla. I Caini sorvegliavano la sua casa, ogni suo movimento, ogni persona che riceveva, ogni pacco o lettera che spediva. Spiavano, aspettavano che la nipote comparisse. Fino a quando, stanchi dell'inutile attesa: "Dov'è la carusa?" erano venuti a domandare.

"Quale carusa?"

"Delle Rose Loredana."

"Nenti sacciu."

"Ma veramente?" avevano chiesto sfottenti, quindi: "'Stu cani picca campa" avevano detto di Laika, il pastore belga ch'era la sua ombra.

"Cioè?"

"Un morto che cammina è."

Non si era scomposto. Aveva solo pronunciato il nome di un tizio a cui aveva tolto un proiettile dalla carne: uno che gli aveva fatto promettere di cercarlo in caso di bisogno. Non l'aveva mai cercato, ma ne aveva, appunto, pronunciato il nome per levarsi quegl'infami di torno. Che davvero s'erano dileguati, ma solo per mandargli in casa i poliziotti, un'assistente sociale che l'inducesse a svelare il nascondiglio della nipote: "La cerchiamo per il suo bene, per tutelarla, lo Stato si piglierà cura di lei".

Lo Stato? Come no! Lo Stato l'aveva sottratta a lui per affidarla a quei rapaci, e ora veniva a cercarla da lui che era inabile? Incapace? Bene, inabile e incapace fino in fondo: "Non capisco... cos'è che dice?".

"Delle Rose Loredana, dov'è?"

"Cosa?"

"Loredana... sua nipote, dov'è?"

"Nipote?" Occhi vacui, sguardo ebete. Si era murato in bocca le risate, ché a fare gli scemi ne viene gran divertimento, soprattutto quando la controparte è ottusa, come nel caso dei Caini, che vogliono la roba della ragazza e fanno come i pazzi per trovarla, la ragazza, ma solo per chiuderla in un qualunque carcere: il matrimonio di convenienza col loro figlio, una stanza all'ultimo piano del palazzo o una prigione vera.

La sapeva in salvo. Era sperta, Lori, intelligente quanto suo padre e sua madre – che certo non erano fessi – messi insieme, avrebbe saputo sbrigarsela, e poi: "Nulla nuova, buona nuova" aveva continuato a ripetersi in quei mesi, e se nessuno era venuto a dare contezza della sua morte significava che Lori era viva da qualche parte.

E ora quel richiamo! È stato sogno, certo, ma non solo: un richiamo all'azione, a scrollarsi di dosso la polvere della vecchiaia per rifarsi parte attiva di questa storia. Questo pensa, e subito una mano di vento schiude la finestra portando con sé odore di caldarroste.

Non ne casca neve lì dov'è lui, e neppure piove, la Sicilia

è bizzarra anche in questo, a una sua punta pare primavera e alla punta opposta il più cupo inverno.

Era stata Mina a parlargli di Terramarina.

"Mai sentita" aveva detto lui.

"È la terra della felicità."

"Non esiste."

"Invece sì."

"Fesserie."

Ma quello era il tempo in cui ancora non capiva: era un dottore troppo impegnato a curare le ferite del corpo, troppo superbo per dar retta alle fantasie, troppo spocchioso per intendere il non detto che balenava negli occhi, in un cenno della mano: Terramarina – l'aveva capito troppo tardi – è una meta di speranza, il porto di felicità al quale ognuno tende, e se per Mina era la terra in cui lei e Filippo si erano amati ed erano stati felici, per lui, Giona Gur, Terramarina aveva assunto le sembianze di Lori, la consistenza del bene grande che provava per lei.

E adesso Lori chissà dov'è, chissà se è riuscita a portare a termine la gravidanza, se è madre di un figlio, di una figlia...

«Laika» chiama.

Il pastore belga compare. È una cagna nera di rara intelligenza, di rara ferocia nella difesa del suo padrone. Occhi di miele, sguardo amoroso, gli viene al fianco.

Le poggia una mano sulla testa (mai usato guinzaglio con lei) e: «Andiamo» dice.

Dai vicoli vengono suoni di chitarra e tamburello: una novena cantata, coi musicanti vestiti da pastori. Li vede con gli occhi della mente, vede le guance rosse per il vino che ogni tanto qualcuno, schiudendo una porta o una finestra, offre loro insieme a fette di pane, formaggio e ulive cunzate. Gli pare di avvertire la fragranza del pane, l'odore del vino, l'acre delle frasche nei falò che anneriscono i muri tra l'indifferenza di quelli che: "Ma chi se ne importa" diranno l'indomani, delegando a chi di dovere la ripassata all'intonaco.

Tamburelli e chitarre suonano nostalgia lungo la strada. La sua mano trema sulla testa del cane, che solleva il muso e gli lecca le dita come a dire: "Andrà tutto bene".

Riprende a camminare.

Nelle orecchie, oltre al canto dei pastori, adesso anche la voce di Mina che dice: "A Terramarina c'è il sole pure quando piove" e la rivede nella mattina di maggio in cui, con una gonna tempestata di margherite, ballò sulle punte dei piedi, e lui pensò che fosse matta.

I Caini stanno degnamente festeggiando: dalle finestre aperte del palazzo ch'è stato di Mina e di Filippo viene chiasso, risate, odore di pesce fritto e cavolo stufato.

"Odore di fogna" pensò.

Dal giardino del palazzo parte un petardo che riempie l'aria di schegge sonore. Non ha bisogno degli occhi per sapere che è Cainazzo a innescare le micce e a far esplodere nel cielo le fontane luminose.

Riprende a camminare.

«Dottore...» qualcuno saluta inchinandosi.

«Sabbenerica» qualcun altro dice.

«Buon Natale.»

Li riconosce dalle voci. Ricambia saluti e auguri con un cenno del capo. Un grande vecchio è: il corpo sorprendentemente agile, una gran massa di capelli bianchi, l'incedere altezzoso di un principe.

«Talè chi superbia!» dice Caino guardandolo dall'alto di una finestra. «A quello ci dobbiamo fare calare le penne.»

«L'abbrucio?» domanda suo figlio.

Storce la bocca: «A tempo debito» dice.

La scuola sorge in uno slargo.

L'incendio ha danneggiato gran parte del fabbricato. Gli occhi di Giona non possono vedere le bocche nere delle finestre, i denti aguzzi di ciò che un tempo sono stati i vetri, i muri affumicati, le aste contorte delle bandiere d'Italia e d'Europa (tra le prime a bruciare), né i tronchi carbonizzati degli ulivi che i bambini avevano piantato nello spazio davanti all'ingresso, né la giostrina, gli scivoli, le altalene di cui restano soltanto scheletri bruscati. Li vedono però gli occhi della mente: la televisione aveva a lungo parlato di quel rogo, le descrizioni dei giornalisti gli avevano permesso una visione precisa dello scempio.

A passo lento ha camminato fin lì, e lì adesso se ne sta come ogni sera, anche se è Natale e altrove si gioca e si canta e si gozzoviglia.

In quella scuola, infatti, è rimasto un pezzo della sua famiglia.

Con le mani aggrappate alla rete di recinzione, gli sembra di sentire le voci dei suoi cari: le urla gioiose di Lori mentre corre inseguita dalle compagne, i suoi salti e le sue scivolate al grido di: "Si salvi chi può!", la voce di Mina che racconta del signor Verbo che fa un patto col signor Soggetto e il signor Complemento per dare vita a una frase magnifica, le risate di Filippo che gioca con Lori in attesa della mamma, la voce di Lori che, indicando lui, un giorno aveva detto: "È lo zio di mio papà. È quello che aggiusta i ricordi", e le filastrocche, i girotondi, l'odore di mela e di pane con la mortadella, le nonne che sferruzzano sedute sulle panchine, i nonni che s'improvvisano giocatori di bocce, la vita di prima, insomma, la vita di quando Filippo era vivo e Mina pure, e non c'erano Caini a tormento, non c'era tutto questo silenzio da uccidere con la forza del ricordo.

12

Ancora silenzio nel salone: imbarazzo, disagio, come se ognuno avesse calzato le scarpe di un altro in uno scambio che risulta scomodo (Motta coi tacchi di Franca, tanto per dire) per cui ci si siede, ci si alza per subito tornare a sedersi, a puliciàrsi nelle segge senza sapere che fare, a quale scampolo di discorso appigliarsi per dare aria alla bocca.

La carusa – sta considerando Lisabetta, che continua a studiarla per capire chi possa essere, cosa possa averla indotta ad abbandonare la bambina – non è intimidita dall'ambiente, anzi, è come se fosse abituata a stare nel benessere: il suo sguardo è scivolato su mobili e oggetti di pregio con l'indifferenza di chi abitualmente ci vive. E questo ancora di più stride con la sua aria di sbandata.

Pure Motta la sta studiando, sempre con diffidenza però, cosa che suscita in Franca una botta di fastidio, in quanto lei, occhio espertissimo, le ha già prese le misure alla picciotta e proporzionando altezza a massa corporea ha capito che quella povera figlia ha languito e digiunato non si sa per quanto: "Talìa ssi polsi" si sta dicendo, "così fini che basta niente e si spezzano...".

"E comunque è ben educata" considera Lisabetta: con garbo ha ringraziato la padrona di casa e ora tace. Del resto, che potrebbe dire? Con tutti 'st'occhi addosso deve sentirsi davanti a un tribunale!

"A figghia..." si commuove Luisa guardandole le mani spaccate, le unghie smangiate, le bolle dei geloni.

"Sfinita è" pensa Lucietta.

"Denutrita" pensa Grimaldi. E vorrebbe sapere perché, come mai, dove sono suo padre e sua madre, perché non si sono occupati di lei? Ma tace.

Dunque silenzio.

Dunque imbarazzo.

La carusa – occhi chini sulla creatura – quasi non respira.

È Agata che per avviare un minimo di conversazione: «Don Bruno, come andò la messa?» domanda.

Ma lui, ancora scombussolato per l'apparizione di Costanzo, di tutto vuole parlare tranne che di quello, per cui asciutto risponde: «Come ogni Natale».

«Ha annunciato il miracolo, padre?» s'intromette Ugo Calcaterra. «Del Natale che è Natale per davvero con questa figghiuzza mandata dal Signore?»

Potrebbe dire, don Bruno, che il comando d'omertà venne dal Tabbacchere? Che addirittura il Tabbacchere gli chiese di farsi serpente, e dunque, in buona sostanza, mezzo diavolicchio? No, che non potrebbe, per cui: «Ho pensato» dice «che per ora è meglio non divulgarla la storia della bambina trovata».

Il sospiro della carusa è appena percepibile, e però lo stesso l'avvertono.

"Minchia!" si dice Sarino fiutando inganno.

"Ma non è che questa ci mette nei guai?" pensa Carmine.

Di nuovo s'allunga un insopportabile silenzio.

Agata cerca disperatamente un qualche argomento di conversazione, ma niente le sovviene. Vaga con gli occhi per trovare un qualunque pretesto, lo sguardo si ferma su un ninnolo rosso. «Sapete la stranezza» dice. «Vidi un eccezionale sbocco di lava, prima...»

La ragazza alza di scatto la testa, guarda Agata, che sta dicendo: «Uno spettacolo fu, uno svampo rosso e poi uno zampillo che...». Non trova le parole.

«... che toccò le nuvole e le pittò di rosso» mormora Lori.

Tutti si voltano verso di lei.

Gli occhi di Agata sfavillano: «Credevo fosse stata un'allucinazione».

«E poi?» fa Toni rivolgendosi alla ragazza che, occhi negli occhi della Tabbacchera, pare rivivere con lei la stessa visione.

Lori risponde che lo zampillo s'alzò potente, una colonna di fuoco che quagliò in cielo un sole rosso.

Agata specifica che il rosso – vermiglio, sanguigno – ebbe però un'anima d'oro fuso.

«Vero» conferma Lori «e spruzzi incandescenti tutto intorno.»

«Pure il mare di Catania si fece rosso» dice la Tabbacchera.

«Pure i paesi ai piedi della Montagna.»

«Minchia, e che fu, l'Apocalisse?» sbotta Scianna.

Nessuno però l'ascolta. Tutti fissano le due che hanno nello sguardo la stessa visione e se la rimpallano e se la perfezionano a mano a mano che le parole di una aggiungono dettagli al ricordo dell'altra.

Allora Toni, a cui la storia pare una balla madornale – anche se non sa spiegarsi com'è che quelle due abbiano visto la stessa cosa –, accende il televisore, semmai una qualche edizione speciale di telegiornale parli dello straordinario evento, nel mentre Sarino – perfetto san Tommaso – esce sul balcone per cercare in bocca e lungo i fianchi della Montagna una qualche colatura rossa.

Nessuna colatura, nessuna edizione straordinaria di TG, né ora e nemmanco domani, ché di quella incredibile eruzione nessuno mai, oltre la Tabbacchera e la picciotta, farà parola, e il fatto sarà annoverato tra le stranezze di quel Natale per davvero insolito.

E tuttavia il ghiaccio è rotto, signori miei, la voce della carusa l'abbiamo sentita, abbiamo notato che parla correttamente, che è istruita, dotata di spirito di osservazione, e pare venire da un'ottima famiglia.

Tutto questo, però, di più accresce il mistero: come può un'ottima famiglia permettere che una quasi bambina resti incinta e partorisca da sola?

"E che ha il coraggio di lasciare la figghiuzza ai cani?" pensa Motta.

Vi pare che se l'è scordato questo dettaglio? Vi pare che ci ha fatto pace con la carusa nonostante le raccomandazioni di Costanzo? Quando mai!

«Bidduzza» infatti le dice mafioso «scusami tanto, ma com'è che la buttasti nella munnizza, la picciridda?»

«Sarino!» Una staffilata la voce di Franca.

Si volta come una iena: «Ohu, ce la finisci di rimproverare? La verità dissi, quella che tutti avete in pizzo di lingua e vi tenete nella bocca perché siete troppo vili per dire pane pane, vino vino!».

Fuoco sopra di lui gli sguardi di tutti. Solo la carusa lo fissa comprensiva con quegli occhi di madonnina smunta e sperduta, stanca stanchissima, che stringe le labbra per non dire: "Se lei sapesse tutta la verità, signore, non sarebbe così cattivo con me". Questo dicono i suoi occhi, o meglio, questo Sarino vi legge e un poco s'ammansisce.

La rabbia di Franca è incontenibile: «Stavolta sbagliasti di brutto!» dice.

«No» fa la ragazza interrompendola, «è normale che...» ma non finisce il discorso.

Allora Giulio: «Come ti chiami?» le chiede.

«Lori» dice. E basta.

Vorrebbero sapere tutto di lei, cu si', di cu si' figghia, comu mai vinisti cca... Nessuno, però, s'azzarda a chiedere.

"Ogni cosa a suo tempo" pensa don Bruno, ricordando che c'è un tempo per nascere e uno per morire, uno per piangere e uno per essere felici.

«Senti, Lori» esordisce la Tabbacchera, «qui da me puoi stare tranquilla...» e continua spiegando che lì è davvero al sicuro. Può avvertire la sua famiglia, che di certo sarà in pena, dire che quanto prima ci sarà qualcuno che la riporterà a casa e tutto si risolverà nel migliore dei modi.

Nel silenzio che segue ci si aspetta una risposta, anche solo un grazie, ma pure un tentativo di spiegazione di quanto avvenuto, del motivo per cui è giunta fin lì – lei che ha un accento trapanese che la dice di sponda opposta di Sicilia –, ha forse parenti in zona? A Siracusa?

Muta resta.

Un silenzio teso, denso, in cui improvviso e traditore si sente il gorgoglio forte dello stomaco affamato.

Distintamente si sente.

Lei abbassa la testa, rossa di vergogna come se l'avessero sorpresa a rubare.

«Scusate» mormora.

Scattarono. Tutti. Tutti quanti. Un esercito al comando di un generale invisibile che si fiondò in cucina e ne tornò con tutto il commestibile che in quei sei mesi di diverse fami la carusa neppure si sarebbe sognata.

Calcaterra e Acquaforte trascinarono un tavolino davanti alla poltrona in cui stava seduta, ci fu chi le tagliò il pane, chi le mise davanti le scacciate – «No quella coi broccoli» comandò Violante «sennò il latte ci viene pesante e la picciridda si scuièta» –, chi le porse un tocco di formaggio, chi le diede un trancio di pizza, chi le disse: «Spizzica così, ché ora apparecchiamo per come si deve», chi le disse (Giulio): «Ti avverto: siamo una banda di pazzi furiosi. E però amorosi», chi le chiese se si volesse lavare le mani, se le facesse male qualche cosa, se volesse, che so, un poco di peperoncino nel baccalà – «Niente peperoncino» comandò Violante «ché la picciridda si scuièta. E manco baccalà» –, se forse le poteva abbisognare un tovagliolo, un'altra forchetta? Voleva forse un poco di caponata? (*Ratatouille* era nome scordato nell'attimo stesso in cui era stato udito.)

Lei si guardava intorno imbambolata e scuoteva la testa e si frastornava e guardava sua figlia e le pareva un sogno: ora si sarebbe svegliata e sarebbe stata nella neve e nel dolore, oppure direttamente all'altro mondo.

«Sono morta?» infatti domandò.

«Viva, sei!» mormorò Sarino cominciando a tossire.

Nessuno ci badò a quella tosse, solo Grimaldi, che: «Dopo le feste, passa dallo studio, ché ti voglio sentire i polmoni».

«Niente ho, dottore. Mi presi un colpo d'aria prima, sul balcone, mentre mi fumavo una sigaretta» e a Franca, che lo guardava storto: «Mezza me ne fumai, te lo giuro».

«E come mai?» fece lei ancora incazzatissima per lo sbotto di prima.

«Minchia, Francuzza» fece lui con voce d'agnello, «con tutto 'sto strammamento che èbbimo, ti pare a te che una sigaretta non ci voleva?» e intanto si guardò intorno cercando Costanzo per dirgli: "Ti giuro, Tabbacchere, le tengo accura a tutte e due, alla madre e alla figlia, e faccio pure carte false, che al riguardo un artista sono!".

Di Costanzo gli arrivò la risata. E pure lui rise, piano piano, col cuore che sbandava, che un poco accelerava e un poco rallentava in uno sbocco d'improvvisa contentezza che gli fece dire: «Don Bruno, la sapete una cosa?».

«Che cosa, Sarino?»

«Che tutte le domeniche alla santa messa mi vedrete.»

«Oh Signore! E come mai?»

«Accussì» disse, perché si vergognava di ammettere che quella taliata della picciotta, la comprensione nonostante l'attacco, l'aveva toccato nella sua miserabilità di uomo che ne deve fare ancora tanta di strada per perfezionarsi nell'amore.

Parlarono dunque, chiacchierarono di gente e di fatti che a Lori risultavano sconosciuti, fecero battute di cui – per non scuietare la bambina – risero piano, e intanto spizzicavano càlia e simenza, intanto bevevano un poco di Malvasia, un poco di zibibbo, un sorso di Nero d'Avola – da cui don Bruno rigorosamente s'astenne –, intanto si servivano di quel gelo di cannella posto al centro della tavola che dava al palato di che gioire.

All'inizio lo fecero di proposito a rifugiarsi nelle chiacchiere, per evitare alla carusa l'imbarazzo di sentirsi al centro dell'attenzione, poi si lasciarono prendere dai discorsi ed entrarono nella rievocazione di un consiglio comunale in cui l'aria s'era fatta rovente per via della ristrutturazione di un cinema che la fazione opposta boicottava in favore di un parcheggio multipiano.

"Il cinema è uno spasso, sindaca" aveva detto un professoricchio che si sentiva domineddio, "e di spassi ne abbiamo quanti ne vogliamo. Un parcheggio, in un paese sempre più sprovincializzato, è opera di pubblica utilità" aveva concluso con la supponenza di chi si sente *u megghiu 'i tutti* solo perché un tempo portato in palmo di mano dal vecchio sindaco e adesso dotato d'un discreto numero di seguaci.

«Di pubblica utilità, come no!» esclamò l'ingegner Calcaterra, che conosceva bene i privatissimi interessi celati in quel progetto.

«Com'era di pubblica utilità la discarica che volevano impiantare nella terra nostra» mormorò amara Agata.

Cadde un profondo silenzio, e tutti – Acquaforte in primis – se li ricordarono come giorni di fuoco quelli in cui Occhi janchi aveva messo le unghie sulla Saracina, la terra magnifica del Tabbacchere, e aveva tirato a rubare, in una lotta che all'altro aveva fatto scoppiare il cuore.

«Il cinema si farà» s'intromise Giulio. «Abbiamo l'appoggio dei socialisti.»

«Ma che vai dicendo!» sbottò Scianna, che battagliava con quei sedicenti socialisti ogni santo giorno.

«Quello che dissi.»

Lo guardarono con tanto d'occhi, visto che lui, studente modello, non aveva tempo per le cose della politica, almeno così, fino a quel momento, avevano ritenuto, e ora, invece, se ne usciva con quella battuta che lasciava intendere molto più di quanto apparisse.

Lori li guardava, cercava di seguire il senso dei discorsi: cinema, parcheggio, socialisti e via discorrendo, ma era sopraffatta dalla stanchezza e, soprattutto, aveva un gran desiderio d'appartarsi con la bimba, di pigliare confidenza con lei, domandarle perdono, anche per le mancanze e i dolori a cui l'aveva costretta quando l'aveva avuta dentro: il vagabondare di paese in paese, il rubacchiare per sopravvivere col terrore d'essere scoperta, il panico della sera in cui uno l'aveva afferrata per i capelli e lei era fuggita strappandosi alla stretta per ritrovarsi, più tardi, la testa bagnata di sangue là dove i capelli erano stati scippati. E poi voleva annusarla, ninnarla, baciarla, sfregarsela addosso, bagnarla del suo latte, parlarle parlarle parlarle, raccontarle di Mina e Giona... Poggiò la testa sullo schienale e, con la bimba al petto, s'addormentò.

Agata se ne accorse, zittì gli altri con un cenno, quindi, andandole lentamente vicino: «Lori» sussurrò.

Spalancò gli occhi atterrita, per un attimo sperduta. Poi riconobbe l'ambiente, il viso della donna che aveva davanti. «Mi scusi» disse.

«Ma di cosa? Stupidi noi a non capire» e, prima che potesse aggiungere qualcosa: «Vieni» disse.

La condusse in quella che un tempo era stata la camera dei genitori di Costanzo. Una stanza grande con un letto intarsiato di madreperla, due comodini alti, un comò, un armadio, una poltrona accanto al balcone da cui si vedeva cadere la neve.

«Lì c'è il bagno» disse Agata indicando una porta poco oltre l'armadio, «se hai bisogno, chiama.»

Lori annuì.

Rimase sola giusto il tempo di scostare il copriletto, subito, infatti, qualcuno bussò.

Entrò Violante: «Ti ho portato delle cose che ti possono servire» disse, e cominciò a estrarre dal borsone che aveva con sé pannolini, salviette inumidite, un barattolo di crema – «Contro il rossore del culiddo» –, un succhiotto – «È nuovo di zecca. A casa ne abbiamo una scorta» – pure delle bavette – «Così se rigurgita non la devi cambiare tutta» – quattro tutine, due gialle e due bianche, un pettinino per i capidduzzi, e poi – «Consideralo il primo regalo pi' 'sta figghia bedda» – un campanellino d'argento: «Questo» spiegò «chiama gli angeli intorno a lei. Basta che lo muovi e l'anciuliddi vengono e la quietano».

Era uscita nella neve per andare a prendere quelle cose. Il freddo sulla faccia, i fiocchi intorno le avevano provocato una gioia così furiosa che avrebbe voluto bussare a tutte le porte, svegliare la gente, fare le capriole, e invece: "Corri, spicciati!" s'era detta volando verso casa, dove aveva arraffato quello che aveva potuto ed era tornata dalla Tabbacchera.

Lori scosse appena il campanello e gli angeli furono lì, uno di loro si chiamava sicuramente Mina, e l'altro Filippo, le parve di sentirne l'odore e grosse lacrime presero a colarle per il viso.

«Babbuzza, vene cca» disse allora Violante. La prese per il braccio e se la strinse al petto. E subito scoppiò a ridere: «Mizzica chi minni! Du' vacchi paremu!» cambiando così in farsa quella che aveva tutte le carte in regola per essere scena patetica.

Rise infatti la carusidda e di più rise Violante nel mentre la creatura se ne stava in mezzo al letto, due cuscini per sponde, a taliare loro due che parevano 'mbriache.

E quando la smisero di ridere: «Davvero Terramarina la vuoi chiamare?» domandò Violante indicando la picciridda.

Lori annuì.

«Povera figghia» sospirò l'altra.

La squadrò per un attimo perplessa, poi: «Pensi che la prenderanno in giro?».

«Ca cettu! Te l'immagini che peso sarà quel nome per lei?»

Non ci aveva pensato. In effetti...

Violante guardò la nnicuzza nel letto: un sole pareva, un sole splendente, e a lampo – perché lei era una a cui le parole certe volte uscivano dalla bocca senza passare per il cervello: «Agata l'ha chiamata Luce» disse, e subito si mozzicò la lingua: «La mamma però sei tu» a precipizio aggiunse, «e quindi tu glielo devi dare il nome».

Lori guardò sua figlia, bedda era, *beddissima assaissimo*, come avrebbe detto scherzando coi superlativi Mina se fosse stata presente. E fu proprio Mina che le parlò nella mente: "Un sole è 'sta figghia nostra, Lori, e Luce è il nome suo".

«Figghia nostra?» domandò

«Nostra di chi?» chiese Violante.

«Di chi le vuole bene» mormorò.

Fu la volta di Violante a commuoversi: «Che certo, e poi, lei e Marcuzzo fratelli di latte sono e cresceranno insieme e si vorranno bene» disse facendo un balzo lungo in un futuro forse improbabile.

Lori annuì con gioia: «Io sono figlia unica e non...».

«Pure io» la interruppe l'altra, «perciò intanto ne ho fatti due, e poi... almeno un altro paio.»

«In quanto al nome» riprese Lori «hai ragione: Luce la chiamiamo. Ché nome magnifico è.»

«Attenzione: Luce per l'anagrafe e per la gente» specificò Violante. «Nel tuo cuore, però, la puoi chiamare come vuoi, ché lì a casa tua sei, e puoi fare quello che vuoi. Ma, nel mondo, Terramarina può diventare una condanna, lo sai vero?»

«Il nome Luce non è una condanna?» domandò allora.

«Be', la possono chiamare Sole, Stella, Luna...»

«... Torcia, Candela, Lampadina...» continuò. Ma rideva, Gesù, rideva quella figlia che pareva un angelo, che aveva una squisitezza d'animo, oltre che di personale, da fare strage di uomini, si disse Violante. Bisognava solo che si rimettesse in carne. Possibile che fosse la stessa persona che aveva buttato la picciridda ai cani?

Al pensiero, Violante s'irrigidì. Pigliò un'aria torbida: «C'è una cosa che però, in tutta sincerità, mi devi dire» aggiunse.

«Cosa?» chiese lei subito guardinga.

«La volevi buttare nel cassonetto la picciridda?» sparò a bruciapelo.

Il "No!" che le uscì di bocca fu un grido che trapassò il cuore dell'altra.

Bastò questo a dissipare ogni dubbio.

Violante se la strinse di nuovo addosso, minne contro minne, che sgricciarono latte bagnando i vestiti.

E di nuovo risero quelle caruse, nel mentre Toni Scianna, continuando con gli altri un discorso cominciato prima: «Io a questa Lori l'ho vista da qualche parte. Ne sono sicurissimo. Ma dove?».

«Una vostra alunna?» tentò Sarino.

Toni scosse lentamente la testa.

Pure Carmine ebbe l'impressione d'una qualche familiarità, ma il dubbio durò meno d'un lampo: «Assomiglia alla Bellucci» disse.

«Vero!» ammise Giulio.

«Vero» confermò Toni, ma non era del tutto persuaso.

«Me ne vado, ché tu sei stanca morta» disse Violante «e io ho due figli che oggi manco li ho guardati. Meno male che Lucietta e Ugo si sono divertiti a fare i nonni.»

«Li chiami per nome?»

«Come li dovrei chiamare?»

La guardò titubante: «Sono tuo padre e tua madre...».

Rise: «No, mio padre e mia madre sono in una nave da crociera a festeggiare l'anniversario di matrimonio. Lucietta e l'ingegnere sono cari amici». Quindi: «Se hai bisogno chiama» concluse alla stessa maniera di Agata, si chiuse la porta alle spalle e se ne andò.

Madre e figlia rimasero finalmente sole.

Lori spogliò la picciridda, la guardò come fino a quel momento non aveva potuto: centimetro per centimetro, cominciando dai capelli e scendendo dalla fronte fino alla bocca, per poi risalire agli occhi e qui fermarsi: erano uguali a quelli del padre, nel taglio e pure nel colore, che già s'intuiva celeste; la bocca, però, era uguale alla sua, e pure le dita delle mani e dei piedi.

La guardava per controllare che fosse perfetta, che i patimenti non l'avessero moncata di un qualche dito, d'un pezzetto d'osso o di muscolo, o di nervo. La girò e la rigirò, e intanto le cantava le nenie che Mina aveva cantato a lei, e intanto la carezzava perché i polpastrelli memorizzassero ogni particella dell'essere che da lei aveva assorbito succhi e sostanze, forza, consapevolezza e sentimento. E intanto pure lei si spogliava e se la metteva addosso la bambina, pelle sopra pelle, guancia sopra seno, stillante d'un latte che l'avrebbe nutrita ancora a lungo, e intanto la ragguagliava sulla sua condizione di creatura dalle radici saldissime istruendola sulla genealogia – che un giorno Luce Delle Rose avrebbe snocciolato a un vecchio Giona commosso – per cui: «Tu sei figlia mia» disse. «Io sono figlia di Mina e di Filippo, che è morto quand'ero piccola. Mina era figlia di Agadir, che era mia nonna e quindi la tua bisnonna. Giona è invece lo zio di mio papà, e quindi il tuo prozio. Lui è uno che aggiusta i ricordi...»

Violante, tornata tra gli altri, s'intromise a forza nel discorso sulla sconosciuta che assomigliava alla Bellucci e disse: «Non la buttò ai cani la picciridda».

«Cioè?» fece Toni.

«Lori non ebbe nessuna intenzione di buttare la picciridda.»

Rifiatarono, soprattutto Sarino, che però: «Avanti, cunta! Che ti disse?» insistette, perché non era tipo che s'accontentava di mezze parole o di discorsi lasciati a metà.

Lei si strinse nelle spalle: «Non è carusa dalla lingua sciolta e dunque parla poco» considerò «ma vi posso giurare che il *no* che le uscì dalla bocca quando le domandai se voleva disfarsi della picciridda m'abbastò più di cento spiegazioni».

«Sì, va be'!» fece Motta scettico. «Abbastò un *no* e capisti tutte cose! Ca ti pare a te che veniva e ti diceva: "Sì, fui io" disse in falsetto, "la buttai ai cani, la nnicuzza, perché mi portava 'mpaccio?" Ca quando mai! Le spiegazioni devono essere chiare, esaustive e convincenti!» affermò riportando pari pari una delle frasi preferite del vecchio sindaco.

Violante avvampò. Col tono calmissimo di quando era furiosa: «Motta!» esordì a smacco. «Ci sono parole che sono coltellate. E la domanda mia fu coltellata per lei. E lei rispose come quando ti danno una coltellata a tradimento. E se proprio lo vuoi sapere» continuò 'mpiccicandogli il *tu* che mai con un anziano s'era permessa, «mi sentii una bastarda già per il fatto stesso d'avergliela fatta, quella domanda. Mi spiegai?»

Cadde un silenzio strano, uno di quelli in cui non t'accorgi se stai respirando o meno, se l'orologio cammina, se per strada qualcuno ride o canta.

Motta si sfregò la nuca, che all'improvviso aveva preso a bruciargli come per una scoppola. Si chiese se non fosse opera del Tabbacchere per quella sua ennesima mancanza di rispetto verso la carusidda che gli aveva detto di proteggere a costo della vita sua.

Fu Violante a rompere il silenzio ormai troppo spinoso: «In quanto al nome» riprese «glielo suggerii che *Terramarina* è troppo streuso, che sarebbe una condanna per la nnicuzza portarselo appresso per tutta la vita, e che forse era meglio pensare a una alternativa».

«E lei che disse?» domandò Toni.

«E che potette dire?»

«Che non ci sono alternative?»

«Sbagliato!»

«Che si chiama Terra e basta?» provocò Motta, scippando al Tabbacchere una nuova scoppola che gli fece capire che, se non voleva diventare scemo, era meglio se ce la finiva di sfotterla, la carusa.

«Le dissi che Agata l'aveva chiamata Luce.»

«Gesù!» fece Lucietta.

«E lei?» incalzò impaziente la Tabbacchera.

Violante le sorrise: «E lei...». S'interruppe ad arte, come il più abile dei cuntastorie.

«Spicciati, Violante!»

«Che poteva dire, secondo voi?»

«Che poteva dire?» fece Calcaterra.

Muta e ridente, Violante, faccia da schiaffi come una picciridda che s'addiverte a tenere tutti col fiato sospeso.

«Violante!» incalzò Luisa.

Rise, disse: «Che nome magnifico è! Avevate dubbi?».

Nessun dubbio.

E Luce fu.

13

Erano le cinque del mattino e la neve continuava a cadere.

"Mai vista una cosa così" pensò Toni.

Il paese era coperto d'una glassa bianca che l'assomigliava a certe miniature innevate dei villaggi del Nord, e ora che l'alba s'inghiottiva la notte, il mondo si soffondeva d'una luminosità azzurrina che pareva cielo piovuto insieme alla neve.

Ma se il cielo piove insieme alla neve, si disse, a breve non ci sarà più cielo, dunque niente nuvole, niente tempesta... Dunque? Diventeremo noi cielo in un mondo alla rovescia? Noi angeli, e quelli di lassù impasto di fango e fiato per come noi siamo adesso?

Pensieri scemi! La mente – sicuro per mancanza di sonno – se ne andava per conto suo come un cavallo a cui hai abbandonato le briglie sul collo e lasci che ti porti per terre scògnite, ché quando mai un professore di latino e greco, finissimo filologo, poeta per sbaglio, innamorato perso di sua moglie e dei suoi figli lo farebbe un discorso così? La serata stramma e la stramma nottata gli avevano alterato le percezioni, per cui adesso gli pareva di abitare un delirio lucido in cui le cose erano cose ma anche molto altro.

«Mi pareva» dirà un giorno alla signora col taccuino, «che i miei sensi si fossero acuiti, che io vedessi della realtà ciò che sta oltre la superficie, che sentissi il respiro delle cose...»

Si sfregò il mento ispido di barba. Gli altri ancora dormivano. Era l'unico a non essere stato graziato dal sonno. Sistemati Violante e i bambini in una stanza messa a disposizione dalla padrona di casa, aveva preparato il caffè e con una tazza fumante in mano era tornato nel salone.

La lunga tavola – già apparecchiata per la prima colazione – mostrava lo zampino di Violante: era lei, infatti, quella dell'apparecchio serale: "Così domani ci troviamo avvantaggiati" era solita dire. E a lui pareva di tornare ai tempi in cui, bambino, lo mandavano in colonia, e la sera si trovava a disporre sul tavolo del refettorio la sua tovaglietta con sopra il piattino con la tazza capovolta, il bicchiere – pure questo capovolto –, il cucchiaio e il tovagliolo.

La stanza era illuminata dal chiarore dei lampioni ancora accesi per strada. Sorseggiando il caffè aveva pensato alla bambina e a sua madre, alle difficoltà che sarebbero sorte: la ragazza era minorenne, aveva – checché ne dicesse Violante – abbandonato la figlia in mezzo alla neve, l'accusa per lei sarebbe stata quella di tentato omicidio. Gli era tornato in mente, infatti, un caso analogo capitato a Palermo, solo che lì la creatura era morta e la madre arrestata. Guai anche per loro, del resto: trovi una creatura e te la porti a casa! È che è un giocattolo, una cosa di nessuno?

Da quando era diventato assessore aveva cominciato a studiare il diritto, prima col fastidio di chi s'accosta a una materia ostica, poi con sempre più passione.

Erano state proprio le preoccupazioni a impedirgli il riposo. Si riprometteva di parlarne con Agata non appena si fosse svegliata, e intanto un sorso di caffè, intanto un alternarsi di "Andrà tutto bene" e "Saranno cazzi amarissimi", in un saltabecco del cuore che gli levava la pace.

La prima a raggiungerlo fu Lisabetta: «Che ci fai qui?».

«Niente sonno.»

«Manco io.»

Non c'era grande confidenza tra loro, si conoscevano certo, lei era amica di Agata e di Violante, ma soprattutto era la capo cuciniera del ristorante in cui imperavano le donne. Lui e lei, però, così vicini in una stanza vuota d'altra gente, non c'erano mai stati. E nel silenzio che ne seguì, nel profumo rinnovato di caffè – Lisabetta aveva messo in capo una caffettiera grande e s'era presentata con un'altra tazzina per lui – si creò tra loro un'intesa mai avuta prima che indusse Toni, scherzando, a chiederle: «Sai leggere nei fondi del caffè?».

«Pure nella sfera di cristallo» quieta rispose.

«Allora dimmi che ci vedi gioia, per favore» disse porgendole la tazzina vuota. «Niente spine» aggiunse. Non voleva che Agata soffrisse, non voleva che alla perdita di Costanzo e di Locatelli si aggiungesse pure quella della bambina la cui presenza le faceva lucere di contentezza gli occhi come da tempo non capitava (non poteva certo sapere che gran parte del luccicore dipendeva dal *Tabbacchera mia* che ballariava nel petto di lei soprattutto adesso che, in sogno, traversava scalza il tratto di mare tra Cariddi e Scilla con la ferma intenzione di raggiungere al più presto il Piemonte).

Lisabetta scansò la tazzina, appallottolò un foglio, quindi, dopo aver alitato sui vetri, con esso sfiorò l'alone e: «Che ci vedi?» gli chiese.

La guardò perplesso, poi guardò i segni più scuri sul tondo opaco: «Mah... Una carta dei continenti, l'Africa...».

«Guarda bene.»

«Un viso...»

«Strade no?»

«Piazze.»

«E poi?»

«Poi mondo, Lisa. Ci vedo mondo.»

«Come sei poetico.» Scrutò i segni: c'erano piazzuole, sì, anche un viso, una carta geografica. «Questione di punti di vista» disse. Poi serrò gli occhi, li riaprì. Vide confusione, un gran pasticcio.

«Allora?» domandò Toni divertito. «Signora majara, che ci legge nel nostro futuro?»

«Una gran confusione, professore» dovette ammettere.

«Eh, amica mia, non bisogna essere fattucchieri per predire un futuro confuso!»

«Scommettiamo?»

«Sulla confusione?»

«Non una confusione qualunque: vedo un posto stretto

e affollato, tanta gente che alza la mano per attirare l'attenzione, sento voci prepotenti, non le sente pure lei, professore, tutte 'ste voci?» e rideva, pareva sfotterlo. Non gli disse che lì, nell'angolo in basso, c'era una falce, e quella falce – "Scansàtini, Signuri!" – significava l'avvicinarsi della Madama Nera.

Indicando col dito la falce: «Che ci vedi qui?» gli chiese.

«Uno spicchio di luna» rispose sicuro, confermandosi nell'idea che il cielo non sarebbe piovuto del tutto e l'ordine celeste avrebbe perpetuato il suo corso ancora per qualche millennio.

«La luna rappresenta l'evoluzione e la crescita» considerò Lisa, «simbolo di rinnovamento, ma pure di femminilità.»

«E ti pareva!» esclamò lui. «Vostro è il mondo, cara mia, di voi femmine, noi siamo soltanto i vostri servi» disse buttandola in farsa.

"Quando non vi divertite ad ammazzarci" pensò, ma non lo disse.

Toni riempì nuovamente la tazzina. Guardò i tetti imbiancati, il paese che pareva dormire i cent'anni di sonno delle fiabe maligne.

«Mi dici che ti preoccupa?» gli chiese allora. «Che spine immagini nel futuro?»

«'Sta carusa... la neonata... Ti pare che non ci saranno complicazioni?»

«Intanto godiamoci il Natale» lo interruppe. «Poi si vede.» E siccome lui restava impigliato dentro un qualche malo pensiero: «Ti posso abbracciare?» sorprendentemente gli disse.

La guardò spiazzato.

Lei rise: «Guarda che non ti mangio!».

Quando gli altri si presentarono per la colazione erano le dieci passate. Lisabetta aveva avuto il tempo di preparare ciambelle e crêpes con gli ingredienti che Toni – buttatosi nella tempesta di neve con spirito bambinesco e avventuroso – era andato a prendere a casa sua, vista la desolazione della dispensa tabbacchera, e la tavola era nuovamente imbandita d'ogni bendidio.

Soprattutto Lori eri sbalordita: l'odore del caffè e dei dolci, dello zucchero caramellato da spandere sulle ciambelle, era arrivato fin dentro la sua stanza risvegliandone la fame di lupacchiotta che a quindici anni divorerebbe il mondo, ma era fame, appunto, non tormentoso digiuno.

«Come avete dormito?» chiese Agata non appena la vide entrare con la piccola.

«Benissimo, grazie» rispose.

Menzogna era. Per tutta la notte non aveva fatto altro che pensare ai Caini, a Giona che non sapeva nulla di lei, alla sua fuga...

Che avrebbe fatto adesso? Non sarebbe potuta rimanere lì, Agata l'aveva detto chiaro: "Chiama i tuoi, avvertili". Avvertire i Caini? Piuttosto sarebbe scappata. Avrebbe lasciato la bimba a loro e lei... Lasciarla? Il solo pensiero le aveva mozzicato a sangue il cuore. "Impossibile, gioia mia, impossibile" aveva sussurrato baciandola sul collo, sulle manine, sul visetto mentre lei spalancava la bocca e cercava il capezzolo.

Adesso però, tra frittelle, crespelle, pandoro intiepidito nel forno, uomini con la barba lunga, donne con gli abiti della festa ma senza un'ombra di trucco, il caffellatte, la bimba al petto, Giulio che le riempiva il bicchiere di succo d'arancia, fu presa da gran felicità. E sorrise agli altri che le sorrisero spalmando di marmellata le fette imburrate, di caramello le ciambelle.

Solo la Tabbacchera non era contenta come la sera prima. Acceso il cellulare, aveva trovato cento messaggi d'auguri alla sindaca e manco uno da parte di Andrea. "Strano" s'era detta. Aveva riletto quel *Tabbacchera mia* che temeva d'essersi inventata e invece era lì, chiaro ed evidente come una verità di cui non si può dubitare. Allora vinta la titubanza, aveva provato a chiamarlo, ma il telefono era staccato. Possibile? S'era convinta che ci avesse ripensato, che avesse scritto quei messaggi in un attimo di debolezza di cui poi s'era pentito, chissà... molto probabilmente aveva un'altra. Al pensiero aveva avvertito come una vertigine e però: "Ragiona" s'era detta, "se ha un'altra, perché quel *Tabbacchera mia*?".

Frastornata è. Frastornata 'sta Tabbacchera che non parla mentre tutti alla tavola imbandita hanno di che dire, mentre Lisabetta smacchia la medaglia di marmellata di cui suo marito ha appena onorato la camicia, e Luce se ne sta quieta tra le braccia di Lori – che mangia e ride con Giulio come se lo conoscesse da una vita –, e il piccolo Marco dorme tra quelle di suo padre, che pare ringiovanito pure lui. Ma tu guarda...

Solo ora Agata s'accorge che Toni sembra più caruso, ora che lo vede posare su Violante occhi innamorati come quelli d'un picciutteddu. Pure lui ringiovanì? Pure lui gioca di ritocco?

"Come no!" fa d'improvviso la voce di Costanzo nel suo orecchio. "Ci va Toni dal chirurgo: *Levatemi 'ste zampe di gallina, per favore, rifatemi la bocca e pure il naso, e mentre ci siete datemi un'aggiustata alle chiappe!*" dice con la voce fina del finocchio.

Stramma la Tabbacchera. Si perde d'aria. Si guarda intorno, mentre intorno c'è quella ridda di sguardi e chiacchiere e tocchi di posate sui piattini e una confusione, Sant'Iddio, una confusione che le pare di avere strasentito, per cui scuote la testa, rigira lo zucchero nel caffè e: "*Mi raccomando*" torna a scimmiottare la voce, "*come quelle di Richard Gere le voglio le chiappe*".

Alza di scatto la testa, si volge, lo cerca nel mentre l'allegria sbotta in una risata che sorprende tutti, ché triste l'avevano vista la Tabbacchera, perciò s'erano industriati a quel gran teatro della chiacchiera: non farla pensare al lutto, alla mancanza, a tutte le minchiate che possono passare per la mente d'una femminazza che certe volte si scorda d'avere i coglioni e pare una femminedda fatta d'aria che a un ciuscio di malo vento se ne abbòla.

Ride, la Tabbacchera, e Costanzo con lei: così la vuole, ariosa, leggera, capace di pigliarsi dalla vita il meglio che ancora le spetta, perciò continua – con la sua voce, continua – in un sussurro grave: "Signora Tabbacchera, Vossia se l'immagina il professor Antonino Scianna con le chiappe di Richard Gere?".

Ridendo lei scuote la testa: «Non lo so come sono le chiappe di Richard Gere» dice in quello che pensa bisbiglio e invece è frase schietta che s'infila nel cicaleccio e lo spegne, per cui tutti già la guardano confusi, un poco ammaraggiati, e

Toni: «E ora che c'entrano le chiappe di Richard Gere?» domanda, e il pandoro cade dalle mani di don Bruno, il coltello da quella di Carmine Acquaforte, intanto che Luisa quasi si strozza col succo d'arancia e, tra un colpo di tosse e un altro: «Marmoree» dice.

«Che cosa?» fa subito suo marito in allarme.

«Le chiappe di Richard Gere.»

«Ah, perché, le toccasti?»

«Che certo!» fa lei.

E ora è Carmine a strozzarsi, con l'acqua però, mentre Costanzo soffia fuoco di fraintendimento in quella stanza, e chi dice *chiappe* capisce *cazzo* e si fa il doppio segno della croce perché un cazzo marmoreo, cristo santo, com'è un cazzo marmoreo?

E Costanzo ride e ride Patuzzu, e ride la Tabbacchera. Ecco, di più la Tabbacchera ride, e guarda il popolo suo che la circonda, e vorrebbe esprimere a ognuno la gratitudine per essere qui con lei, per farla viva pure quando si sente morta. Ride e piange, e nessuno osa tirare in ballo le chiappe di Richard Gere – che starebbero a questo momento come i cavoli a merenda –, anche se Carmine si riserva di approfondire in privato l'argomento con la sua signora moglie che mai mai mai s'è lamentata delle sue chiappe e ora se ne spunta con quelle di Richard Gere che sarebbero marmoree.

E le sue? Sono marmoree le sue?

All'improvviso – sarà il caldo, sarà la confusione – la nnicaredda comincia a piangere.

«È meglio che la porti nell'altra stanza» dice Violante. «È ancora troppo piccola per tutto questo casino» e siccome Toni la guarda male: «È ancora troppo piccola per questo *bailamme*» si corregge.

«Bailamme?» fa Sarino. «E che è?»

«Una specie di marmellata di finocchi» spiega Luisa, ché s'imbriacò con l'aranciata in cui per sbaglio Lisabetta aveva fatto cadere del rum.

Sarino scuote la testa, guarda Carmine e: «Mah!» mormora. «'Ste femmine moderne...»

«Sperte sono» fa quello, che tra le chiappe e la marmellata di finocchi non capisce più dove vuole andare a parare sua moglie.

Lori intanto s'è alzata, e pure Giulio: «Ti accompagno» le dice.

«Bravo» fa Violante. «Aspetta, però» lo trattiene.

Cerca un vassoio, glielo consegna, e su di esso colloca una caraffa d'acqua: «Allattare fa venire sete». Un piatto pieno di ciambelle (ha notato che la carusa ne è ghiotta), un bricco di succo d'arancia e poco di tutto il resto, quindi: «Ora te ne puoi andare» gli dice. Lui non se lo fa ripetere, raggiunge la stanza in cui la ragazza s'è già chiusa, bussa: «Posso entrare?» domanda.

«Vieni» risponde.

Rimane in piedi, col vassoio in mano, col desiderio grande di chiederle: "Posso restare?" e la bocca cucita, per cui è lei che gli dice: «Ti va di farmi un poco di compagnia?».

«Sì» risponde.

La bambina ha smesso di piangere.

«Era davvero la confusione a darle fastidio» mormora Lori carezzandola.

E siccome lui non sa che dire – ché una ragazzina che mostra non più di quindici anni e però è già madre lui non l'ha mai vista e dunque non ha argomenti di conversazione – è di nuovo lei che prende l'iniziativa dicendo: «Ma voi... chi siete?».

«In che senso?» domanda sedendosi sulla sponda del letto.

«Come fate a essere parenti? Agata è tua zia? Lisabetta e Franca sono sorelle? E Lucietta?»

Giulio ride: «Fuori strada sei! Qui gli unici a essere imparentati siamo noi Acquaforte: Carmine e Luisa sono mio padre e mia madre. Per il resto, siamo tutti amici».

«Solo amici?» è stupita. «Si vede che vi volete bene» mormora lei che – Giona a parte – non ha famiglia, e resta come impigliata su quel pensiero della famiglia grande che tanto le sarebbe piaciuto avere.

«Che pensi?» chiede Giulio.

Lori si stringe nelle spalle, guarda la bambina: «Che la mia famiglia è tutta fatta di me, di questa picciridda e d'un vecchio cieco».

«Nessun altro?»
Scuote la testa.
«Ma perché hai partorito da sola?»
Solleva di scatto la testa: «Come lo sai?».
La guarda con tenerezza, è ancora una bambina. «Sto studiando per diventare medico» spiega. «Grimaldi è il mio maestro. Mi ha fatto vedere il cordone tagliato coi denti...»
Gli occhi le si riempiono di lacrime: «La storia è troppo lunga».
«Abbiamo prescia?» Guarda il vassoio che trabocca di cibo, la caraffa e il succo di frutta: «Sopravvivenza assicurata fino a domani» scherza.
Lei non ride. Che può dirgli? Sono scappata? Mi danno la caccia?
«Comincio io» dice allora lui. «E ti dico che cosa immagino di te.»
«Vediamo» lo sfida.
«Ti volevano far abortire e sei scappata.»
Lei annaspa, si confonde, cala gli occhi, anzi li chiude, come a nascondersi, quasi che lui potesse leggerle i pensieri.
«Attenzione, non fraintendere: guarda che ti ammiro» fa lui. «Femmina coi controcoglioni sei.»
Stavolta ride. Sempre *picciridda* l'hanno chiamata, sempre *nnica*, mai nessuno l'ha detta *femmina* e perdipiù *femmina coi controcoglioni*. Gli dice: «Sarai un dottore bravissimo. Tutti i tuoi pazienti ti vorranno bene e ti chiederanno di battezzare i figli, ti porteranno i carnaggi a Natale e a Pasqua, l'olio nuovo, e il vino nuovo e...».
«Ah, sì?» la interrompe. «E come mai, sentiamo? Da dove lo capisci?»
«Dal fatto che vedi nel cuore» mormora.
«Quanti anni hai?» le domanda, perché se a lei nessuno ha detto che è una femmina coi controcoglioni, a lui nessuno ha detto che vede nel cuore.
«Sedici» risponde. E poi, un poco arrossendo: «Li ho fatti ieri» confida. «Lo stesso giorno ch'è nata la bambina.» Le ridono gli occhi intanto che lo dice. Subito però: «Non lo devi dire a nessuno».

«Perché?»
«Perché non voglio.»
«Va bene» fa lui. «Sarà un segreto.»
«Non è un segreto, figuriamoci» mormora come parlando tra sé. «Fossero questi i segreti.»
«È vero che ti volevano far abortire?»
Annuisce.
«Perché eri troppo piccola?»
«Non solo.»
E comincia.
Dalla bambina scucita, comincia: la vide un giorno sul banco del mercato, non era ancora la bambina scucita, solo una bambola di pezza...

... con le ciglia di filo bianco, la pelle bianca di tela, ricami bianchi sulla tela: qui i fiori, lì le stelline, gli occhi chini, la bocca piccola, stretta, ha tutta una grazia, una delicatezza, una bellezza fragile che innamora.
"La vuoi?" le dice Mina.
"Sì." La stringe al cuore mentre sua madre compra le melanzane e le zucchine, le fragole rosse.
Nella piazza del mercato c'è aria di festa, l'estate nei sandaletti, nell'aria odore di zucchero filato e peperoni arrostiti. I piedini nei sandaletti ballano. "Un due tre stella!" dice nella mente. "Bimba bella" dice alla bambola.
La signora dei dolci le chiede: "Cosa ti do?".
"La liquirizia."
"Strano" commenta. "Alle bimbe così piccole non piace la liquirizia."
"Lei è speciale" puntualizza Mina.

Poi pure Mina morì.

«Filippo, mio papà, è morto quando non avevo ancora cinque anni.»
Racconta che siccome Giona è disabile perché cieco – oltre che vecchio –, il giudice aveva nominato come tutori dei cugini alla lontana di sua madre.

Altro che: "Sangue suo siamo, sarà per noi una figlia" come avevano detto al giudice; arrivarono, presero possesso di lei, della casa, delle cose. E la bambina si scucì.

Era stato Giona a chiamarli *Caini*: "Quei Caini spariranno" le aveva detto un giorno. "Diventi maggiorenne e fai quello che vuoi."

Non lo sapeva se davvero sarebbe stato così.

"Io ci sono sempre" aveva ribadito lui.

"Lo so."

Però non gliel'aveva detto quand'era scappata.

«Perché?» chiede Giulio.

«Mettere lui nei guai sarebbe come rinchiodare Cristo alla croce.»

Tacciono per un po', quindi: «E poi?» domanda lui.

«Poi» fa lei con un sospiro. «Basta. Ora parla tu: dimmi della Tabbacchera e degli altri. Perché Violante s'è sposata col professore che è così vecchio?»

«Storia lunga è.»

«Abbiamo prescia?»

Ridono, c'è tra loro una differenza di sei anni che d'improvviso, però, è più che colma.

«Tutto cominciò quando morì Costanzo, il marito di Agata» dice Giulio.

«Quando?»

«Quattro anni fa.»

«Era vecchio?»

«No... Diciamo che gli hanno fatto venire un infarto...»

Lo guarda perplessa.

«... diciamo che l'hanno ammazzato!»

E siccome lei non può capire, prende a raccontare della Saracina, la terra bellissima che era appartenuta alla famiglia di Costanzo e che Costanzo aveva trasformato in un pezzo di paradiso; e siccome il vecchio sindaco – «Pallante, si chiamava, ma tutti lo chiamavano Occhi janchi» – non lo poteva sopportare il Tabbacchere, libero come l'aria e servo di nessuno, per puro sfizio s'era messo in testa di levargli la terra, di espropriargliela e trasformarla in discarica.

«Un pezzo di paradiso che diventa una discarica?» domanda stupita.

«Già!»

«E Costanzo?»

«Morì di collera.»

«E Agata?»

«Agata, durante il corteo funebre, si fermò davanti alla soglia del partito di Occhi janchi e sputò!» S'infervora mentre lo dice, perché lui era lì e la vide la Tabbacchera che sputava e poi guardava il sindaco e lo sfidava in una guerra che sarebbe stata lunga e sanguinosa e si sarebbe conclusa solo con la morte di uno dei due. «Sputò e quella sputazzata fu macchia nell'onore del sindaco, che ordinò ai suoi compari» – ancora lo taceva che suo padre era stato uno dei compari, perché troppo se ne vergognava – «che dovevano spogliare la Tabbacchera di tutto, bruciarle la terra, il tabbacchino, e farla buttana!»

«No!»

«Così è.»

«E allora?»

«E allora la Tabbacchera gli tenne testa. Occhi janchi era un uomo schifoso, uno che per soldi avrebbe venduto madre e padre, ma soprattutto era un puparo che si divertiva a manovrare i destini degli altri. Posti di lavoro in cambio di voti: pacchetti di decine di voti per ogni posto di lavoro assicurato. Lavoro nelle industrie, bada. Remunerativo al massimo. Così era diventato il re d'un regno di pecoroni, che gli ubbidivano e facevano quello che diceva lui.»

«Ne parli al passato, questo vuol dire che è morto, giusto?»

«Sì, con gran sollievo di tutti.»

«L'hanno ammazzato?»

«Domanda più che legittima» considera. «Diciamo che si è suicidato.»

«Non ci credo! I bastardi ci godono troppo a tormentare gli altri, mai si ucciderebbero» afferma pensando ai Caini.

«Allora diciamo che si diede alla pazza gioia, e godette talmente tanto da farsi scoppiare il cuore. Ma è una storia troppo lunga, te la racconterò un'altra volta. Per ora voglio dirti che fu magnifico il modo in cui la Tabbacchera gli tenne testa: radunò attorno a sé un pugno d'amici, fece sua la guerra di Costanzo, e cominciò a imporre la legalità, a diffondere cultura guadagnando alla sua causa persino quelli che sembravano irrimediabili...» S'interrompe davanti alla sua espressione perplessa. «Non ci credi?» domanda.

«Mi sembrano solo belle parole» ammette un poco arrossendo.

Giulio scuote la testa: «Ci ha innamorati della sua idea di un cambiamento possibile. Soprattutto noi giovani ha innamorato! Se non t'innamori, se non ti si accende il sangue, se non t'appassioni, se non tiri fuori le unghie per guadagnarti un futuro che ti piace, che campi a fare?». E siccome lei tace: «Lo vuoi un futuro al veleno per Luce?».

Si ritrae inorridita.

«Ecco» dice sorridendo. «Abbiamo capito che non volevamo un futuro al veleno.»

«E allora?»

E cunta, Giulio, cunta, e a lei sembra di tornare al tempo in cui era piccola, Giona le carezzava la testa e cominciava a raccontarle non solo di Filippo suo papà, ma anche le storie con cui la bellissima Sheherazade intratteneva ogni notte il suo sposo per guadagnarsi un giorno di vita in più.

14

Alla tavola della colazione, l'argomento *chiappe marmoree* non era stato ancora del tutto esaurito: battute, risolini, i maschi che si puliciàvano sulle segge per provare la sodezza del proprio deretano, le signore che parlavano per ammicchi e ambiguità di cui soltanto loro potevano sapere il senso più recondito.

"Ché quando le femmine fanno cumacca per parlare di attributi mascolini, peggio degli uomini che sbramano di buttanazze addiventano" pensò Carmine, il quale, per levarsi dalle orecchie la battuta fastidiosa di sua moglie, pigliò dalla tasca il mazzo di tarocchi con cui la sera prima, uscendo di casa, aveva pensato di poter intrattenere la comitiva.

Luisa, però, tornando subito seria, gli levò le carte: «Non lo voglio sapere il destino» disse. «M'abbasta questa contentezza che ho, e che il Padreterno mi deve mantenere.»

Si spense ogni risata, ché il destino, quando qualcheduno lo tira in ballo, può portarsi appresso malinconie a strascico.

La cosa non piacque a Costanzo: giusto ora che Agata si sta divertendo spargiamo afflizione sulle teste dei presenti?

E tornò a soffiare nell'aria polvere di fraintendimento e così la parola *destino* si trasformò in *festino*, e pure in *casino*, la *contentezza* diventò *sconcezza*, ma pure *arrendevolezza*, tanto che Carmine s'immaginò Luisa arresa in un casino tra le sconcezze d'un festino eterno: troppo per il suo onore di marito per cui: «Basta, finiamola!» disse battendo il pugno sul tavolo.

Gli rispose la gran pernacchia di Motta che – non essendo spirito abituato a passare da un picco emotivo all'altro: «Carmineddu» disse senza che Franca potesse fermarlo, «tutta questione di misure è, di dimensioni, di tostità».

Toni sbuffò a ridere e così Violante.

Carmine stava per rispondere adeguatamente quando bussarono al portone.

Si guardarono sorpresi: «Tabbacchera, aspettate qualcuno?» domandò Sarino.

Agata guardò Toni e Carmine, si capirono: «Qualche rogna in Municipio» disse, quindi: «Toni, vai tu. Mi cambio e vi raggiungo».

«Ma è Natale...» tentò Franca.

«Una nevicata così forte può aver fatto danni» disse lei, e in fretta si diresse verso la sua camera.

In un lampo s'irreggimentò nel tailleur grigio d'ordinanza, si passò un poco di fard sulle guance, un poco d'azzurro sulle palpebre, un velo di rossetto, e intanto cercava d'immaginare quali danni potesse aver fatto la neve – crolli di tetti? Incidenti stradali? –, intanto si cambiava le scarpe e intanto – "Svelta, più svelta!" – cercava il telefono e perdeva un momento a controllare se ci fosse un qualche messaggio di Andrea. Niente.

"Peccato, maresciallo" si disse. E pensò che non l'avrebbe traversato il mare né a piedi né col traghetto, che non ci sarebbe andata fino a Torino per dirgli che troppo l'amava e che senza di lui non ci poteva stare.

Buttò il telefono dentro la borsa, si mise due gocce di profumo – ché era sindaca, ma non si scordava di essere femmina – e di corsa raggiunse il salone sperando che Carmine...

Le mancò il fiato.

Il fiato le mancò nel mentre il cuore pazzo batteva a sfondare la gabbia del petto.

«Buon Natale, Tabbacchera» mormorò Andrea.

Capelli rossi, occhi chiari, altezza superiore a quella degli altri, festa d'occhi risolenti che spandevano azzurrità a scialo... un'azzurrità che s'andava raffreddando mano a mano che lei restava muta, immobile, senza schiudere la bocca manco per un *ciao*.

Lungo fu l'istante di sospensione in cui Andrea si chiese quale diavolo l'avesse portato lì. "Lontano dagli occhi, lontano dal cuore" si disse: niente c'era voluto perché lo si dimenticasse, perché diventasse il forestiero, il continentale, l'intruso in siffatta bella compagnia. Che scemo era stato a venire...

Un lungo istante di cui Agata ebbe necessità per riprendere, se non altro, il dominio del fiato, quindi, allungando la mano per un saluto cordiale con sorriso d'apparente fredda cortesia: «Maresciallo» disse «giuro che se Vossia se ne scappa un'altra volta, io l'ammazzo».

Minchia!

Allora succede che tutti, presi da prescia improvvisa, se ne fuggono dal salone, tutti ma proprio tutti, persino il canuzzo, persino Costanzo.

«Maresciallo...»

Ma lui l'ha già acchiappata e già le morde la bocca.

Un morso a punizione, a scancello di rabbia?

Quando mai! Un morso per non farla scappare, per ingoiarla, per sentire il sangue di lei che passa sulla lingua sua e, in virtù di quel sangue, maritarsela, legarla a sé per sempre, ché non c'è bisogno di punciuta con spina d'arancio amaro per affiliarsi a una cosca con carattere d'indissolubilità.

Lei non si ribella. A mozzico risponde con mozzico, e si bevono e si inghiottono e si respirano e si tastano e ancora si mordono, e non se ne curano se più tardi, alla presenza di tutti, intorno alla tavola imbandita, avranno labbra lazzariate, non se ne curano, il sangue passa da una bocca all'altra ed è salato, e sa di giorni che hanno avuto in bocca l'agro e l'amaro, il deserto di quando manco una parola viene a sgorgarti dal cuore perché nel cuore c'è sabbia vetrosa e arsa, deserto dove non cresce rosa, dove non alligna gioia. Basta, dunque, basta silenzio! Ora di parole è pieno il cuore, piena la bocca di lei, che sta dicendo: «Amore mio amore mio amore mio...» in sussurri rochi, mentre lui: «Mai più senza di te» va smozzicando tra un bacio e un altro, e più forte la stringe questa donna che sempre gli è parsa di fumo e di vento, e intanto le scivola con le mani sui fianchi, ne segue la curva magnifica, quella forma d'anfora – di quartara, dicono qui – tanto simile a quella delle statue della classicità.

Ma quale statua! Il sangue tabbacchero frigge, le cosce tabbacchere si fanno calamita che attira le mani per carezze a mai finire...

Ma la Tabbacchera d'improvviso si slaccia: «Non è il luogo, maresciallo. Venisse con me» e passando dalla cucina: «Pensateci voi al pranzo» dice alle donne «ché io devo dire due paroline al qui presente continentale, giusto per istruirlo su certe nostre usanze» e se ne va tirandoselo appresso.

Non imboccano il corridoio per raggiungere la camera da letto, come sarebbe ovvio.

Gli altri li sentono correre su per le scale, andare verso il terrazzo, e si guardano perplessi come a dire: "Talè che scimunitanza! Invece d'intenagliarsi tra le cosce si vanno a guardare il panorama!".

Sarino cinge Franca per la vita e in un orecchio: «Io t'avrei già rubbata, gioia mia, e ora starei abballando sul letto con te la canzuna più bella che conosci».

Più o meno la stessa cosa pensano Toni e Violante, ricordando la loro prima volta, che fu nell'androne di casa Scianna sotto l'effetto del pranzo magnifico che l'erborista aveva preparato quando Lucietta vinse alla lotteria.

Ma il maresciallo, si sa, continentale è, non ce l'ha il sangue caliente.

E la Tabbacchera?

La Tabbacchera è vedova, non è che può dare spettacolo davanti a tutti, non è che può dire: "Scusate, noi ci appartiamo per un tête-à-tête, voi sparate al massimo il volume del televisore così non sentite rumori imbarazzanti". E quindi niente, si appartano giusto per un qualche bacetto castissimo.

«Mentre noi trafficQuiamo in cucina» dice allora Luisa considerando finita, per il momento, la festa, «voi uomini andate a darvi una rinfrescata e tornate... Vediamo, sono le undici... tornate all'una spaccata.»

«Troppo presto è» dice la saggia Lisabetta, volendo dare a quei due almeno il tempo di spiegarsi. «Del resto» aggiunge «abbiamo appena finito di fare colazione.»

Convengono che abbia ragione e, neve o non neve, gli uomini sgombrano il campo della loro presenza.

Anche Violante fa una puntata a casa, sia per rifornirsi di pannolini, pastina, omogeneizzati e quant'altro di necessario per i bambini, sia per cambiarsi. Ne approfitta, pure, per scrivere un biglietto a suo marito che lascia ben in vista sul tavolo: "Professore, per stasera non pigliasse impegni, ché voglio disporre di voi per come meglio mi aggrada", quindi ci lascia sopra un bacio con la bocca pittata di rosso e, carica come un mulo, torna da dove è venuta.

Giunta in piazza, però, si ferma. Guarda i bambini che si tirano addosso le palle di neve e le viene una gran voglia di frammischiarsi a loro, di levarsi le scarpe e correre e saltare per scansare i colpi degli altri, sentirsi le guance in fiamme, sentirsi nelle mani gli spilli del freddo e lo stesso giocare, invitare tutti a fare un pupazzo di neve, come quand'era piccola e con suo padre e sua madre andava sull'Etna, e lì avevi voglia di rotolarti, di scivolare con lo slittino, di fare pupazzi mettendoci per bocca una fettuccia rossa, una carota per naso, due sassi di lava al posto degli occhi, e in bocca pure la pipa, la sciarpa al collo, il cappello a cilindro delle feste di Carnevale.

La palla di neve la colpì alle spalle. Si voltò come una belva solo per riceverne un'altra in piena faccia: «Ma chi diavolo...» gridò sopraffatta dallo sfrantume bianco. Poco lontano vide Toni, con Francesco imbacuccato per mano, che si scompisciava dal ridere intanto che una pallina tirata dal bimbo cadeva poco lontana da lei.

«Allora volete la guerra!» urlò depositando per terra borse e borsoni.

Raccattò tanta neve quanta le sue mani a coppa ne potevano contenere e la lanciò verso Toni, che fu lesto a scansarsi per cui la palla colpì il sacrestano che, colto di sorpresa, li guardò come si guardano due scemi: «Professore!» esclamò. «Ma che fate, u picciriddu? Pozzo pure capire a idda» disse indicando la carusa che, voltate le spalle, sussultava dal gran ridere, «ma Vossia, che è uomo di rispetto, pure Vossia si mette a 'nquitare la gente?» e scuoteva la testa, e si scotolava come fanno i cani per levarsi l'acqua di dosso.

Ma Toni non rideva più. All'improvviso il suo sguardo era attirato da due auto dei carabinieri che bloccavano la strada. Gli era passato ogni pititto di scherzo, ché posto di blocco poteva significare solo rapina o omicidio, quindi grane, quindi guai.

«Prendi il bambino e vai dalla Tabbacchera» disse a Violante. «Presto.» Le voltò le spalle e si diresse spedito verso le Forze dell'Ordine.

«Ranieri, D'Emilio» disse raggiungendo i militari. «Che fu?»

«Professore, abbiamo una ricercata in paese.»

Rise come di una scemenza: «Una ricercata qui? A Natale?».

«Quella carusa che diede fuoco alla scuola di Salemi, se la ricorda?»

«A giugno fu, mi pare.»

«Esatto, una scuola elementare...»

«Lei era un'ex studentessa...»

«Sì. L'hanno vista ieri sera qui in paese, è scesa dall'autobus che veniva da Catania.»

«E la cercate ora?» non poté fare a meno di domandare.

«Professore, con tutta la neve che cascò, manco i lupi c'erano per strada. Uscimmo a piedi, e ora che la strada l'hanno sgombrata, mettemmo a sbarramento le macchine. Lei di niente s'è accorto?»

"Con tutto il casino che c'è stato, come avrei potuto?" pensò lui. «La denuncia è anonima?» chiese.

«No. Fu quel dottore di Siracusa che ogni tanto compare a Tele Regione, lo psicologo: scese dall'autobus e andò direttamente al Comando di Siracusa.»

«Ferlito?»

«Lui.»

Lo conosceva, era un ottimo professionista, non avrebbe sporto denuncia se non fosse stato più che certo.

«Avete una fotografia della ragazza?»

«Eccola!»

A Toni si ghiacciò il sangue.

15

C'è una stanza all'ultimo piano di casa Tabbacchera in cui Agata s'è passata un capriccio. Una stanza col tetto di vetro.

"Voglio poter guardare le stelle" disse a Costanzo quando gli chiese di fare del soffitto una sola grande finestra.

Mai usata quella stanza. Solo, talvolta, Agata vi si è rintanata per ascoltare musica.

Ci sono un letto matrimoniale, un tavolino su cui poggiare libri e bicchieri pieni d'acqua per le notti d'arsura (mai stati libri, mai stati bicchieri su quel tavolino), una poltrona e basta.

È qui che Agata porta Andrea.

È qui che si chiudono.

E riprendono il discorso esattamente dal punto in cui lei aveva detto che il luogo era sbagliato.

Bocca sopra la bocca, a mangiarsi, a mordersi mentre le mani, libere da remore e impacci, corrono a toccarsi, a conoscersi nel buio della stanza oscurata di proposito. Le tende sono tutte chiuse, la stanza non mostra a eventuali occhi impiccioni i corpi che si saggiano, si annusano, si leccano per conoscersi nel sapore intanto che cadono i vestiti e lei compare nel suo corpo giovanissimo con le minne pizzute che svettano e la vita stretta e i fianchi a forma d'anfora a cui accostarsi per bere quando la sete è così forte da morirne.

«Non ne potevo più» sta dicendo lui.

«Non ne potevo più» sta dicendo lei.

«Bugiarda.»

«Così è.»
«Bisogno di te in ogni momento.»
«Entravi nei miei sogni, nella mia pace, portavi smania e febbre.»
«Mi hai fatto stupido, Tabbacchera. Ti pensavo ogni momento, ti desideravo ogni momento.»
«Stupida mi facisti, maresciallo, ogni momento a volerti, a scombussolare l'ordine delle cose, dei pensieri.»
«Colpa tua.»
«Colpa mia, sì, che volevo rispettare...»
Le tappa la bocca con la bocca e lei capisce che il prima non c'è più, che non deve portarsi a letto Costanzo. "È giusto" si dice, "giusto."
E ora niente parole
Andrea si stacca da lei, ma solo per guardarla, lei che nuda, in piedi, magnifica nel suo corpo di gran femmina, ha aperto la finestra sul tetto e i fiocchi le volano intorno: nuda e innevata questa Tabbacchera capricciosa che se ne strafotte del freddo perché non lo sente, bollente com'è in ogni centimetro di pelle.
E manco lui ne sente freddo.
Nudo in piedi di fronte a lei, occhi negli occhi di lei, gode della neve che gli sfarfalla addosso come carezza fresca che fa più fiabesco questo loro primo incontro.
Ma basta, basta contemplare.
Chiude il cielo e la piglia in braccio come una sposa, l'adagia sul letto ed è già sopra di lei, in bocca i suoi capezzoli, morde a farle male, succhia a farle male, ma non geme non grida 'sta Tabbacchera che di lui niente conosce ed è invece come se lo conoscesse da sempre per cui gli sta passando sulla schiena dita che arpeggiano brividi che di più induriscono la parte di lui che s'è già fatta strada dentro di lei e perlustra i luoghi in cui viene accolta, in sperpero di tenerezza e turgore mentre la bocca sua, di lui, del continentale, mormora parole continentali, vezzi che lei non capisce perché della lingua madre di lui niente ne sa: sente i suoni e si commuove perché sono suoni frammisti a sospiri frammisti a baci frammisti a delicatezze che si fanno onda che va

e viene in noncuranza di tempi e di modi perché in questa nostra prima volta, Tabbacchera, c'è l'universo mondo che ci partorì e ci portò dove siamo adesso

l'universo mondo, maresciallo, che ha bandiere di possesso e terre da possedere ma solo in accoglienza di seme, mai di conquista, se lo ricordasse, maresciallo, ché le terre si schiudono e accolgono solo a seguito di seduzione: ché la violenza sbarra portoni e la prepotenza, se non è ardimentosa compagna del piacere, può cogliersi le bachittelle e cercarsi altre terre su cui spadroneggiare, ché qui solo passione vogliamo, maresciallo, qui solo l'intemperanza del cuore che spassìa per strade piacerose di cui solo ora, voi e io, ci stiamo scoprendo capaci.

Non lo sapevate che avrebbe potuto essere così, Tabbacchera?

Lo sapevo e mi scantavo, maresciallo, mi scantavo di perdere la bussola, il timone, il comando della barca.

Di perdere vita no, Tabbacchera? Di sciupare giornate e nottate? Di mortificare questo vostro giardino?

Mi scantavo del dolore, maresciallo, del dolore della perdita, rinunciavo per non patire poi la mancanza. E invece mancanza fu, negra.

Negra e maligna Tabbacchera... ma ora...

ma ora...

sospira e annaspa, Agata, e graffia con le unghie il lenzuolo e questo corpo suo smette di ubbidire e fa quello che mai ha fatto, mai

e lo stesso lui, questo Andrea rosso di pelo e chiaro d'occhi, gran cristianazzo che ha una cicatrice sulla scapola che lei tocca coi polpastrelli e di cui vorrebbe conto e soddisfazione, ma non adesso che il corpo risponde precisamente alle sollecitazioni di lui che capisce il momento, il tempo, il fatto che il piacere di lei, partito da lontanissimo come favilla che corre in un letto di lava, sta per farsi stella che esplode e allora si libera

e lo stesso lui

e tutta s'inzuppa 'sta terra tabbacchera, 'sta terra che il dolore non secca più

e se tempo ci volle per arrivare precisamente qui
se mancanza ci volle per fare più piena la pienezza di qui
benedetto quel tempo
benedetta quella mancanza.

Adesso lei gli respira accanto. Degli amici al piano di sotto, della vita che continua oltre la stanza non vuole saperne. Accucciata al suo fianco, il braccio di lui che le cinge le spalle, non parla.

S'è alzata, qualche istante prima, solo per avviare la musica.

Nel riconoscerla, Andrea ha sorriso: «Sonata numero 16. Mozart» ha detto.

«Esatto» ed è tornata ad accucciarglisi al fianco, lasciando che fosse quella musica a dire, coi salti briosi e gli sgocciolii delle sue note, la gran felicità di cui erano colmi.

16

Violante non era andata dalla Tabbacchera, ma era rimasta con Francesco in braccio a gelarsi. Le palle di neve con cui Toni l'aveva colpita avevano bagnato il cappotto e il vestito e il vento le stava ricamando addosso trine di ghiaccio. Non aveva scostato un attimo lo sguardo da suo marito. L'aveva visto parlare coi carabinieri, annuire e un poco irrigidirsi, sorridere con troppa benevolenza a quei due che gli mostravano qualcosa, poi scuotere la testa e stringersi nelle spalle, salutarli senza il taglio brusco che gli era solito, anzi, tornando indietro a chiedere un di più d'informazioni.

Quindi era cosa che riguardava il Municipio? Quindi aveva ragione la Tabbacchera quando aveva pensato a un qualche danno provocato dalla nevicata eccezionale?

Era rimasta lì, con le borse ai piedi e il bambino in braccio che le riempiva il viso di bacetti. "Giuiuzza" gli diceva in automatico, e intanto fissava le macchine blu che chiudevano la strada e intanto si domandava quale disgrazia fosse capitata, ché mai, da quando aveva memoria, c'era stato un posto di blocco in quel paese.

Quando Toni la raggiunse: «Morti ammazzati?» domandò.

«Fastidi» rispose lui.

«Meno male! Mi pigliai uno scantazzo...» fece rifiatando. E siccome lui pareva troppo preoccupato: «Fastidi di che genere?» domandò.

«Andiamo dalla Tabbacchera, presto» disse invece di risponderle. Si caricò le borse e prese a camminare svelto, mentre lei, col bambino in braccio, procedeva cauta sulla strada scivolosa.

«Aspettami, per favore» a un tratto disse.

Non la sentì. Camminava come se avesse un fuoco di pensieri che lo spingeva ad arrivare il prima possibile.

Fuoco che contagiò pure lei, che accelerò la camminata per raggiungerlo, perciò non badò alla buca, perciò scivolò. «Toni!» urlò. Riuscì a non cadere, non sentì neppure troppo dolore al piede che s'era storto, ebbe solo paura che il bimbo si fosse fatto male.

D'un lampo lui le fu accanto: «Scusami, Jole» mormorò.

La chiamava così nei momenti d'intimità, che con quell'istante, però, non c'entravano proprio niente.

«Che fu?» chiese spaventata.

«Arriviamo a casa e ti dico.»

Percorsero a fatica l'ultimo tratto fino al portone, e quando Lisabetta venne giù ad aprire: «Chiama le altre» le disse, «di' che vengano a darci una mano».

Lei guardò lui e poi Violante: «Che succede?».

«Posti di blocco» mormorò la ragazza.

A Lisabetta fu subito chiaro che le cose avevano pigliato una strada diversa dal previsto.

Giunti al piano di sopra: «Dov'è Agata?» chiese Toni sottovoce.

«Ancora in terrazza col maresciallo» rispose Franca.

«Lori?»

«Nella sua stanza con Giulio.»

Nella sua stanza... Come se già fosse una di loro e avesse una stanza tutta per sé.

Si liberarono dei cappotti e delle borse, Violante diede a Francesco il pupazzo di peluche con cui spartiva il cuore, si buttò sopra una sedia della cucina e s'accollò al seno il neonato che Lucietta le porgeva.

Toni chiuse la porta. Nel vapore che esalava dalle pentole, nell'odore di sugo e patate al forno chiese: «Ve la ricordate la storia della pazza che diede fuoco alla scuola?».

«Nel trapanese?» tentò Luisa.

«Sì.»

Ricordarono. Del fatto s'era parlato per settimane: una ragazza aveva irrorato di benzina la sua ex scuola e appiccato un incendio proprio durante le ore di lezione. I bambini si erano salvati solo perché la Provvidenza – così aveva detto don Bruno – aveva impedito la strage. C'erano stati dei feriti gravi tra insegnanti e assistenti, nessun morto, per fortuna. La pazza era scappata e di lei s'erano perse le tracce.

«E allora?» domandò Lisabetta.

Toni spinse il mento verso le stanze che stavano oltre la porta: «È lei» disse.

«Lei cosa?» domandò Lucietta pallidissima.

«L'incendiaria!» scattò. «Altro che Bellucci! Me la ricordavo la sua faccia... È da quando l'ho vista che m'arrovello.»

Non disse che allora, quando avevano mostrato la foto in TV, gli era parso impossibile che quella quasi bambina potesse essere una pazza incendiaria: niente di folle nei suoi occhi, niente di spietato nei suoi tratti.

Le donne si erano sedute per incassare meglio il colpo. Nel silenzio borbottante di pignatte sul fuoco, i volti esprimevano sgomento. Nessuna di loro, però, diceva: "Non può essere, non è lei!". Erano troppo intelligenti per capire che la storia del partorire da sola, l'abbandono della creatura, quella sua eccessiva magrezza, quel suo stare sempre all'erta, l'aspetto patito e sofferente squillavano fuga, vita sbandata.

«E perciò?» chiese in un bisbiglio Lisabetta.

«Perciò?» mormorò Toni. «Cazzi amarissimi saranno» e alzò gli occhi in direzione del terrazzo dove c'era il continentale, che certo non ci avrebbe pensato due volte a portarla in caserma, la carusa. Figuriamoci, una ricercata, una pazza incendiaria... Minchia che frastorno!

«La dobbiamo nascondere» fu però la prima cosa che disse.

Lo guardarono stravolte.

«Non la denunciamo?»

«La volete denunciare?»

«Certo che no!»

Lo guardarono con gratitudine, per un attimo avevano temuto il contrario.

«Ci sono posti di blocco ovunque, così mi hanno detto. I carabinieri la stanno cercando. Uno che ieri sera si trovava nell'autobus con lei l'ha vista scendere in paese ed è andato a sporgere denuncia al Comando provinciale, perciò i posti di blocco, perciò verranno a bussare pure qui.» Sudava freddo, Toni Scianna, e freddo sudavano le donne, e quando bussarono al portone sobbalzarono tutti per lo spavento.

«Vado io» disse Toni.

«Ma se cercano Agata... Lei niente sa della carusa...»

Lui, però, era già corso ad aprire.

Casino per le scale, risate. Riconobbero la voce di Motta, di Carmine, del dottore e dell'ingegnere: s'erano dati appuntamento da Frontino dove il pasticciere, nel giro di un'ora, aveva confezionato una torta tutta decorata di bianco con sopra scritto: AUGURI.

"Solo auguri?" aveva domandato.

"Sì" aveva risposto Grimaldi: non c'era motivo di far sapere che una Luce era arrivata nella loro vita.

«Che è 'sto mortorio?» si stupì Sarino nel vedere che le donne, invece di trafficare, se ne stavano mezze morte sulle segge.

A bassissima voce Toni li ragguagliò sulla situazione.

«L'avevo detto io che non ci dovevamo far infinocchiare da quella bastarda!» ringhiò Motta scordandosi del Tabbacchere e di tutto il resto.

Per il sommo dei capelli stavolta l'acchiappò il Tabbacchere e cominciò a tirare verso l'alto come se lo volesse sollevare da terra, e intanto, furioso: "Che minchia ti dissi? Forse te l'affidavo la carusa se era capace di spicciarsela da sola?" e tirava così forte e con così tanta raggia che al Rustico le lacrime presero a calargli per le guance mentre il corpo gli si faceva di cemento.

«Che hai?» Franca lo scosse per un braccio.

Il Tabbacchere smise di tirare.

«Che ho?» ripeté Motta per guadagnare tempo.

«'Ste lacrime...»

Se le asciugò rapido col dorso delle mani: «Ci pensai alla carusa e... mi emozionai. Non può essere?» disse brusco, e intanto in cuor suo: "Ah, Francuzza, se sapessi!".

Di più lei si confuse.

Allora lui, con un tono possibilista: «A pensarci...» ripeté «tutte fesserie sono. Ma davvero vi pare che quella carusidda è una pazza che fece lo sterminio?».

«Ma se un momento fa stavi dicendo tutto il contrario!» esclamò Carmine.

Minchia, ragione aveva!

"Bastardo l'uomo che non cangia cuore" gli suggerì dall'alto il Tabbacchere.

E lui, alla lettera: «Bastardo l'uomo che non cangia cuore» disse. «E comunque» aggiunse di suo, «Lori 'na cusuzza è, una pistola nelle mani manco la sa tenere di sicuro.»

«Che c'entra la pistola?» domandò Franca.

«Usò la bomba per fare la strage?» Non se la ricordava la storia, niente sapeva di quella stragista.

«Il fuoco appiccicò!» disse Franca a denti stretti. «Il fuoco in una scuola piena di picciriddi.»

«Minchiate!» stavolta sicurissimo lo disse, ché non c'era bisogno di suggeritori per sapere che un incendio non è che schiocchi le dita e l'accendi!

«È quello che ho pensato pure io» ammise Toni. «Non mi convinse allora la fotografia, e meno che mai ci credo ora che la ragazza l'ho conosciuta.»

«Del resto» disse Calcaterra dando voce alle considerazioni di Motta: «Come può una carusidda – senza alcuna complicità – armare un incendio di quelle dimensioni?».

Annuirono.

Nel silenzio che ne seguì ciascuno si perse tra perplessità ed emozioni, perché, nel frattempo, a quella Lori e alla sua Luce si era affezionato.

«E perciò?» chiese pratico Grimaldi.

«Ricordiamoci che là sopra c'è il continentale.»

«E chi se lo scorda!» mormorò Lucietta.

Nomini il diavolo e spuntano le corna, non è così?

Così è!

Locatelli aprì la porta e spandendo luce come fosse un sole d'agosto: «Posso avere un caffè?» domandò.

Scattarono in piedi, tutti quanti, manco fosse un generale in rassegna di truppa.

«Riposo... riposo!» scherzò.

«Il caffè lo volete espresso o dalla caffettiera?» chiese Franca mentre nel cuore le tamburiava la più pazza delle tarante, e subito, per levarselo dalle sottane: «Si assittasse di là, nel salotto».

«Perché non qui con voi?» Allegro era, soddisfattissimo, anzi sazio. Si capiva che aveva lungamente goduto. Ma dove, al freddo e al gelo?, si domandarono. Nessuno, infatti, sapeva di quell'altana.

I maschi lo guardarono e si scordarono dell'incendiaria: glielo lessero in faccia il piacere grande che s'era scambiato con Agata, e ne furono gelosi: "Minchia, ma tu guarda se deve venire un polentone a rubarci la Tabbacchera nostra!".

Toni soprattutto s'invelenì, come se qualcuno avesse messo le mani sopra a... sua sorella.

Seee, sua sorella! La Tabbacchera era l'amore di tutti: disincarnato, certo, ma di tutti, ché il sentimento, quando è puro, non è peccato e anzi eleva, come Dante disse. La vedovanza, del resto, l'aveva messa al riparo dagli appetiti degli uomini, che si limitavano a venerarla, a omaggiarla, e bonu cchiù. E ora arrivava questo e così, *d'amblè*, se la pigliava! Ah, munnu tortu!

«Dov'è Agata?» chiese Lisabetta al continentale sforzando un sorriso.

«Ha detto che voleva togliersi la divisa» rispose lui. Gli ridevano gli occhi e gli rideva la bocca, un poco gli tremavano le mani, per cui Franca si chiese se non fosse il caso di sbattergli due uova con lo zucchero e un poco di Marsala perché si rimettesse in forze.

La parola *divisa*, però, fu come una secchiata di ghiaccio che svaporò all'istante l'ardore di gelosia e gli uomini tornarono a un presente tutto pieno della necessità di proteggere la ragazza che il maresciallo, di sicuro, avrebbe consegnato all'amici so', senza manco permetterle di dire ahi.

"Così funziona con le Forze dell'Ordine: prima ti mettono cazzarato e poi t'interrogano" pensò Motta. Il "bravo!" che Costanzo schioccò nell'aria di più lo convinse di essere nella ragione per cui: «Maresciallo, che ne dice di venire con me? Le voglio mostrare come addiventò magnifico il ristorante. Certo, ci stanno lavorando per riparare un guasto, e però... una bomboniera è!».

«Adesso?» domandò quello stupito.

Era ora di pranzo, e lui aveva una fame...

«Dopo pranzo» convenne Motta, pensando che mentre lui si portava a spasso la legge gli altri avrebbero provveduto a sistemare la carusa. Bisognava solo avvertire la Tabbacchera di stare muta riguardo all'ospite e tenere Lori e Luce nascoste.

«Neve permettendo» osservò il maresciallo.

Il "Certamente" lo dissero in coro.

Il maresciallo s'insospettì, corrugò la fronte: «Avete forse altri programmi?».

«Ca quando mai!» fece Toni, e intanto si volse verso Violante facendole intendere di correre ad avvertire la ragazza.

Violante intese e però: «Scusate se m'intrometto» disse «ma non è che mi potete dare un poco di ghiaccio?».

Toni la guardò furioso, che c'entrava il ghiaccio?

«Prima cascai» spiegò lei guardandolo come si guarda un cretino che giudica senza sapere, *«e il piede»* sottolineò «mi fa così male che non lo posso muovere.»

In effetti aveva la caviglia enorme. Le domandò scusa con una fulminea stretta di labbra, un simulacro di bacio che lei però, infumuliata, respinse al mittente.

Locatelli, frattanto: «A Torino bene. Ma la Sicilia mi ha stregato» e di nuovo sorrise e di nuovo parve uno che s'era sciacquariato nel mare del paradiso.

«Una Sicilia che si chiama Tabbacchera» precisò acido Carmine.

«Anche» confermò l'altro, che lesse la gelosia nei loro volti e se ne compiacque, impedendo così ai suoi occhi sbirri di captare l'inquieto incrocio di sguardi.

Per tenere viva la conversazione, e il maresciallo inchiodato in cucina, Calcaterra chiese del Valentino.

«Che c'entra San Valentino?» sbottò Motta, ché non era il caso – ma proprio! – di santificare per approssimazione di santo un fottio fuori dall'ordine di Nostra Madre Chiesa.

«È la sede del Politecnico» spiegò l'ingegnere. «Ci ho studiato.»

Motta arrossì.

Toni allora, risolvendosi ad accollarsi l'onere d'avvertire la ragazza: «Con permesso» disse alzandosi.

In quell'istante, però: «Violante, ho bisogno di te» disse una voce. E Lori, con Luce in braccio, fece la sua entrata in scena.

Fosse comparso Babbo Natale in persona ci si sarebbe sconvolti di meno.

Davanti all'armadio spalancato la Tabbacchera esitava. Non s'era lavata di proposito per conservarsi addosso l'odore dell'uomo suo, e però quella gonna grigia e camicetta bianca in cui s'era ingabbiata per fronteggiare eventuali scocciature andava rimossa. Dunque se ne stava mezza nuda davanti alla sfilza di blu, neri e marroni senza sapere cosa scegliere.

Il desiderio d'avere addosso di nuovo il colore vinse ogni esitazione e la mano andò sicura verso una seta porpora che subito le scivolò per il corpo come una pelle nuova, liscissima e morbida. Il corpo la ringraziò con un brivido.

Si guardò allo specchio. Nel contrasto col porpora, più neri le parvero i capelli, più grandi e vivi gli occhi, più roseo l'incarnato. La scollatura a goccia lasciava intravedere del seno quanto decenza consentiva, il resto molto bene s'intuiva. Stretta nel punto vita, la veste fluiva leggera fin sotto al ginocchio, le scarpe... Quali scarpe?

«Agata?» chiamò Toni bussando alla porta.

«Un minuto e vi raggiungo» allegramente disse.

«Cerca di sbrigarti» fece lui con un tono così drammatico che la gelò.

Spalancò la porta: «Che c'è?».

Lui vide la sfiammata rossa, per un attimo non la riconobbe.

«Toni...» incalzò lei.

«Andiamo di là.»

«Che fu?»

«La carusa... Una terrorista è.»

«Cosa?»

«Andiamo, presto.»

17

Silenzio c'è.

Lo stesso di quando in mezzo alla casa c'è un morto contornato di candele e di fiori.

Solo che adesso non ci sono morti in mezzo alla casa ma solo una carusa con una neonata in braccio e un uomo – che si ama ardentemente – che la scruta con sospetto. E amici ci sono, ed è Natale, è festa, persino nevica per fare più completa la fiaba, e lei si tolse il lutto: che fa, non lo vedono che è rossa, sbampante di una contentezza che non credeva di poter più provare?

«Che sono 'sti musi?» domanda sforzando un sorriso. La parola *terrorista* le gira per la mente come un uccello maligno. Ma che vuol dire?

Silenzio.

Lori ha gli occhi bassi, la bambina stretta al collo.

Gli altri parono imbalsamati.

«Signori miei» dice briosa per fingere normalità, «ma che fu, v'intimidisce il forestiero?»

Muti.

«Giulio!» fa allora.

Il ragazzo solleva occhi tristi.

E allora lei cambia musica: «Di che si tratta?» domanda.

Silenzio.

«Maresciallo?» sollecita. «Toni... dottore... insomma, devo fare l'appello?» e intanto le monta una furia tremenda. Ma come, ora che lei è felice, ora che la pazza contentezza venne finalmente ad abitarla, questi piangono lutto?

È Locatelli che prende la parola per chiedere, indicando la ragazza: «Cosa ci fa lei qui?».

«È una nostra amica» brusca risponde.

Ah, come sbagliaste, Tabbacchera! Subito lui s'adombra, più per il tono, che per la risposta. Perciò è con smacco che chiede: «È sua abitudine dare ricetto a criminali, sindaca?».

"Minchia, sul piano della legalità la volse la situazione" pensa Toni. Del resto, avrebbe potuto essere altrimenti?

«In che senso, maresciallo?» domanda lei completamente spiazzata.

«Non sa chi accoglie in casa?» Sfottente la sua voce, d'improvviso indisponente.

«Non mi pare che la cosa la riguardi» risponde lei per le rime.

«Per favore... non litigate...» mormora allora la ragazza, che non vuole essere come la vipera assiderata che il contadino si mise in petto per scaldarla e quella lo mozzicò. Si alza per andarsene quando...

«Ferma lì!» ordina secco il continentale.

«Come si permette?» scatta la Tabbacchera.

Peggio di come si stanno mettendo le cose, non potrebbero mettersi.

L'aria pare di vetro, le parole sono aghi che s'azziccano nella pelle del cuore, il tono secco e professionale, scorporato da una qualunque divisa, irrita oltremodo: non siamo in caserma, maresciallo, e lei non è di servizio.

Lui, però: «Delle Rose Loredana» scandisce, e recita – manco l'avesse davanti – il papello di accuse che le stanno in capo, per concludere: «Il reato è quello di strage».

«Senza morti, però» interviene Giulio.

«E senza un formale atto d'accusa» incalza Toni.

Agata li guarda, poi torna con gli occhi alla ragazza: non si capacita, ma che stanno dicendo? E intanto, nella mente: "Delle Rose Loredana" si ripete, ma dove l'ha vista? E finalmente ricorda. Era stato soprattutto il cognome ad attirare la sua attenzione: Bello e profumato, s'era detta.

Lui la scruta come se la vedesse per la prima volta: «Sindaca» freddamente dice, «questa ragazza va subito accompagnata in caserma».

«Nossignore. La ragazza resta qui.»

«Il paese è pieno di posti di blocco» s'intromette Toni. «Ho parlato coi carabinieri...»

«Quando?» chiede a staffilata, il che precisamente significa: com'è che non m'avvertisti?

E lui, che buono sì, ma fesso no: «Mentre lei mostrava il bellissimo panorama all'ospite» comunica a smacco.

Ecco.

Quanto poco dura la felicità, signora mia. Manco il tempo di vedersi, di scambiarsi la carne e già s'accapigliano. E comunque c'è da risolvere la questione della carusa.

Che però sta dicendo: «Niente ho fatto... ve lo giuro».

Nessuno fiata.

Nei lunghi attimi che seguono è come se la consonanza che teneva quelle anime unite in un arcipelago d'amurusanza si squagliasse, lasciando isole senza mare attorno, solitudini azziccate nella terra in cui ognuno resta solo con la sua coscienza. Perciò pare più spaventoso il pianto della bambina, che avverte il pericolo in cui è incappata sua madre e la difende nell'unico modo che la sua pochezza le permette: un pianto disperato che intristisce enormemente la Tabbacchera, che prende la carusa per il braccio e: «Vieni con me» dice, e se la tira nella sua stanza.

Nel salone restano le isole senza quaglio di mare attorno.

Dentro la stanza c'è lei che sta dicendo alla carusa, con somma dolcezza: «Raccontami per filo e per segno come stanno le cose».

Ma può una cricca che a colpi d'amurusanza ha combattuto – e vinto – animazze ben più nere di quella d'una presunta stragista non tornare a quagliare in amurusanza?

Può un continentale che di quella cricca è stato membro effettivo perdersi tra i fumi della sua continentalità senza fare nulla per capire come stanno le cose?

Perciò, proprio perché Locatelli vuole capire: «Che sapete di lei?» domanda.

È Giulio che prende a raccontare: di Lori, della morte di suo padre e di sua madre, dei tutori che si sono fatti avanti non per amore – «Come hanno impapocchiato al giudice» – ma per rubarle ciò che possiede, del ragazzo che l'ha messa incinta, dei Caini – «Così li chiama i tutori» – che la volevano fare abortire, del loro figlio pazzo.

«Mi volevano fare il repulisti» sta dicendo Lori ad Agata.

«Che cosa?»

«Mi volevano far abortire. Hanno detto che avevo quindici anni, un bel repulisti e tutto sarebbe tornato come prima. Io però non volevo. Anche Giona ha detto che me lo potevo tenere il figlio, che avevo la responsabilità di campare per due...»

«Chi è Giona?»

«È l'unico zio che ha» sta dicendo Giulio.

«E gli altri, i tutori?» chiede Locatelli.

«Parenti alla lontana. Lo zio – un prozio, in verità – è vecchio e cieco, per questo non gliel'hanno affidata.»

«Giona è il vecchio che ripara i ricordi» dice Lori.

E racconta alla Tabbacchera di suo papà che morì quando lei era piccola, di sua mamma che era un'esperta di Terramarina, di Giona che invece era l'esperto di papà.

Ed è proprio evocando la sua famiglia che si libera all'improvviso di timidezza e timori, e le pare di muoversi in terra sua, in casa sua, per cui, invece di dare ragguagli concreti circa la sua innocenza, si perde nel cunto del vecchio che vede coi polpastrelli, di lui che, quand'era piccola, le metteva le mani sopra la testa e l'aiutava a riparare – spesso a inventare – i ricordi, che le diceva: "Lo vedi tuo papà?" e lei rispondeva che no, non riusciva a vederlo, e lui diceva che per riparare i ricordi servono ago e filo e pure la cassettina degli attrezzi, ma anche le fotografie, ché le fotografie aiutano tanto a popolare di figure la mente, e lo diceva con la tenerezza enorme di chi ti vuole bene per davvero e ha per te l'amore del cuore e non quello della tasca, come i Caini.

Parla e piange, parla e rievoca i mesi vissuti per strada, tutta la fame che ha avuto, tutto lo sporco e il freddo, le notti passate a nascondersi mentre la pancia cresceva e la creatura le mangiava ogni forza. I singhiozzi all'improvviso sono così forti che le impediscono di parlare.

Agata le carezza i capelli: «Perché non sei andata da Giona?» mormora.

«Perché mi avrebbero trovato subito» dice tra le lacrime.

«Potevi andare dai carabinieri...»

«Ho avuto paura.»

«E il fuoco?»

«Il fuoco» sta chiedendo Locatelli, «chi l'ha appiccato?»

«Il figlio dei tutori.»

«Te l'ha detto lei?»

«Sì.»

«Mente! Ci sono delle prove pesanti a suo carico.»

Giulio annuisce: «Il diario dove ha scritto: "*Non basta un fuoco per fare un repulisti*", il suo bracciale vicino alla tanica di benzina, il suo mazzo di chiavi accanto a uno dei cancelli della scuola» elenca. E subito aggiunge: «Un po' troppo, non le pare?».

Gli altri li guardano allibiti: il maresciallo che interroga, il caruso che risponde senza esitazioni, il maresciallo che si sfrega il mento e niente più ha dell'uomo sazio di piacere, il caruso che sta sguainando gli artigli per difendere l'amica sua.

"È uno sbirro" sta pensando Carmine, "una bocca d'acciaio che guai a chi gli finisce tra i denti."

Lisabetta e gli altri pensano più o meno la stessa cosa: non l'hanno mai visto nell'esercizio effettivo delle sue funzioni, il maresciallo, e ne restano spiazzati. Fino a quando s'è trattato di averlo al fianco per spalare la melma truffaldina in cui il vecchio sindaco aveva affondato il paese, tutti a battergli le mani, tutti a dire che finalmente c'era l'uomo giusto, l'uomo incorruttibile, l'uomo mandato dal Signore per fare pulizia. Ora, invece, che loro si trovano dall'altra parte del fosso...

Sarino nel sentire da Giulio il racconto di quanto la ragazza ha patito, si dà della bestia, dell'armale senza cuore, ché pure gli armali si muovono a compassione, e lui invece, tutto preso dall'odio per la buttana che cacò la creatura e la buttò nel cassonetto, non ha capito il gran coraggio che c'è voluto a partorire da sola, a scipparsi la picciridda dalla panza e dal cuore, per come Giulio sta cuntando, e si frusterebbe, si piglierebbe a sberle davanti a tutti, e soffre nel pensare che tutto quel suo patire non è servito a niente se ora arriva questo e se la porta in caserma e arrivederci e baci, anzi, addio a mai più! Per cui: «Maresciallo» dice alzandosi, «in fondo c'è solamente da chiudere gli occhi».

Lento si volta verso di lui Locatelli. Una lentezza studiata che culmina con un: «Sarebbe un invito all'omertà, signor Motta?».

Motta sostiene lo sguardo con la forza di chi sa di essere nel giusto e non ha nulla di cui vergognarsi nel chiedere la salvezza del silenzio: «L'abbiamo praticata la carusa» dice infatti senza soggezione, «sappiamo quello che le chiediamo. Soprattutto io lo so, che n'ebbi pratica di mala vita nella vita mia e perciò li conosco i delinquenti: a naso li sento, e macari i pazzi che abbruciano case e campagne. La carusa non è di quella risma, ci scommetto tutto quello che vuole».

«Opinioni personali» dichiara. «Irrilevanti.»

«Cosa c'è, dunque, di rilevante?» domanda la Tabbacchera ch'è arrivata in silenzio e ora li guarda dallo stipite della porta a cui s'è appoggiata.

Anche verso di lei si volta con lentezza. Ne intercetta uno sguardo duro che non le conosce: «I fatti, sindaca. Le prove a sostegno di essi».

Sindaca... E i baci di prima? E l'amore di prima?

Sindaca... Maresciallo... due estranei sembrano.

«E se le prove fossero false?» domanda lei.

«I tribunali esistono per escludere una tale possibilità.»

"Ah, come cangiò l'atmosfera!" considera Violante, come si fece nera l'aria, come pare campana che suona fausa questa della chiesa che ci ricorda che oggi è Natale.

"Io le credo senza bisogno di tribunali" vorrebbe dirgli

Agata, e scuoterlo, frantumare la corazza di legalità dentro cui s'è blindato, dirgli: "Col cuore le credo, Andrea. E il cuore mio non sbaglia".

Andrea? Questo *Locatelli* si chiama. Andrea è rimasto su quel letto del terrazzo. Chissà se mai lo ritroverà.

E però è ad Andrea che si rivolge, interpellandolo appunto per nome, quando gli chiede che cosa c'entri, allora, la poesia di cui è innamorato col diritto di cui è servo.

S'agghiacciano, veramente s'agghiacciano, tutti quanti sono, ché *servo* è parola che mai mai mai bisognerebbe dire, mai – e meno che mai in presenza d'altri – all'uomo che si ama: le conseguenze possono essere drastiche, irrimediabili. Allora, per attirare l'attenzione su di sé: «Le chiediamo omertà» dice Toni sapendo di guadagnarsi tutto il disprezzo di quell'uomo che ha combattuto l'omertà con ogni mezzo a sua disposizione.

Locatelli lo guarda sbigottito: "Tu quoque?", stessa muta domanda di Cesare quando suo figlio Bruto gli sferrò la pugnalata.

Avvampa Toni e vorrebbe metterci una pezza sullo strappo di errori che tutti loro, ma proprio tutti, stanno aprendo nella tela d'onestà di cui fino a ieri hanno fatto il loro vessillo.

«Non si insegna nelle vostre scuole» freddo gli chiede «che è la legge, e non l'omertà, a garantire la giustizia?»

«Come no!» sbotta allora Franca. «Non si servì della legge chi cercò di scippare la Saracina al Tabbacchere e l'ammazzò? Ve lo scordaste, maresciallo?»

«Rappresentava forse la legge, quel vostro sindaco?»

Non possono rispondere, ché Occhi janchi, uomo di Legge, usava la legge per fottere la legge. E il maresciallo questa cosa la sa bene.

«In ogni caso» prosegue adesso sbrigativo, «come farete a spiegare la presenza di una neonata in questa casa?»

«La trovammo» dice Luisa. «Le dettimo aiuto, sennò sarebbe morta.»

«E non avete pensato che forse andava avvertita la Procura, che forse esistono disposizioni precise a tutela dei minori che...»

«Attonna!» l'interrompe Sarino tirando fuori l'anima lupa di quand'era un malacarne. «E sempre co' 'sta legge in mezzo ai coglioni! Che ne sa la legge di una picciridduzza in mezzo alla neve ché se non la porti al caldo sicuro muore?»

Cominciano a parlare tutti assieme, una confusione, una babele che non riesce a coprire gli improvvisi, secchi colpi alla porta.

Sarino sbircia dalla finestra: «I carrabbineri!» dice sbiancando.

«E ora?» si confonde Agata. Si confonde perché pure lei è la sindaca della legalità. Mentre quelli parlavano, infatti, l'è tornata in mente ogni telefonata al prefetto, ogni comunicazione al tribunale, ogni sollecitazione al ministero, ogni santissima rottura di balle – ché *tritacoglioni* in certi ambiti la chiamano – perché malversatori, corruttori, concussori, avvelenatori dell'acqua e dell'aria e compagnia bella finissero in manette. E ora? Pure lei saltò il fosso? Si confonde: c'è da rispettare la legge è vero, ma c'è pure una ragazza innocente che vogliono rovinare. E quanta carne d'innocenza invoca giustizia dal carcere senza essere creduta?

Alza gli occhi verso il maresciallo, che la legge come se fosse un libro aperto e però lo stesso: «Guai a chi si muove!» abbaia – "Con la stessa voce d'un canazzo tedesco in un lager" pensa Lucietta – e va ad aprire.

Ah, Tabbacchera Tabbacchera, come amara si fa certe volte la vita!

Agata non ebbe la forza di seguirlo: in fondo la padrona di casa era lei, e a lei sarebbe spettato di andare a conferire coi carabinieri, che c'entrava lui? Lui solo un ospite era. Ma non l'ebbe la forza di affrontare quella legge che le veniva fin dentro casa a stabilire cosa fosse giusto e cosa no.

Gli altri rimasero ingabbiati nell'ordine di non muoversi.

L'unico a disubbidire fu naturalmente il Rustico. Raggiunse il pianerottolo e cercò di ascoltare quello che i carrabbineri si stavano dicendo.

Un brusio, un borbottio, un: «Sì, certo» e poi altre parole e poi...

Si sporse per sentire meglio.
Che minchia gli stava dicendo? Per quanti denari la stava tradendo, quel Giuda, la carusa?
E già si preparava a stracangiargli i connotati con quattro mali pugni che l'avrebbero mandato all'ospedale, e mi dispiace per voi, Tabbacchera, che v'innamoraste di un fituso che non vale manco la pezza del vostro più scarso vestito, quando però...
«Qui nessuna incendiaria» disse Locatelli. «Garantisco io.»
Il "Minchia!" se lo dovette sigillare con le mani davanti alla bocca.
Quella che non riuscì a trattenere fu una scotolata lunga di brividi dalla nuca ai piedi che lo fece volare al gabinetto perché il rischio – vero, realissimo – di pisciarsi addosso per il sollievo l'aveva corso sul serio.

E ora c'è un maresciallo davanti a una Tabbacchera durissima.
Un maresciallo che guarda il popolo ostile che gli sta intorno.
Un popolo all'oscuro di tutto, obbediente agli ordini e dunque inconsapevole, in quanto Motta sta ancora espletando il suo bisogno corporale.
Nessuno parla.
Nessuno vuole sapere come e quando Lori dovrà costituirsi.
Violante ha le guance rigate di lacrime.
Lisabetta fissa con ostinazione una venatura del pavimento.
Lucietta si stringe forte il canuzzo che – camurria delle camurrie – non fa che sbattoliare contento quel mozzicone di coda che ha, e si domanda se tutto di botto non scimunì.
La Tabbacchera ha lo sguardo invetrato, il viso d'una pupa di cera.
Silenzio.
E mali pinzeri.
"E mmaliritta a malanova ca vinni a cascari supra a 'sta casa!"[1] impreca Carmine.

[1] "E maledetta la sventura che venne a cadere su questa casa."

"Possiamo sempre cercare il miglior penalista della Sicilia" sta pensando Toni.

"È inutile" fa Luisa. "Quando il diavolo ci mette la coda, non c'è cosa che va dritta."

Perciò quando Sarino entra nel salone e abbrazza fortissimamente il maresciallo e gli dice: «Servo vostro sono! A vita, maresciallo, ve lo giuro!» tutti, ma proprio tutti (cane e Tabbacchere esclusi, naturalmente) strabiliano.

«Servo? Attonna con 'sta palora!» fa il maresciallo in sicula dizione imperfetta, ché sempre piemontese è.

Si guardano confusi.

Più confuso è Sarino che, vedendoli insalamati e imbruttiti dal dolore: «Picciotti, ma lo scorpione vi deve pizzicare in mezzo alle cosce per farvi abballare?».

«Finiscila!» scudiscia Franca, ché non è il caso e manco il momento di scherzare, e con quelle espressioni vìlliche, poi!

«E che dissi?» fa lui, che ha capito e si vuole un poco divertire alle loro spalle.

«Signor Motta, perché ha disubbidito ai miei ordini?» domanda pacato Locatelli: l'abbraccio e la conseguente dichiarazione di servitù a vita non possono che dipendere dal fatto che abbia origliato.

«Maresciallo, s'arricordasse che io ordini non ne prendo da nessuno!»

"Fottuto è!" pensa Carmine.

L'abbraccio l'hanno frainteso: una mossa scema del Rustico per intenerirgli il cuore, ma quello è inutile che l'allisci: santu di màmmuru ca nun sura è,[2] e se ne stanno come baccalà fino al momento in cui quello: «Minchia, picciotti, ma tantu ci voli a capiri?» e subito: «Omertoso fu» dice battendogli una mano sopra la spalla.

«Gesù!» mormora Franca assittandosi e facendosi aria con un tovagliolo: di botto le pare di avere le vampe della menopausa.

[2] È santo di marmo che non suda.

Il maresciallo si rivolge alla Tabbacchera: «Le dovrei parlare un momento, signora» dice.

"Freddo è, e incazzato" si dice Sarino, che alla parola omertoso l'ha sentito guizzare sotto le dita come percorso da una scarica elettrica.

Lucietta implora gli angeli, i santi e la Madonna perché quei due si spieghino senza fare danno.

"Certo che ne hanno di cose da ragionare" pensa Toni. "A questo punto non si tratta solo di nascondere la ragazza, ma pure la picciridda: come giustificarne, infatti, la presenza senza attirare l'attenzione dei curiosi? Il paese è piccolo, la gente guarda, anche attraverso i muri guarda, e sa e sente quello che non dovrebbe sapere e sentire..."

Intanto è arrivato don Bruno, che ha già fatto il sonnellino pomeridiano e si meraviglia che loro non abbiano ancora pranzato, al che Toni: «Padrepparroco» dice. «Pranzare? Qua nel pieno di una telenovela stiamo!»

Stessa frase che un giorno dirà a una certa signora che vive a Roma e ogni tanto viene in paese a cercare storie. Le dirà: «Signora mia, sapesse...».

E lei: «Cavaliere, cuntasse...» e aprirà il taccuino e comincerà a scrivere.

La stanza in cui si trovano è lo studiolo in cui Agata si rifugia a leggere: librerie in ogni parete, un divano, una poltrona, un tavolino con una lampada da lettura, per terra un tappeto annodato a mano.

È la prima volta che Andrea entra in questa stanza che tanto bene la rappresenta: l'ha sempre pensato che la Tabbacchera spartisse l'intimità coi libri, e adesso ch'è lì si sente un poco a disagio.

Tra loro c'è il silenzio delle male giornate, il silenzio di quando capisci che la fiaba è fiaba finché resta chiusa nella fantasia, poi però, messi i piedi per terra e avuto il primo scazzo, le cose si fanno diverse.

La parola "servo" continua a pulsare per la mente di lei, con lo stesso sprezzo con cui l'ha pronunciata: "Servo del diritto...". Possibile che gliel'abbia detto per davvero?

Se ne pente. Vorrebbe rimangiarsele, quelle parole. Vorrebbe riavvolgere il nastro e cancellare l'offesa grande.

Di là tendono l'orecchio. Quel gran silenzio significa che s'addensa tempesta.

«Lui continentale è» fa Lucietta. «Abituato al controllo. Lei sa farsi di ghiaccio, quindi può essere che libri per aria non ne volino.»

«Quando piglia la furia non si ragiona più» fa Carmine in un soffio che pare un sospiro. «Meno male che non sono in cucina, che non hanno coltelli a portata di mano.»

«Ca quando mai!» lo zittisce Luisa. «Questi signori sono, questi s'abbruciano col silenzio.

In effetti non sentono volare una mosca.

Invece, in un sussurro, oltre la porta chiusa Agata sta dicendo: «... stupida a non fidarmi di te...».

Lui non fiata.

E pensare che solo qualche ora prima si scambiavano l'amore del corpo e l'amore dell'anima.

"Stop. Fine della storia" pensa lei. E vorrebbe piangere.

Silenzio.

Poi: «Perché ti sei innamorata di me?» domanda lui.

Non risponde. Non è il momento di cadere nell'idillio.

Il tono, però, non è quello dell'idillio.

Lo stesso non risponde.

«Cosa ti ha spinto verso di me» incalza lui. «Solo la poesia?»

Silenzio.

«O forse il fatto che sono meno servo della legge di quanto non lo sia tu?»

"Indovinato!" dovrebbe dire. E invece non spiccica parola.

Nella sua mente, le giornate con lui prendono a scorrere come sul nastro lento di una moviola: la *favoletta* del cambiare il mondo a colpi di poesia (come molti a sfottò la dissero) si tradusse in azione dura a sbaraglio del sistema di connivenze creato e mantenuto a ogni costo da Occhi janchi. Fu sparsa onestà sopra corruttele, malversazioni, abitudini a mentire, sopraffazioni operate da quell'animazza nera e la sua cricca. E il divieto di cedere alla violenza, alla seduzione delle sirene che compravano a colpi di mazzette, divenne imperativo categorico; così come divenne categorica la necessità di opporsi con estrema determinazione ai seguaci del vecchio sindaco che tentavano di contrastare la sindaca nuova, buttanazza e femmina per di più.

Lui rivive più o meno gli stessi giorni: quando esplose – dissero una fuga di gas – il capannone dell'imprenditore che s'era aggiudicato un appalto senza pagare il pizzo, quando bruciarono la macchina della sindaca e quella del vicesindaco, quando ci fu di che pararsi dalla pioggia di lettere anonime che accusavano la nuova amministrazione d'ogni porcata.

«Dunque?» La voce di lui scheggia il silenzio.

Non parla, Agata. Nera e amara le si para davanti la vita, un'infinita stanchezza la pervade privandola d'ogni capacità di replica.

«Omertà... Silenzio...» incalza ancora lui. «*Niente vidi, niente sentii, niente dissi*... Non era questa la filosofia degli altri?» Parole secche, dure, che la mettono di fronte alla nuova se stessa che solo il giorno prima – quando Lori non era ancora comparsa – avrebbe avuto in odio.

Andrea smette di camminare avanti e indietro per la stanza, la guarda: seduta sul divano, le braccia abbandonate in grembo come se i nervi avessero d'un tratto ceduto, pare una che della Tabbacchera possiede appena le sembianze.

Riprende: «Percentuali, mazzette... Oliamo il sistema perché non cigoli, perché tutti abbiano la loro parte: che sia una briciola o di che abbuffarsi sarà valutato di volta in volta».

Lei all'improvviso scuote la testa, come a dire che qui c'è in ballo altro: «Non è stata lei...» dice. «Non...» S'interrompe. Come spiegare che non sempre ciò che è *contra legem* è necessariamente ingiusto, che c'è un diritto non scritto che attinge all'umanità, e quella è difficile da codificare, da incapsulare in una norma.

«Probabilmente è così» dice lui.

Alza lentamente la testa a guardarlo.

«Perciò sono stato *omertoso.*» Pronuncia la parola con la stessa smorfia di chi gratta una lavagna e ne rabbrividisce. «O meglio» specifica «ho taciuto perché ho bisogno di tempo, perché voglio verificare di persona come stanno veramente le cose.»

Riprende a camminare. Lei si appoggia alla spalliera, chiude gli occhi.

Avanti e indietro, 'sto maresciallo che dopo la raffica di messaggi ricevuti la notte prima ha smesso ogni incertezza ed è calato in Sicilia come un falco, evitando di proposito di rispondere alle telefonate di lei per non tradirsi, per non dimezzare la gioia della sorpresa.

Avanti e indietro come un metronomo che batte un tempo a cui certo non era preparato. Avanti e indietro fino a quando, all'improvviso fermandosi: «La mia coscienza è un tribunale, sindaca» afferma.

«In composizione collegiale o monocratica, maresciallo?» scuppante lei chiede.

Lui non ride, non s'arrabbia, non tenta la battuta, non cede all'offesa, semplicemente: «Devo potermi guardare allo specchio e non disprezzarmi, Agata» dice. «Perché tu lo sai, no, che la *libertà è come l'aria,* per cui...»

«... *ci si accorge di quanto vale quando comincia a mancare, quando si sente quel senso di asfissia...*» completa lei la frase di Calamandrei.

«Esatto.» Le si para davanti: «Camminiamo spalla a spalla, perciò ci amiamo. Crediamo nelle stesse cose. Siamo servi alla stessa maniera, signora Scassacoglioni».

«Non era Tritacoglioni?»

«In altri ambiti.»

Non ha voglia di scherzare, e neppure lui che: «Non posso tradire quello in cui credo» dichiara.

«E la poesia?»

«Non è rigore, la poesia?» domanda. «Non è legge esatta di metrica, rispetto di una forma, anche libera, in cui la parola si sposa col suono e col significato, senza i quali sarebbe un ammasso di segni incapace di commuovere?»

«E la giustizia?» incalza lei. «Le porcate a danno di una ragazza di cui nessuno si cura? Che ha passato i mesi della gravidanza patendo la fame, che ha partorito come manco la madre di Cristo, che ebbe a conforto e aiuto almeno suo marito?»

Piange 'sta Tabbacchera, che s'è fatta rasoio contro i malacarne e ora è di nuovo femmina, madre di cuore per una madre e una figlia come paglia in balia del vento.

Ché questo siamo talvolta, maresciallo: paglia portata dal vento. E può essere che cadiamo nel fuoco, come può essere che una mano d'aria ci porti in terra di salvezza, e tutte le congetture, tutte le speranze, tutti i disordini e gli inganni e le ritrosie, i bisogni e i sentimenti che noi... Ma che va pensando? Morire si sente, 'sta Tabbacchera bedda, rossa di vestina e scura di cuore, le mani che tremano, la bocca stretta per non piangere.

Lui se ne accorge e d'impeto allora l'abbraccia, l'accoglie in questa forma di debolezza insospettabile che lo sorprende e di più, domani, gliela farà apprezzare. L'abbraccia, la stringe per impedirle il discorso complicato che sta tentando d'imbastire e chissà dove la porterebbe, e siccome è di poesia che entrambi sono fatti, parlandole sul collo: «Ascoltami bene, bella signora, io voglio scendere con te, dandoti il braccio, almeno un milione di scale» dice.

Lacrime tonde prendono a sgorgare dalle ciglia di lei.

Più forte lui la stringe: «E ti giuro» continua «che ci sarà gioia a ogni gradino, amore a ogni gradino. Non ci sarà il nulla alle nostre spalle, nessun terrore di ubriaco...».

«Guardami» dice allora lei.

Si scosta, la carezza con gli occhi e, smettendo ogni enfasi poetica: «Voglio scendere milioni di scale dandoti il braccio, Tabbacchera mia. Voglio scendere e salire scale, nuotare, scalare montagne, fare la fila alla cassa del supermercato, scegliere con te i vestiti, portarti dal sarto che mi cuce le camicie...».

«Le camicie su misura? Allora sticchiosetto siete, maresciallo!» e ride; piange e ride 'sta femmina di fuoco che s'è scordata che vuol dire rapportarsi con un uomo nelle cose della realtà, per cui...

Per cui il maresciallo l'ha già buttata sul divano e se la chianta sotto.

Ed è qui che – frammischiando semi di natura a semi di diritto e di poesia – viene concepito Daniele, rosso di pelo come suo padre, chiaro di pelle e azzurro d'occhi come suo padre e sua madre. Nascerà il 25 del mese di settembre dell'anno dopo, e non ci sarà festa di compleanno in cui, al momento di spegnere le candeline, quelli della cricca Tabbacchera non penseranno al conciliabolo nello studiolo in cui si sarebbe dovuto discutere delle sorti di una incendiaria e della sua creatura e invece s'imbastirono altri discorsi per cui, quelli che aspettavano in sala, dovettero accendere il televisore e alzarne di molto il volume per evitare la compartecipazione al discorso amoroso intrapreso dai due in pizzo di divano.

18

Sarebbe stato pranzo di Natale un pranzo senza lasagne, pollo al forno con le patate, salsiccia al vino, misticanza di verdure ripassate in padella con le sciccherie dell'erborista, e cannoli farciti di ricotta? E questo solo come base a cui aggiungere *collateralità* con cento sfumature di senso e di sapore, pure di colore, perché nel tempo che quei due si spiegarono, le signore ristorantiere, come Sarino certe volte le chiamava scherzando, avevano trasformato la cucina non in un campo di battaglia ma in un campo di azione ragionata con la strategia perfetta di raggiungere il massimo del risultato (di qualità) con il minimo dispendio di tempo.

Quando la Tabbacchera e il maresciallo uscirono dallo studiolo – senza scialo di contentezza e soddisfazione di ragazzini al primo fottio – le cose andarono esattamente così: Franca tirò fuori dal forno la teglia con le lasagne e cominciò a fare le porzioni, Violante – con la caviglia gonfia e impossibilitata a muoversi – consegnò a Luisa i cartoncini segnaposto, decorati finissimamente, che quella provvide a disporre sulla tavola magnifica – apparecchiata con la cristalleria e l'argenteria che la notte prima don Bruno aveva impedito –, gli uomini provvidero ai beveraggi, la Tabbacchera andò a cambiarsi (quel porpora tutto intriso della parola "servo" non se lo voleva tenere addosso un attimo in più), e si ripresentò con addosso un abito celeste come i suoi occhi. E intanto che si finiva di predisporre la tavola natalizia, il maresciallo si chiuse nello studiolo (da quel giorno in poi scherzosamente chiamato "la camera della tortura") con Lori.

«Devi raccontarmi tutto» le disse. «Dall'inizio e senza tralasciare alcunché» e dispiegò il meglio della sua arte inquisitoria esumando da lei dettagli dimenticati: importantissimo, per esempio, quello relativo a Francantonio Luigi, un carabiniere che un giorno l'aveva sentita disperatamente piangere ed era venuto a bussare alla porta dei Caini.

«Francantonio Luigi» ripeté il maresciallo prendendo nota sul retro di un foglietto trovato sullo scrittoio.

«Sì. Ero piccola, mia madre era appena morta, volevo andare da Giona» raccontò lei, «e siccome insistevo, Caina mi prese per i capelli e cominciò a tirare così forte che mi misi a piangere. C'era la finestra aperta, il carabiniere sentì e bussò. Caina gli disse che ero una bambina capricciosa, ed era solo per capriccio che piangevo. Ci fosse stato Giona...»

«Parlami di lui.»

«Di Giona?»

Annuì.

«È uno zio di mio papà. È un vecchio capace di riparare i ricordi» mormorò e cominciò a raccontare.

Tutto gli disse, ma proprio tutto, pure della bambina scucita – l'animo poetico del maresciallo avrebbe potuto non essere conquistato da lei? Quando mai, infatti, una pazza furiosa assassina incendiaria parlerebbe di sé come di una bambola scucita? –, pure di Caina raccontò, che le toglieva la paghetta che Caino – su disposizione del giudice – a ogni inizio del mese le dava: «Se li prendeva con la scusa che i ragazzini non ne devono avere maneggio di danaro, sennò crescono viziosi». Pure del ragazzo di cui era innamorata gli raccontò, di quel Fabio che un giorno le disse: "Ti porto a vedere il mare" e a lei sembrò di avere raggiunto finalmente la felicità.

«E invece?»

Abbassò gli occhi, rimase in silenzio per qualche istante, poi, in un sussurro: «A un certo punto cominciò a toccarmi. Mi scansai. Era la prima volta che stavamo insieme e volevo da lui un bacio. Solo un bacio. O meglio... cominciare con un bacio, e poi... poi si sarebbe visto. Lui, però, subito mise le mani dove non volevo. Glielo dissi. Si arrabbiò: "Perché allora sei salita in macchina?". "Per conoscerti, per parlare..."

Mi ero innamorata di lui osservandolo dalla finestra. Andava a trovare sua nonna che abitava nel palazzo di fronte. S'era accorto che lo guardavo, che l'aspettavo. Aveva cominciato a sorridermi, s'inchinava, mandava baci e io mi innamoravo di lui. E ora che eravamo finalmente insieme... quella sua mano lì, prepotente, mentre con l'altro braccio mi teneva ferma...» S'interrompe. Non sa che parole usare, in che modo esprimersi.

Dalla cucina giunge il rumore delle stoviglie, il suono delle voci degli altri.

«Gridai» riprende. «Gli morsicai il braccio. Ma niente. Andò fino in fondo. E quando vide il sangue: "Minchia, vergine sei!" disse.» Sospira. Si guarda le mani spaccate, screpolate, gonfie di geloni, solleva gli occhi sul continentale che la fissa senza tradire la rabbia che gli monta dentro, quindi: «Mi scaricò poco lontano da casa. Disse: "Guai a te se parli". Disse: "Tanto nessuno ti crederebbe. Tutte troiette alla tua età". Rientrai piangendo come una disperata, scalza, il vestito strappato. Come avevo potuto credere che mi amasse, che dietro quei sorrisi, quei baci soffiati da lontano c'era solo...». S'interrompe.

Un lungo silenzio, poi, Andrea: «Cos'hanno detto i tuoi parenti vedendoti in quello stato?».

«Erano fuori. C'era solo Cainazzo, e con lui era meglio non avere a che fare. Mi chiusi nella mia stanza.»

«E poi?»

Si strinse nelle spalle: «Niente. Quando gli dissi che ero incinta e che lui era il padre della creatura, disse che nessuno mi avrebbe creduta, perché lui era figlio di una famiglia onorata e stimata da tutto il paese, e io, invece, solo una mezza pazza. Tutti lo dicevano in paese che ero una mezza pazza».

«Perché?»

Scosse piano la testa: «Perché stavo spesso sola... E parlavo da sola, come i pazzi».

«Invece?»

«Invece...» Carezzò la testa della bimba, che continuava a dormire quieta. «Invece parlo con mia madre. E qualche volta pure con mio padre» rispose.

Tacquero.

Nelle altre stanze era tutto un ridere, un tintinnare di stoviglie, la voce di Sarino Motta che prevaleva sulle altre, le risate del piccolo Francesco inseguito da qualcuno che abbaiava forte.

Un debole sorriso le comparve sulle labbra. Debole, e però pieno di tenerezza al pensiero che forse alla sua bimba sarebbero toccate in sorte quelle risate e quella gioia grande che si respirava lì.

«Puoi denunciarlo, lo sai, vero?» disse Andrea.

«Servirebbe?»

«Gente così deve pagare.»

Annuì, poi: «Ci ho pensato. Ho deciso che non lo denuncio, non voglio che Luce sappia di essere frutto di un abuso. Le dirò che suo papà è morto prima che lei nascesse, così non lo cercherà mai. Avrà l'amore mio, e non sarà poco. Non avrà bisogno di padri».

Locatelli suo malgrado sorrise: «Pensi davvero che sarà così?» e col braccio fece un cenno che comprendeva tutti loro, casa e cricca tabbacchera al completo.

Pure lei sorrise: «Penso che forse ne avrà più di quanti gliene occorrano per essere felice».

E ora sono tutti a tavola. Certo, sono le quattro del pomeriggio e un pranzo di Natale che cominci a quest'ora è anomalo, ma fosse solo questa l'atipicità.

Stanno dunque mangiando, il clima è sobrio, non l'ebbrezza spinta della gran contentezza – la strada per risolvere le questioni relative a Lori e a Luce è tutta di salita – ma una gioia quieta, che a volerla rappresentare con un colore basta l'acquamarina del vestito che ha sostituito quello porpora in corpo alla Tabbacchera.

«Figghia bedda» sta dicendo Sarino a Lori, «mangia, ché ti devi ricostituire, e anche perché devi fare latte.»

La pizzicata di Franca gli arriva sulla coscia.

Lui ridacchia: «Lo so che non sei una vacca, per come mia moglie mi sta ricordando con una carezza...».

Franca avvampa.

«E poi» riprende «non ce li hai più tre Caini, che invece di scappellarsi davanti a te che gli puoi essere regina, ti vogliono buttare in un fondo di carcere e lasciartici a vita. Tu ora in famiglia sei, una casa hai, e...» – qui il tono diviene accorato – «hai pure due vecchi un poco babbi» – indica se stesso e Franca – «che sono disponibili a...» Troppo cicaleccio c'è, ognuno parla col vicino e non bada a ciò che si dice al pizzo opposto della tavola per cui Motta si alza, batte il coltello su una bottiglia per ridurre tutti al silenzio, quindi: «Stavo dicendo alla qui presente carusa che deve considerarsi una di famiglia – della mia famiglia – perché, se vuole, ci sono due vecchi un poco scimuniti a cui ci piacesse assai di diventare i nonni della picciridduzza» dice sudando, ché un discorso così sentimentale nella vita sua non l'ha mai fatto.

«Non corra troppo con la fantasia, Sarino» dice allora Andrea.

Male ci resta, cose giuste.

Franca lo consola intrecciando le dita alle sue.

Lori lo guarda e gli sorride, gli fa intendere che l'idea non le dispiace, per niente le dispiace, ché di nonni la bimba ne ha bisogno, e lei ha bisogno di bene, d'affetto grande, e dunque sorridendo mormora un *grazie* che le si legge appena sulle labbra.

Sarino torna a sparpagliare contentezza, mentre Toni, col tono sussiegoso di chi imbonisce una classe: «Signori, cerchiamo di vedere la bottiglia mezza piena» dice alzando il calice. «Al più presto tutto s'aggiusta!»

"Ca proprio!" sghignazza una voce che pareva vicina e lontana nello stesso tempo.

Il professore solleva lo sguardo e il calice gli cade dalle mani: dal palazzo di fronte, un essere simile a quello che era stato il vecchio Occhi janchi si gode la scena.

Si godeva la scena, precisamente: la neve gli cadeva addosso e non lo gelava, il vento gli soffiava addosso e non lo muoveva: attraverso il suo corpo si vedeva la griglia del rampicante su cui un tempo s'era abbarbicato un gelsomino. Braccia conserte, mascella in avanti, bocca smangiata dai vermi, poche ciocche di capelli giù dal cranio, i passati misfatti gli stavano stampati addosso con una precisione che orripilava e angosciava e dava febbre d'allucinazione.

Toni poggiò la mano sul gomito di don Bruno, che si voltò, lo vide smarrito: «Che hai?» gli chiese.

Indicò col mento il balcone di fronte.

«Nevica» disse il parrino.

Nevicava, infatti, e basta: solo neve a fare cortina tra quella casa e il resto del mondo. Della figura rosicata dai vermi nulla.

Toni pensò d'aver stravisto. Troppe emozioni. E poi l'incendiaria, la picciridda, lo scazzo col maresciallo, i carabinieri... C'era da scimunire pure un santo!

«Nevica, sì» ammise.

Don Bruno tornò a concentrarsi sulla lasagna con una tale intensità da togliere a chiunque la voglia di disturbarlo.

In realtà stava meditando una visita al vescovo per sottoporgli, in camera caritatis, la questione delicata di una carusa che la legge considerava una stragista e invece era un angelo. Sapeva già che se il vescovo avesse allargato le braccia a rifiuto sarebbe andato dal cardinale, e se il cardinale avesse fatto lo stesso sarebbe volato a Roma, a conferire addirittura col papa, ché quando ci sono di mezzo attriti tra santità e legalità nessuno meglio del Santo Padre sa indicare la via più consona.

Con lo sguardo di nuovo al balcone, Toni ripensò a Occhi janchi. Era stato un avvocato diabolico, uno che osservava la forma della legge e poi faceva passare tra le maglie larghe di essa l'intrallazzo e il crimine, in un gioco di prestigio che avrebbe sbalordito persino Machiavelli.

"Raggiuni hai!" disse lo spettro di nuovo comparendo.

Toni sentì che il sudore gli calava freddo giù per la schiena. Cercò aiuto in don Bruno, che restava incantesimato sulla lasagna, si volse verso Acquaforte – tutto corrucciato per via di Giulio che sbavava appresso alla neomamma rischiando di compromettere il treno di trenta e trenta e lode in corsa verso la laurea – e, fraintendendone il corruccio: «Lo vedi pure tu?» chiese con un filo di voce.

«Chi?» fece quello senza capire.

Toni guardò verso il balcone. Lui ne seguì la traiettoria e

la mascella gli cascò in uno spalanco di bocca pronta all'urlo che solo il comando del professore – «Zitto e muto!» – impedì.

Carmine osservò lo spettro che lo fissava con quelle sue orbite nere – mobili per i vermi che vi si muovevano dentro dando l'illusione di pupille vive – e un ghigno di denti rotti e ossa a vista che pareva un sorriso. Prese copiosamente a sudare. Sudarella che allarmò Luisa, la quale: «Aprite il balcone» comandò.

«No!» urlarono in coro lui e Toni, come se un vetro chiuso bastasse a tenere lontano lo spettro di un uomo maledetto che non trovava pace nel mondo dei morti e sfogava sui vivi la sua rabbia.

«Che fu?» chiese Motta distogliendosi dalla picciridda in braccio alla mamma.

Non risposero. Solo si presero la mano e se la strinsero così forte da sbiancarsi le nocche.

«Problemi?» domandò allora don Bruno a quei due con gli occhi appizzati al panorama. Che adesso era cartolina di neve e di fiaba, visto che dell'essere orrendo all'improvviso non c'era traccia.

Si slacciarono le dita, tornarono al presente: «Buone ti vennero queste lasagne» disse Toni a Franca.

«Buone per davvero» sillabò Carmine.

«Un applauso per Franca» gridò allora Sarino.

Partì l'applauso, che Franca si prese con soddisfazione, anche perché in quella mattinata così difficile, tra un lascia e riprendi, aveva impiegato un'ora buona a comporre la lasagna, smozzicando *Avemarie* e *Gloriapatri* a ogni cucchiaiata di ragù che andava spargendo sulla pasta, a ogni grattata di parmigiano che spandeva sul ragù, a ogni fettina di uovo sodo che andava posando sopra ragù e parmigiano affinché chi si fosse cibato di quella pasta si sarebbe messo in corpo della Grazia di quel Dio che sta in cielo, in terra e in ogni luogo. "E perciò pure in queste lasagne, Signuruzzu" aveva concluso.

E chissà che non furono proprio le preghiere di cui la pasta era infarcita a sfrattare il fantasma dal balcone, con rifiato di Toni e Carmine, che ripresero a mangiare la pietanza di cui in futuro, però, mai più avrebbero voluto sapere.

Tra i due, con quelle mani strette, si era consolidato un patto: *Zitti e muti, ché a parlare si fa danno*. E però, tra di loro, certo che ne dovevano parlare, certo che dovevano armare una strategia, ché quello maligno era, e tribolazione si preparava a portare, che non lo sapevano? E così, finita la tortura della lasagna da mangiare e complimentare, Toni disse: «Carmine, vieni con me».

«Hai ripreso a fumare?» gli chiese Violante, visto che un'uscita in quel momento significava che sei drogato di sigaretta per cui, tra un pasto e l'altro, ne devi tirare almeno un paio di boccate.

«No, gioia. Ho solo bisogno di un poco d'aria.»

«Giusto ora?» domandò lei che non si capacitava della diserzione: va bene che ci si era chiariti, va bene che ci si era spiegati, e però la sua presenza conferiva autorità alla tavolata (così riteneva) e dunque perché sbaraccare proprio adesso?

Fu Carmine che lo levò dall'imbarazzo: «C'è una cosa che gli voglio fare vedere» disse.

«Che cosa?» s'impicciò all'istante Luisa.

E che cazzo, ma sempre bocca devono mettere 'ste femmine?

«Una cosa» ribadì criptico.

«Mizzica!» fece lei a sminchiata, ché quell'intreccio di dita maschie le aveva rivoltato lo stomaco: «È una cosa accussì prescialora che non si può aspettare la fine della mangiata?».

«Precisamente.»

E Violante, innocente: «Che cosa, signor Carmine?».

Muto.

«Che cosa, Carmine?» incalzò Luisa.

Lui alzò gli occhi al soffitto come enormemente contrariato, quindi: «E va bene. Visto che mi costringi...» sbuffò.

Luisa impallidì, una rivelazione in presenza di tanto popolo poteva avere effetti devastanti per cui: «Va bene, me lo spieghi a casa» disse in brusca retromarcia.

Ma Lucietta: «Non ci volete rendere compartecipi?» dolcemente chiese.

Per un attimo Luisa la odiò.

«Il fatto è questo» spiegò allora Carmine, improntando al momento una decisione che si sarebbe rivelata come una tra le più difficili della sua vita: «Che siccome tu il mese prossimo fai il compleanno – e mi dispiace che te l'ammacchiasti con le mani tue stesse la sorpresa – io ti voglio regalare quel terreno che sta alle Coste, quello con l'albero di milliccucco, per intenderci».

Luisa sentì come una carezza sul cuore. Il terreno con l'albero di milliccucco (un bagolaro) era appartenuto a suo nonno e lei ci aveva trascorso l'infanzia, poi c'erano stati rovesci di fortuna e il terreno era stato venduto alla famiglia di Scianna, che non aveva saputo che farsene e l'aveva abbandonato a Madre Natura (che s'era sbizzarrita in rigogli di carrubi, olivastri, fichi, mandorli, fichidindia e rovi a mai finire), per cui lì stesso, davanti a quella platea, Toni seppe che il terreno aveva finalmente trovato un acquirente, e Carmine seppe che erano quattro anni (da quando Luisa era ridiventata l'amore suo, oltre che sua moglie) che glielo voleva regalare.

«E ora, spiegato il fatto, l'antefatto e la conseguenza, ce lo date il permesso di ritirarci sul terrazzo per vedere se tutta 'sta neve dannificò il milliccucco? Ché io affari orbi non ne voglio fare!»

«Solo se vi spicciate» disse Lisabetta. «Che sta per arrivare a tavola il secondo.»

«Nel tempo che sostituite i piatti, siamo già di ritorno» fece Toni.

Se ne andarono con la benedizione di tutti.

Salirono i gradini con circospezione, guardandosi a ogni momento alle spalle per sincerarsi che non fossero seguiti. E quando furono finalmente sul pianerottolo da cui si sbucava fuori: «E ora?» domandò Carmine.

«Intanto ripigliamo fiato» fece Toni che all'improvviso se li sentiva tutti gli anni che aveva sulle spalle.

Si buttarono sul divanetto di vimini che d'estate i Tabbaccheri collocavano all'aperto per godersi il fresco, quindi, con uno sforzo estremo della volontà, andarono con gli occhi al balcone di Occhi janchi.

Quello che videro li placò: persiane serrate, neve ammucchiata, ringhiera sommersa e aria d'abbandono.

«Senti» disse Toni ritrovando il sangue freddo, «uno spirdo che può fare? Farci pigliare un poco di scanto quando si manifesta. E allora? Uomini siamo!»

«Vero è. Se quello di nuovo compare, ci spariamo addosso una qualche giaculatoria e ce lo togliamo dalle palle. Però m'addomando: se si mostrò solo a noi, un qualche motivo ci deve essere.»

«Deve fare guerra alla Tabbacchera, Carmine. E noi siamo quelli di cui la Tabbacchera si fida di più.» Oltre che cari amici, infatti, erano il suo braccio destro e sinistro nel governo del paese.

«E se la Tabbacchera» continuò Toni «ora si prende il diritto di un poco di felicità, ecco che al bastardo ci acchiàna il veleno e la deve distruggere.»

Non ebbero bisogno di dirsi altro. La felicità della Tabbacchera si chiamava Andrea Locatelli ed era evidentissima.

«Ma come la può dannificare?» domandò Carmine.

«Te lo devo spiegare? Una sindaca che accoglie in casa una che è accusata di strage e la tratta coi guanti gialli, sta rispettando la legge?»

Non rispose.

«Ti pare che Occhi janchi» seguitò spietato «o quello che resta di lui, queste cose non le sa?»

Le sapeva, certo che le sapeva, e però...

«Minchia, professore» fece Carmine ribellandosi a quella forca nel cui cappio non voleva infilare la testa, «ma come può uno che compare solo come spirito maligno fare danno concreto? Che può fare? Andare dal giudice e soffiargli nell'orecchio la verità?»

Parlava con sicurezza, adesso, ma solo per scrollarsi di dosso lo spavento, soprattutto ora che il balcone era tornato alla normalità e non c'erano spettri in giro. «E comunque» disse per cambiare discorso, «me lo vendete il terreno con l'albero di milliccucco?»

Toni, che all'elenco di quelle illegalità s'era sentito come un barchino in mezzo a una tempesta, fu contento del cambio di rotta e: «Te lo vendo, sì».

«A prezzo d'amico?»

«Che vuoi dire?»
«Che una carezza me la potete fare, no?»
Giusto in quel momento spuntò Luisa che, sentendo sussurrare di carezze: «Carmine...» mormorò sconvolta.
«Luisa, minchia... E sempre in mezzo ai piedi sei? Questi discorsi da uomini sono!»
«Questi discorsi da finocchi sono!» fece offesa. «La mano nella mano... la carezza... I baciuzzi no?»
Toni, nonostante l'animo strammato: «I baciuzzi – in fronte e col battimano – quando io e lui ci mariteremo» disse scuppante. Ci mancava solo, in quel gran casino, che si dubitasse di una delle poche indubitabilità del momento, e cioè della sua natura integralmente mascula.
«La carezza che ci chiedevo al professore» incalzò a smacco Carmine «è quella che si usa domandare quando si domanda uno sconto, mugghieri mia! Continentale macari tu addiventasti, che non capisti il senso della parola?»
Luisa avvampò: «E va be', mi confusi... Mi scusasse, professore».
Questi allora, angelicamente e senza spacienziarsi: «Niente carezze» disse a Carmine «ché la reputazione non me la voglio ammacchiare».
Carmine applaudì, poi, rivolto a lei: «Ben ti sta! Il *bagget* è stabilito e se il qui presente non ci fa la carezza, il milliccucco ce lo possiamo scordare». Quindi, rivolto a Toni: «E comunque ne possiamo riparlare?».
«Quando vuoi» rispose lui, ché certo sapeva di cosa Acquaforte volesse parlare.
«Scendiamo, va» fece allora Luisa. «Che la salsiccia vi sta aspettando.» Girò le spalle e imboccò le scale.
"Scendete, va!" li sfotté una voce.
Rapidissimi si voltarono.
Occhi janchi lì era e, con quella bocca smangiata dai vermi, rideva.

19

Anche a casa del colonnello Mangiagalli quella nevicata fuori dall'ordinario aveva stravolto le abitudini, ché la signora Ada – detta l'Ammuccagalli perché davvero se li mangiava i masculazzi con prosopopea di gallo – altrimenti sarebbe andata alla messa del pomeriggio sfoggiando visone, scarpe e borsa di pitone, capelli freschi di parrucchiere, rossetto rosso, unghie in tinta col rubino che le brillava al dito. Il colonnello suo marito, invece, se la sarebbe filata al Circolo dei Notabili, frequentato da uomini di panza che si giocavano a baccarat case, macchine e terreni, mentre il figlio – Paolo – se ne sarebbe andato a Siracusa, in compagnia di chissà chi.

Paolo Mangiagalli del colonnello aveva soltanto il cognome: era il frutto, infatti, della lunga relazione che sua madre aveva avuto col vecchio sindaco, dunque figlio d'Occhi janchi era, e però – come talvolta capita quando due negatività si uniscono e danno vita a una positività – di suo padre e di sua madre aveva quasi niente.

Noia e disappunto, quindi, nei coniugi che si attardavano a tavola. Il giovanotto, invece, lì accanto, s'era immerso nella lettura di un libro di cui sua madre riusciva a vedere solo parte del titolo – che per fortuna conteneva il nome di una donna: ... *e Margherita* – ed era così preso dal racconto che il maltempo passava in cavalleria essendo ormai egli dentro quella Mosca arroventata dal sole in cui non si aveva quasi più la forza di respirare.

Quel figlio così biondo, così delicato d'occhi e di portamento, era stato un insulto per Sua Eccellenza il sindaco, che: "Mi facisti 'n frociu" sdilliriava quando gli capitava d'intravederlo: d'altra pasta e d'altra stazza l'avrebbe voluta la simenza sua, e quel signorino tutto *grazie e prego* e *mi scusi* e *noncediché* gli faceva andare il sangue agli occhi.

L'Ammuccagalli tornò a ripassarsi il rosso alle unghie. Il libro – di sicuro un romanzo – urticava la sua collera e le riportava alla mente le parole dell'Eccellenza, il quale andava predicando che: "L'acquisizione e il mantenimento del potere prescindono dai romanzetti, fondandosi piuttosto sulla tecnica, che è ratio allo stato puro, quindi esula dalle intenzioni ed è così spietata da...".

"E brava Aduzza!" squillò in quel momento una voce conosciuta. "Te l'insegnasti buona la lezione!"

Ada sollevò gli occhi dalle unghie e gridò.

Ah, come gridò l'Ammuccagalli! Un'anatra pareva a cui uno scoscienziato stava scippando a una a una le penne in un supplizio lungo e disumano.

Il colonnello schizzò dalla sedia armato d'un coltello sporco di sugo, perlustrò con gli occhi la stanza e, appurato che non vi fossero ladri né assassini: «Un colpo maligno mi facisti prendere!» disse. E siccome lei restava come invetrata: «Che hai?» domandò. Ci mancava solo la botta d'isteria della madama per fare di quel Natale una munnizza completa.

Ada non rispose. Se ne stava immobile con gli occhi spalancati e la bocca incapace di parola. E quando lo spirdo allungò la mano per farle una carezza, arrovesciò le pupille e piombò in avanti, finendo con la faccia sulle bucce delle caldarroste.

Paolo corse da lei. Delicatamente la sollevò, la ripulì delle scorze bruciacchiate, dei residui scuri su fronte e labbra mentre lei, lentamente, rinveniva.

«Che hai?» le chiese sgarbato il marito.

Muta, sguardo vitreo.

«Mamma...» tentò Paolo.

«Riempi d'acqua un bicchiere» ordinò il colonnello, e prese a scotolarla quella moglie più pesante d'un peccato mortale e, in genere, più impertinente d'una scimmia.

Niente da fare, inebetita restava.

Le diede due sberle.

In un altro tempo l'Ammuccagalli se lo sarebbe sbranato, ora, invece, accolse le sberle quasi con riconoscenza, la riportavano, infatti, all'ordine delle cose e del mondo.

"E meno male che a me" ringhiò lo spirdo "che t'usavo ogni riguardo nel metterti le mani addosso: 'Solo con un fiore mi devi toccare' comandavi!"

Di nuovo lei strammò: l'era vicinissimo con tutto il corredo di vermi in passeggio per la faccia e la capacità disumana di leggere nel pensiero. Serrò gli occhi, s'avvinghiò al marito: «Salvami!» implorò.

«Da chi?»

«Dalla morte» fece lei.

«Ti senti prossima a morire?»

Annuì freneticamente, freneticamente negò, sempre con gli occhi chiusi e tenendosi stretta a lui.

"Minchia, Ada, se lo sapevo che, oltre a essere zoccola, eri pure accussì scunchiuruta, che ci perdevo con te tutto il tempo che ci persi?" disse l'animazza nera.

«Chiama un parrino» sussurrò lei al marito. «Chiamalo, ché il diavolo in casa abbiamo.»

"Il diavolo non vi degna di una sputazzata" fece l'altro. "In quanto al parrino, l'annego io con una sputazzata" aggiunse con la spocchia di quand'era ancora sindaco.

Ecco, se lei teneva gli occhi chiusi e restava abbarbicata al colonnello, poteva pure sentirla quella voce, che adesso imperativa: "Devi fare quello che ti dico io" stava dicendo. "Sennò t'acchiappo per i capiddi e ti porto all'inferno."

Alla parola "inferno" l'Ammuccagalli pianse tutte le lacrime che mai aveva pianto, mentre il marito sbuffava e Paolo cercava di chiamare, senza riuscirvi, il dottor Grimaldi.

"Senti, scimunita" continuò lo spirdo. "Facciamo così: tu mi ubbidisci e io non compaio, così non ti scanti. Mi limito a parlarti."

Non rispose.

Allora lui, suadentissimo: "Non è che ti addomando cosa impossibile, Aduzza" disse. "Cosa che non ti dispiace t'addomando: solo di aiutarmi a dannificare quella buttanazza della Tabbacchera." L'aveva visto dalla finestra il fottio tra lei e il continentale e gli era venuta una raggia così forte, ma così forte, che gli era stato impossibile non progettare un qualche danno in capo a loro: per rabbia, appunto, e pure per vendetta, visto che il continentale col fottio ci guadagnava vita, mentre lui – che tanto l'aveva bramata, quella femmina – al momento del dunque n'era rimasto fulminato.

E siccome lei restava muta: "Mi sentisti?" domandò. "Aiutami a dannificare la Tabbacchera e poi scompaio per sempre, te lo giuro."

«La... Tabbacchera?» non capiva.

«Che dici?» domandò il colonnello.

Lo guardò. Nella sua testa c'era un cortocircuito di pensieri e suggestioni, un frastorno di voci e vocicchie che cicalecciavano arrostendole le sinapsi. «Niente, gioia, parlavo tra me.»

Gioia?

Il colonnello la pensò sbiellata del tutto. Stavano insieme per convenienza, e solo per convenienza lui aveva riconosciuto come suo figlio il bastardo del sindaco: in cambio aveva domandato passaggio immediato di grado, svariati appartamenti in città, liquidità in banca, favori a ogni piè sospinto; perciò Ada lo odiava, perciò Occhi janchi l'aveva odiato. L'unico che l'aveva sempre trattato con gentilezza, ora che ci pensava, era il caruso, che adesso, per esempio, gli stava dicendo: «Vai a riposare tranquillo, ci resto io con lei» e se fino a poco prima quell'invito gli sarebbe sembrato il solito traccheggio per escluderlo dal viluppo madre-figlio – che negli ultimi tempi s'era fatto insopportabile –, in quel momento gli parve per ciò che era: un gravarsi del peso di quella femmina insopportabile per alleggerirne lui. E allora, rabbonito: «In due ce la sbrighiamo meglio» disse.

«Grazie» rispose Paolo, sorpreso dall'improvvisa gentilezza.

"*Grazie*... Per così poco?" avrebbe dovuto domandargli.

Anche perché l'aveva detto non per cortesia, ma con vera gratitudine. Lo guardò perplesso: se a sgarbo rispondi con sgarbo, se a pugno rispondi con pugno, che c'è di strano? Ma se a sgarbo t'arriva in risposta gentilezza...

Remando all'incontrario nel tempo, Mangiagalli giunse all'indifferenza granitica che suo padre aveva sempre avuto nei suoi riguardi, ricordò il suo bisogno bambino di tenerezza, di una mano che piglia la tua e ti porta a vedere i fiori e i monumenti, a giocare al bigliardino, allo stadio per una partita. Mai nulla di tutto ciò c'era stato tra loro. I padri degli altri, invece... Stesso distacco, stessa insofferenza lui aveva riservato a Paolo: mai portato allo stadio, mai saputo, manco per sbaglio, per quale squadra tifasse. Stronzo era stato. A buon diritto, certo, ché quello era un bastardo. Ma un bastardo, che ne sa di quanto zoccola sia sua madre? Di quanto dolore quello *zoccolare* immette nella vita di un coniuge?

Allora, mantenendo brusco il tono per non darsi svenevolezza da femmina, il colonnello: «Secondo te è 'mbriaca?» domandò.

Paolo, sempre più sorpreso da quel parlare: «Ha bevuto solo un bicchiere di vino» rispose.

«Di sicuro l'ultimo di una serie» considerò. Ma senza acrimonia, piuttosto con un fumo di divertimento nella voce.

Paolo lo guardò, negli occhi lo guardò, forse per la prima volta da quando gli era spuntata la barba, e si commosse, perché l'altro, invece di distogliere lo sguardo come sempre faceva, restituì la guardata e, nel silenzio di quel momento strammo, gli permise d'allacciare il primo cordino di un'intesa che sarebbe diventata lunga e profonda.

Nel frattempo Ada, seduta a capotavola, non sapeva a che punto fosse della sua vita.

«Mamma» la chiamò Paolo.

Lo guardò e si confuse: «Chi sei?» chiese.

«Andiamo bene» borbottò il colonnello.

"Minchia, Ada, finiscila di fare la cretina! E sentimi bonu: devi andare dai carabinieri, ma non da questi del paese, ché con la buttana sono compari, a Siracusa devi andare. Devi denunciare la presenza di una pericolosa terrorista in casa della sindaca, devi denunciare per favoreggiamento la Tabbacchera, Locatelli e tutta la cricca che fa tana in quel bordello: complici di incendiaria sono, e macari d'infanticida..."

Incendiaria... infanticida... Locatelli? Ma unni e quannu?

Si alzò, corse verso la credenza, ne tirò fuori rametti d'ulivo della Domenica delle Palme. Marito e figlio la videro agitarli nell'aria come fa il prete quando asperge i fedeli d'acqua santa, e poi batterseli su una spalla e sull'altra a mo' dei penitenti quando si fustigano.

"Buttana buttanazza!" imprecò lo spirdo e svanì.

Lei scippò alcune foglie da un rametto e se le mise tra le minne poi, guardando gli uomini: «Com'è, ce la facciamo una briscola?» domandò. Così, infatti, in ogni normalissima famiglia succede nel pomeriggio di Natale: si gioca a carte. Casalingamente, e senza spoliazioni di proprietà.

Strabiliarono.

«Che avete?» si stupì.

Suo marito scosse appena la testa: «Paolo, spiegaglielo tu».

"Paolo?" si disse Ada. Mai quell'uomo aveva chiamato il ragazzo per nome. Allora pensò che le si fosse rotta una qualche vena nel cervello: lo spirdo, suo marito che non arrunza il ragazzo e lo chiama per nome: «Telefonate al 118» disse «ché la pazzia mi prese».

«Giochiamo, piuttosto» disse suo figlio smazzando le carte.

«A rubbacarte? Al sette e mezzo?» sfotté il colonnello, ché mica s'abbassava al giocarello dei carusi.

«Briscola, scopone?» propose Paolo.

Il colonnello lo guardò: gli ridevano gli occhi, al caruso, come quando stai per avventurarti in una terra sconosciuta di cui avverti l'aria fascinosa, e ti viene quel languore, quel vuoto allo stomaco simile a una vertigine. Ventidue anni aveva, ma in quel momento ne dimostrava quattordici. La cosa lo divertì, e siccome non aveva altro da fare e un qualche passatempo ci voleva per non ciondolare davanti alla televisione come un vecchio bacucco: «Avanti, forza, sparti le carte» disse.

Una vertigine, un languore, Paolo avvertì il fascino dell'avventura e, nel dare le carte, s'accorse che le sue mani un poco tremavano.

Giocarono. Con grande frastorno di Ada, che sentiva incombere sulla sua testa il peso di quello spirdo che voleva fare di lei il suo braccio armato.

«Ma che fai?» la rimproverò a un certo punto il marito.

Lei guardò le carte sul tavolo, vide la briscola a denari di cui s'era appena giocata l'asso per pigliare un quattro di coppe e un due di spade che niente valevano. Le sembrò di sentire la voce di suo padre che raccomandava: "Nel gioco, come nella vita, devi essere sempre presente a te stessa, figlia mia". Ficcò gli occhi in quelli del colonnello, abbozzò un sorriso perfido: «Volevate in regalo un carico, signore?» quindi, rivolgendosi a Paolo: «Che hai da ridere, moccioso? Scommetti che vi strazzo?».

«A chi?» fece spocchioso il Re del mazzo (tale era inteso, al tavolo, il Mangiagalli).

«Precisamente a voi» rispose lei facendo un rapido calcolo dei carichi che erano usciti.

«Che scommettiamo?» si divertì il re.

«Un milione.»

«Uh, quanto t'allarghi! Facciamo diecimila lire» la ridimensionò.

«Un milione.»

Lui sollevò un sopracciglio: «Non ho bisogno di ricordarglielo, vero» disse «che i debiti di gioco si onorano?».

«Buona ce l'ho la memoria. Caminasse, va!»

In due giri di mano davvero li strazzò. I due si domandarono allibiti com'era possibile che fosse così brava in quel gioco che mai aveva voluto giocare.

Certo, si fossero accorti delle smanie di Sua Eccellenza sul trespolo della cappelliera, non sarebbero stati così determinati nel chiedere la rivincita, la rivincita della rivincita e a giocare con la concentrazione del masculo che non può farsi strafottere a carte da una femmina.

Ma di quelle smanie manco l'Ammuccagalli si curò, ché

la briscola era il gioco che aveva sempre giocato con suo padre e siccome suo padre era morto per sincope con le carte in mano, sopra alle carte aveva messo una croce. Ora, però, che il barlume d'intesa tra figlio e marito le metteva il cuore nello zucchero, si scordò della raggia verso le carte e giocò come meglio non avrebbe potuto, per cui ebbe voglia, Sua Eccellenza, di sbraitare, di riportarla all'ordine, di scuotere la gran catena che portava al collo a memento di tutte le offese prodotte: Ada s'era chiusa in quella bolla di concordia familiare che escludeva tutto.

20

Pure Sarino Motta era chiuso in una bolla non di concordia ma d'amurusanza.

Ora che la situazione s'era quietata, ora che i letterati – professore, dottore, ingegnere, Tabbacchera e maresciallo – stavano definendo la strategia in merito alla salvaguardia di Lori e della bambina, lui si poteva finalmente riposare. Perciò s'era buttato su una poltrona e aveva cominciato a fantasticare sul tempo in cui madre e figlia sarebbero giunte alla Saracina, e intanto si godeva le risate di Violante che giocava con Francesco, i gridolini del bimbo a ogni: «Ti mozzico!» che ruggiva sua madre.

"Non è forse questa la contentezza?" si disse. Questo passare la vita a crescere un palmo di carusiddo che domani prenderà il tuo posto perché pure lui faccia così coi figli suoi, portando avanti generazioni che cercheranno di scansare la mala simenza per dare all'umanità quel tanto che basta per essere orgogliosa di sé? Un carusiddu, un pupiddu a cui insegnare: "Quest'erba non si tocca: ortica si chiama e t'abbampa; questo qui è seme che si fa pane, e il pane, quando lo conzi ancora caldo, non si sdegna di stare alla tavola di un re; insegnargli quando si pota e quando s'innesta, dirgli che i frutti che crescono sottoterra si seminano con la luna calante mentre gli altri con la luna crescente, che la domenica è giorno di riposo che si passa guardando come cresce e frutta un germoglio...

Solo allora, nel crogiolarsi tra quei pensieri, si rese conto di quanto gli mancasse un figlio – giusto aveva visto Franca, ma lui ancora non lo sapeva –, un pupiddo da crescere, pure da viziare, lui ch'era convinto che i figli andassero cresciuti a nerbate (suo padre aveva fatto così) perché camminassero dritti e senza imperfezioni (erano state tutte quelle nerbate a farlo crescere storto, ed era stato l'amore di Franca a raddrizzarlo).

E se quelle figghiuzze (la madre e la figlia) gliele avesse mandate il Signore per dare compimento alla sua felicità che aveva creduto perfetta nell'attimo in cui s'era maritato con Franca Cortese e invece ora mostrava 'sta scaglia di vuoto paterno che le figghiuzze avrebbero perfettamente riempito?

Per un attimo smise persino di respirare. Troppo bella gli pareva la possibilità di portarsi a casa Lori e Luce (che ben preso, nella sua mente, accorpò in un essere solo: LoriLù), troppo bello il pensiero di raccogliere il primo mandarino e portarlo a Luce, e così la prima ciliegia, il primo cedro. Tutto un altro sapore avrebbe preso la sua vita, tutto un altro senso. E si ritrovò a pregare l'Altissimo perché l'illusione non restasse illusione, perché quel di più di senso entrasse nella vita sua e gli desse compimento. Pensò pure che una reggia sarebbe diventata la Saracina, con quelle vite giovani dentro, e lui avrebbe fatto tutto, tutto quello che era nelle sue possibilità perché ciò succedesse.

"Pure carte false?" il Tabbacchere domandò.

Sempre con gli occhi chiusi, sorrise, pensò: "Pure a costo della vita mia, Tabbacchere".

Con gli occhi ancora chiusi, se la vide nella mente la Saracina magnifica. La vide per come appariva in primavera, tutta adorna di fiori e profumata di erbe, e come in inverno, con alcuni alberi spogli e i sempreverde verdissimi che davano un senso di speranza, di vita che mai muore veramente. La vide col caminetto acceso, com'era in quei giorni di dicembre, d'estate con tutte le finestre aperte, le tende che svolavano spinte dalla brezza soffiata dal mare vicino.

Da quando il Tabbacchere era morto, lui e Franca si erano trasferiti nella tenuta occupandosene come se fosse stata loro. Sotto le sue mani rustiche, la terra – adeguatamente zappata, concimata e irrigata – era diventata ancora più rigogliosa.

Immaginò la nnicuzza crescere lì, tra fiori ed erbe, lo spazio sconfinato dell'aia dove a tempo giusto si batteva il grano, e poi tra le bocce succulente delle arance, la vide con gli occhi del cuore diventare grande a poco a poco, si vide davanti alla porta, la mano a riparo del sole, nel mentre la chiamava: "Luce... birbante, dove sei?".

S'addormentò probabilmente, oppure era così immerso nelle fantasticherie che non s'accorse dei letterati che entravano nel salone, né sentì Locatelli che diceva: «Mi preparo per andare» e la Tabbacchera che gli raccomandava di tenere il cellulare acceso. Neppure Toni sentì, che diceva a Violante: «Ora è meglio se ce ne torniamo a casa. Vado a preparare i bambini». Né s'accorse delle donne che rassettavano, dei vassoi che venivano riempiti col resto delle pietanze che ci sarebbe voluto almeno un paio di giorni a finire, di Violante che raccomandava a Lori di bere e mangiare tanto, ché doveva fare latte, di Ugo Calcaterra che diceva a Grimaldi: «Ci vediamo domani mattina», di Lucietta che diceva: «Domani passo dal ristorante, magari per l'Epifania lo possiamo riaprire», di Grimaldi che diceva a Violante: «Vado allo studio a prenderti una stampella», di Giulio che diceva a Lori: «Domani ti porto quel libro che t'ho detto», di Lori che annuiva e sorrideva, di Luisa che diceva a Carmine: «Me la sognai la storia della terra o l'hai detta veramente?» e lui: «Che ti pare che dico menzogne, io?» e gonfiava il petto come un tacchino. Niente valeva quella terra, quattro *Pietre Perse* erano – così, infatti, era denominata la proprietà –, ma sapeva il gran valore affettivo che aveva per lei e quindi s'era risolto – per due lire, in verità – a comprarla. Nell'eccesso di magnanimità di cui quel Natale strammo l'aveva colmato, avrebbe intestato la proprietà solamente a lei, ché lui, di quattro pietre perse, che avrebbe potuto farsene?

Niente sentì Sarino, e quando Franca venne a posargli

con delicatezza un bacio sulla bocca, spalancando gli occhi: «Che fu?» chiese.

E lei: «È tempo di tornarcene a casa».

E a casa ognuno tornò, a eccezione di Lori e Luce, che casa non ne avevano e dunque dalla Tabbacchera, per il momento, avevano piantato le loro tende.

L'ultimo a uscire fu Andrea che, giunto davanti al portone e trovando sulla mensola il suo cappello: «Lo sapeva che sarei tornato a riprenderlo?» le chiese.

«Ci sperava» rispose.

Lui s'infilò il cappotto: «Spero di trovare al più presto qualcosa che ci tiri fuori da quest'imbroglio, Agata».

Lei gli cinse la vita in un abbraccio morbido e, forse proprio per questo, ancora più sensuale: «Ti posso imbrogliare in una rete stretta, Andrea?» domandò.

«Imbrogliare, Tabbacchera?»

«Avviluppare in un garbuglio di sentimenti, maresciallo, una rete d'amurusanza, non certo una frode» rise.

«Tabbacchera mia...» mormorò lui, e la strinse forte, e tutta la mancanza, l'enorme mancanza di lei – che aveva dato ai giorni di Torino un colore di mosto, un'inquietudine che la notte si faceva tormento, poiché lei avrebbe voluto accanto, anche solo per parlarle nel buio, anche solo per coglierne il respiro leggero che cambiava modulazione nel caso di sogni più o meno combattuti –, si stabilizzò in una condizione di pace che avrebbe voluto perpetua, per cui, in un sussurro all'orecchio: «Agata Lipari, mi vuoi sposare?» disse.

E siccome lei aveva il pessimo vizio di lasciarsi paralizzare dalla gioia, e dunque s'attardava a rispondere: «Sbagliai?» domandò. Ma scherzava, certo che scherzava, ché non solo di parole sono fatte le risposte delle donne: per lei rispose il suo corpo, che tutto fremette, e in quel fremito c'erano i *Sì* che le urgevano in gola e che la bocca non sapeva dire.

Restarono abbracciati per un tempo che non si preoccuparono di misurare.

Se prima, nell'altana e nello studiolo s'erano dati soprattutto il corpo, adesso, nell'androne buio si dissero le minimaglie di cui gli innamorati intessono fantasie e pensieri, i desideri e le necessità, quel non trovar pace, quello stato d'alterazione mentale che riconduce tutto a lui o a lei, e se lui o lei non c'è, più forte s'avverte il bisogno, più angosciosa la mancanza. Si dissero particolari degni dei più stucchevoli romanzi d'amore, quelli che la lingua, libera da remore, adesso confessava in un saltarello di "Ricordi la volta che...", "Il giorno in cui...", "La sera di quel sabato..." e parlarono ed evocarono e sussurrarono nel mentre la parola matrimonio scalzava lo stucco e lasciava campo libero alla realtà per cui: una data da stabilire al più presto – «Non voglio più aspettare, Agata» –, questioni logistiche da risolvere – «Dove abiteremo? –, questioni burocratiche – «Il 27 in municipio per la richiesta di pubblicazioni» –, e bonu cchiù, perché all'improvviso Andrea disse: «Prima vado prima torno, Tabbacchera».

«Giusto. Appena arrivi, mi chiami?»

«Anche durante il viaggio, ti metto in vivavoce e mi fai compagnia.»

E fu allora che ad Agata Lipari parve di cambiarsi in allodola che s'alza repentina verso la sommità del cielo, e lì rimane, in un surplus di contentezza che continuò anche dopo che lui ebbe svoltato l'angolo e lei chiuso il portone, e restò lì, al buio, piena di gratitudine, piena d'amore.

Non allodola ma serpente si sentì invece il maresciallo quando, alla guida dell'Alfa che aveva affittato all'aeroporto, ricevette il saluto militare dei carabinieri del posto di blocco.

Serpente nell'accezione di doppiezza e falsità: gli parve infatti d'ingannarli quei sottoposti che si fidavano di lui, tanto che – per esempio – se si fosse caricato in macchina Loredana e Luce, e le avesse coperte con un telo, mascherando così acquisti di souvenir un po' ingombranti, nessuno di loro gli avrebbe detto: "Tolga quel panno, maresciallo, ci mostri quel che nasconde".

Ne ebbe disagio, la consapevolezza che qualcosa in lui stava cambiando, non inquinando, no, e neppure adulterando. Ebbe, piuttosto, la sensazione che la vernice d'intransigenza che laccava la sua coscienza si fosse incrinata, che si fossero aperte crepe capaci d'accogliere non l'ingiustizia ma la disposizione al dubbio. Anche perché la storia dell'incendiaria gli pareva una balla colossale e dunque la sua *infamia* nei confronti dei colleghi era giustificata dalla certezza – la coscienza gli dette ragione – che in fondo mentiva solo per garantire giustizia.

Poi gli tornò in mente Agata, il matrimonio, la felicità...

"Tutte fantasie" si disse, davvero pensando d'essersi inventato ogni cosa. E siccome questo era dubbio che gl'impediva di respirare, accostò, telefonò: «Tabbacchera, è vero che mi vuoi sposare» domandò.

E lei: «Sì, Andrea, sì... Sì!».

21

Avevano giocato a briscola e li aveva strazzati, a scopone scientifico e li aveva strazzati, a scopa: strazzati, a rubamazzetto: strazzati. Restava il poker.

Mangiagalli guardò sua moglie, guardò Paolo, negli occhi il lampo malefico di quando al Re del mazzo ci acchianava la botta di sangue, e questo significava che si sarebbe giocato pure un appartamento, pure un pezzo di terra pur di vincere. E poi... minchia, questione d'onore era! Metti che ti strazza l'avvocato Fatuzzo, che sa a memoria gli schemi di ogni gioco, ha nella testa un calcolatore, s'arriòrda tutte le carte che escono, passa le giornate a studiare nuove strategie e a perfezionare le vecchie: davanti a lui tanto di cappello; stessa cosa se giochi contro Lino *il Parrino*, per come d'ingiuria lo chiamano, ché lui, con l'aria miseranda del pretuzzo di campagna – scarpe scalcagnate, abito liso, il collo secco secco dei morti di fame (si cala 'na pignata 'i pasta a mangiata e non ingrassa di cento grammi) –, l'occhio radioscopico che legge le carte pure a mazzo chiuso, ti strazza senza quasi battere ciglio, e va bene. Ma questa? Che mai maniò carte in vita sua e ora conosce non solo l'abc d'ogni gioco ma pure il controgioco, pure l'ammicco biscazziero, e pure lo spizzico, e gioca e dribbla che a Fatuzzo e al *Parrino* ci può fare scuola, che mi rappresenta questa?

«Non può essere!» gridò esasperato all'ennesima calata di

carte di lei. Che non si scompose, anzi, si permise la taliata di chi ti schifìa con gli occhi perché non sei all'altezza sua.

«Ora tu mi spieghi!» intimò con una voce che mai mai mai Ada gli aveva sentito, mai!, manco quando passava il pomeriggio dal sindaco e se ne tornava a casa un poco strapazzata e illanguidita e lui faceva finta di non vederla (un coltello nel cuore le avrebbe azziccato, altroché! E invece zitto e muto, ché galantuomini siamo: cornuti, ma galantuomini). E ora? Minchia, ora conto e soddisfazione voleva! Ché un prodigio così, a portarlo in un qualche casinò, se ne sarebbe usciti milionari. E com'è che questa preziosissima dote la signora non l'aveva palesata, lei che mai aveva degnato di considerazione un fante, un cavallo, una regina o un re?

Occhi janchi si faceva le stesse domande e non si capacitava: ma non per i vili soldi – ché i tanti da lui accumulati in vita formavano la montagna di vermi che per l'eternità, indefessamente, l'avrebbe rosicato – quanto, piuttosto, per l'omertà dell'amante, perché lui, che si riteneva saputo d'ogni pidocchio della vita di lei, ecco che si trovava davanti quel macroscopico segreto che l'indisponeva e l'indispettiva, e di più l'ardeva contro le femmine: bastarde e traditore, tutte da sterminare, Tabbacchera in primis.

«Sparti le carte!» comandò il colonnello per l'ennesima volta.

Ma lei, annoiata dalla sua inadeguatezza – le giocate magnifiche erano state quelle col padre che, giocando giocando, le aveva insegnato il dettaglio, la smorfia, il colpo d'occhio a intuizione delle mosse dell'altro – disse: «Li facciamo i biscotti?».

I biscotti? Ma quando mai! «Vestiti, andiamo al casinò e sbanchiamo!» disse lui stralucendo felicità.

«Manco morta» rispose ghiacciata.

«Finiscila, Ada. Un portento sei!»

In un qualsiasi altro ambito, un simile complimento – mai uscito dalla bocca del marito – l'avrebbe insuperbita, adesso no: «Lascia perdere» disse.

«Ma come? Ma perché? Ma...»

Lo zittì con un cenno della mano a taglio.

«Ma...» insistette.

«È la fortuna dei principianti» lo liquidò. Quindi, rivolgendosi a Paolo: «Vieni in cucina con me, dài, facciamo i biscotti, come quando eri piccolo» disse con dolcezza.

Mangiagalli alzò gli occhi al cielo: ci mancavano solo i biscotti per fare di quel caruso una femmina completa.

«Un'altra partita?» propose allora Paolo.

«Mi stufai» fece lei, che aveva l'adrenalina a mille e di restare seduta non ne poteva più.

«Sempre tu ci devi essere al centro di tutto» sbottò suo marito. «Metti che il caruso vuole giocare ancora.»

«Caruso, vuoi giocare?» domandò sfottente lei.

«Un'altra partita» rispose lui. «E poi facciamo i biscotti.»

Calò le penne, l'Ammuccagalli, cosa de' pazzi, si sedette e si concesse, perfino, il piacere di perdere, per far sentire il Re del mazzo ancora in grado di contare qualcosa. E non una partita, addirittura cinque: tre perse e due vinte. E finalmente: «Ora i biscotti» comandò. E al colonnello: «Lei si facisse un solitario» disse.

Ma il colonnello – che cornuto sì ma scemo no –, avendo individuato in lei un'immane fonte di futura prosperità, decise di tentare il possibile e pure l'impossibile per guadagnarla alla sua causa o farsi insegnare – quantomeno insegnare – il segreto di tale strabiliante perfezione. In che maniera? Ogni manuale militare, alla voce "strategia psicologica", dispone che in primis bisogna guadagnarsi la fiducia del nemico: "E perciò, biscazziera" pensò, "vuoi fare i biscotti? E biscotti siano!".

«Vengo con voi» dichiarò.

«Dove?» chiese lei senza badarvi.

«A fare i biscotti.»

«Che?» Sbalordirono, madre e figlio, visto che la cucina, luogo già indegno per un soldato, avrebbe mai potuto gloriarsi della presenza d'un colonnello?

E siccome quei due permanevano nello stupore: «Forse porto disturbo?» domandò lui ostentando offesa.

Paolo, con gli occhi che ridevano: «Ca quando mai!».

Non era da lui rispondere con tale allegra familiarità. Fino a quel momento le sue risposte erano state educatissime e italianissime, conformi alla figura del principino coi merletti al collo e ai polsi che sua madre – in mancanza di una figlia femmina, è vero – aveva cresciuto. Dunque?

«Cos'è che dicesti?» gli chiese Ada.

«Che *lui*» era da un pezzo che non lo chiamava papà, «non porta disturbo» rispose. «Anzi, ci fa piacere, perché sarà la prima volta che staremo tutti e tre nella stessa stanza con le mani nella stessa pasta... E forse proprio per questo, oggi sarà per davvero Natale.»

Mai quel caruso aveva fatto un discorso simile, per di più al cospetto del colonnello. Sua madre ne fu turbata.

«Ci muoviamo?» domandò allora Paolo, che aveva già preso la bilancia, tirato fuori dal frigorifero la confezione delle uova e la bottiglia del latte, e adesso estraeva dallo stipo due pacchi di farina.

«Due chili?» si stupì Ada.

Si voltò, le sorrise: «Così dura di più» disse.

«Che cosa?» fece quel tardo d'un colonnello.

«Di stare tutti assieme nella stessa stanza, con le mani nella stessa pasta» rispose.

Rimasero come due scemi i Mangiagalli.

Così dura di più... Così staremo più a lungo con le mani nella stessa pasta... così per la prima volta forse sarà Natale per davvero...

«Che posso fare?» domandò il colonnello schiarendosi la voce che... minchia, s'era commosso!

«Prendi la teglia» rispose Paolo pronto. «Quella scura, rettangolare» e s'attaccò un grembiule alla vita per non sporcarsi.

Il grembiule, Gesù! Mangiagalli spostò altrove lo sguardo.

«Passami il setaccio» gli disse però il caruso.

Dovette girarsi a guardarlo. Rifiatò: non pareva una femmina. A ben guardarlo non era poi così delicato: cos'era quel graffio sul braccio? Quelle nocche livide?

«Fai a botte?» cauto gli chiese.

«Ogni tanto.»

«Per gioco o per vizio?»

Rise con gli occhi, il ragazzo, poi, messo alle strette dallo sguardo aguzzo del graduato: «Tutti e due» ammise. «C'è problema?»

Ada sollevò di scatto la testa: ma come si permetteva? Con quel tono, poi!

Il colonnello, invece: «Semplice curiosità» concesse.

"Allora non è del tutto frocio" considerò lo spirdo sollevato.

Ada non gli prestò attenzione, troppo presa dalla stravaganza dell'intesa tra i due che fino a quel momento quasi non si parlavano: il colonnello, infatti, stava ben attento a non incrociare il bastardo e, quando ciò capitava, un cenno e via; si pranzava insieme per obbligo di civiltà solo la domenica e, in quell'occasione, a parlare era la televisione. L'indifferenza e il silenzio di cui Mangiagalli gratificava il ragazzo avevano eretto dentro la casa muri grigi che rendevano lo spazio angusto e soffocante, un'asfissia a cui ciascuno dei due non vedeva l'ora di sottrarsi, per cui il pranzo della domenica era un educato strafogarsi per arrivare al caffè e congedarsi con un sorriso più falso di quello d'un pupo.

"Ada mi sentisti?" gridò il fantasma.

Sobbalzò, chiuse gli occhi per ignorarlo.

Quello tornò alla solita solfa: "Devi dannificare la Tabbacchera! Subito".

Lei prese a cantare, così, *d'amblè*, come prima aveva cominciato a giocare. Era stato suo padre a dirle che la cantata ammazza lo scanto, e siccome lui aveva sempre ragione, attaccò quel *Tu scendi dalle stelle* che pure i lattanti sanno: un borbottio, più che una vera cantata, la cui santità, tuttavia, disturbò lo spirdo che: "Bedda, non cangiare discorso. Tu fai quello che dico io, sennò...".

«Sennò?» fece lei.

«*Sennò* cosa» domandò Paolo.

Lei mosse la mano come a dire: "Lascia perdere".

"Sennò" riprese lo spirdo, «gliela cunto para para a Paoluzzo nostro la storia di Terratorta. E non lo devo spiegare a te che quella è storia che Paolo non deve conoscere mai, giusto?" E siccome lei, agghiacciata, taceva: "Lo capisci, vero?".

Ada si portò la mano alla fronte, si scostò lentamente dal

viso una ciocca che aveva preso a darle fastidio, e intanto si sentiva morire.

«Vado a prendere gli occhiali» disse a quei due che stavano parlando di un qualcosa che aveva a che fare con Napoleone.

Non la sentirono.

Uscì dalla cucina e andò a chiudersi in bagno.

"Lo capisci, vero?" domandò lui comparendo, orrido, nello specchio sopra il lavabo.

Lei cominciò a tremare, sia per la visione spaventosa, sia per la parola terribile che continuava a girarle per la mente: *Terratorta*... Era stato il più sporco tra gli affari che il sindaco aveva coperto e il cui segreto lei – corriere in uno scambio carte/danari – aveva per forza dovuto condividere: "C'è di mezzo non solo la reputazione, Aduzza" le aveva detto lui, "ché quella è gente pericolosa, e lo sai. Del resto, a noi che ci chiedono di fare? Di chiudere gli occhi su Terratorta e mai aprirli. E accussì diventiamo ricchi e ci salviamo il culo e pure la testa" aveva detto. E lei, ancora ubriaca dell'onnipotenza che dà il maneggio dei milioni, aveva detto che sì, certo, una tomba sarebbe stata.

«E ora?» domandò. «Che c'entra Paolo in tutta questa storia?»

"Che tu e lui tutta una cosa siete, ti pare che non lo so? Mammuzza a destra e mammuzza a sinistra, Paoluzzo di qua e Paoluzzo di là. Pensi che ti perdonerebbe se sapesse che hai fatto? Che, bianco e puro com'è, accetterebbe d'avere per madre una criminale? Ma soprattutto, pensi che quelli lì...

«È pure figlio tuo» disse sgomenta. «Lo metteresti tuo figlio nelle mani di quelli lì?»

"Mio? Ssu frociu? Di mio una sputazzata di simenza per sbaglio ha, e niente più" disse.

La sputazzata di lei arrivò sullo specchio e restò a colare, lenta, mentre lui, alle sue spalle, rideva.

"Devi dannificare la Tabbacchera" disse smettendo di ridere. "E Paoluzzo non saprà niente di quello ch'è seppellito a Terratorta, e non gli verrà il prurito di giustizia e il bisogno urgentissimo d'andare a cuntare tutte cose al giudice: dei veleni che stanno là sotto, delle chiamiamole *scorie* che dormono il sonno dei giusti e che nessuna tromba dell'Apocalisse deve svegliare, perché lo sai, vero, Aduzza, quello che succederebbe se Paolo si mettesse la tromba? Succederebbe che l'amici nostri ci resterebbero troppo male, troppo per davvero, e allora lo farebbero stare zitto, gliel'astuterebbero la tromba, e lo sai come? Gli taglierebbero i coglioni – quel poco che ha – e glieli ficcherebbero nella bocca e poi..."

«Basta!» urlò. Tutta tremava, tutta, ché il solo pensiero di Paolo nelle mani di quelli lì le dava sudori di morte e si malediceva, si diceva che mai avrebbe dovuto incontrarlo quell'Occhi janchi nella vita sua, mai diventare la sua amante, mai imporsi per tenerlo, quel figlio – suo marito non era riuscito a metterla incinta –, mai aver fatto quella vita là. «Vatinni» disse. «Vatinni, ora, subito!»

"Bedda, fai come ti dico, e la storia di Terratorta me la inghiotto" fece quello.

Lei chiuse gli occhi, si tappò le orecchie, ma la voce di lui le giunse ugualmente. Allora scappò in cucina, pensando di trovare conforto nella presenza di marito e figlio, ma quei due, tutti presi dalle loro chiacchiere, manco s'accorsero del suo stravolgimento: il ragazzo impastava i biscotti e il colonnello gli spiegava perché Napoleone aveva perso a Waterloo, e il ragazzo, di tanto in tanto, sollevava verso di lui occhi pieni d'una gran simpatia.

Ecco, se Renato Mangiagalli un giorno si fosse trovato davanti alla signora col taccuino e avesse dovuto raccontarle nei dettagli la scena, non avrebbe potuto fare a meno di usare quella parola: *simpatia*. Ma pure *slancio*, solo che lo slancio venne dopo, quando i biscotti erano ormai cotti e i due tentavano di ricomporre la porcellana giapponese che Ada, in una improvvisa quanto incongrua fuga, aveva rovesciato.

Ma ancora siamo alla simpatia negli occhi del caruso che impastava, e a sua madre che si stava tappando le orecchie per non sentire.

Orecchie tappate, occhi chiusi...

Niente da fare, le parlava nel cervello quella malanova che, irremovibile: "O dannifichi la Tabbacchera, o Paoluzzo è perduto" dichiarava.

"Tutte menzogne sono" pensò. "Niente sei: un tanticchia d'aria."

Non ebbe finito di pensarlo che cadde da una mensola, a un palmo dalla testa di Paolo, una gran boccia piena dei sassi raccolti dal bambino tutte le volte che erano stati al fiume.

«Minchia!» saltò il colonnello. «Un poco più a destra e t'ammazzava!» Poi, visto che il ragazzo si lamentava: «Ti facisti cosa?» domandò correndogli accanto.

«Niente» fece lui, ma le sue dita erano sporche di sangue per via di una scheggia che, rimbalzando dal pavimento, l'aveva ferito.

«Fammi vedere» disse lei precipitandosi a guardare.

«Solo un taglio di striscio. Poteva andare peggio» disse vedendo i sassi sparpagliati tra i cocci di vetro.

"Allora, Aduzza" fece spocchioso lo spirdo, "sei ancora convinta che sono un tanticchia d'aria e bonu cchiù?"

"Perché non la dannifichi tu, la Tabbacchera? Perché non ci vai tu al Comando e dici quello che hai visto?"

"Perché ci sono cose che posso fare e altre no."

"Minchiate!"

Stavolta fu il pesante orologio a muro a staccarsi dal chiodo e cadere addosso al colonnello, che non ebbe il tempo di scansarsi e ne riportò un livido sull'omero.

«Ci fosse mia madre» disse pallido Mangiagalli, «direbbe sicuro che ci sono gli spirdi in questa casa.»

«E avrebbe ragione» mormorò Ada.

La guardò stravolto, il Mangiagalli, che se c'era una persona al mondo che Ada aveva odiato di più questa era stata appunto la suocera, e mai mai mai, neanche di fronte alla più palese delle verità, le avrebbe dato ragione.

«Che dicesti?» domandò infatti il colonnello.

«Che tua madre, pace all'anima sua, avrebbe ragione.»

Il colonnello si avvicinò all'armadietto dei liquori e si versò mezzo whiskey che bevve tutto d'un fiato, e solo perché gli parve che le idee gli si stavano confondendo troppo in quel Natale così diverso da tutti gli altri che aveva vissuto nella sua vita.

Il lampadario cominciò a oscillare.

Paolo e il colonnello si guardarono senza sapere se ridere o preoccuparsi. In ogni caso si spostarono, per salvarsi la testa.
"Allora?" incalzò lo spirdo.
Ada capitolò: "Che devo fare?".
"Oh, finalmente, tutto 'sto tempo mi dovevi fare perdere? Te lo dissi che devi fare, te lo ripeto: Devi andare al Comando dei carabinieri di Siracusa per dire che la sindaca Agata Lipari sta dando ricetto a una terrorista."
"La Scassacoglioni che si ficca in casa una fuorilegge?" domandò incredula. "I vermi vi mangiarono il cervello, sindaco!" pensò a smacco.
Le arrivò una staffilata sul braccio che le ustionò la pelle, come se la frusta fosse fatta di fuoco.
"Il cervello mi restò intoccato" precisò lo spirdo. Quindi: "La terrorista è lì, la stanno coprendo tutti, Locatelli compreso, che per di più attestò il falso garantendo che dalla Tabbacchera non c'era nessuna incendiaria".
"Locatelli è a Torino."
"Locatelli venne a fottersi la Tabbacchera."
"Minchiate."
Stavolta la frusta le abbruscò la faccia lasciandole un lungo segno che le sarebbe rimasto a vita come ricordo di quel giorno in cui la sua vita cambiò. E siccome quello pareva intenzionato a continuare, e siccome la faccia non ce la voleva rimettere del tutto: "Perché proprio a Siracusa?".
"Non m'ascolti quando parlo, vero? Te lo dissi già che i carabinieri di qui tutti compari suoi sono. A Siracusa, invece, nessuno può fare finta di niente, e tutti i nodi devono venire al pettine. Perciò vai subito a Siracusa e..."
"Domani."
"Subito!"
"Domani! Ché con tutta 'sta neve le strade sono impraticabili."
Dovette accontentarsi: "Domani mattina presto, appena aggiorna".
"Domani mattina, quando le strade sono sgombre e si può passare. Se si può passare, sennò nisba."
Capì che non gli conveniva insistere, ché ragione lei ave-

va, e poi, se le strade erano impraticabili per lei lo sarebbero state pure per la terrorista e compagnia bella.

"E ora lasciami in pace" tagliò corto mentre: «Mamma?» disse Paolo «che fai, parli con gli angeli? Sembri imbambolata?»

«Dimmi?» rispose.

Solo in quel momento si accorse che i due stavano trafficando insieme come mai era successo prima: Paolo ritagliava con lo stampino d'acciaio forme di pupazzi di neve e stelle e Babbo Natale, che il colonnello – con insospettabili mani di fata – deponeva sulla teglia unta di burro e spolverata di farina.

E intanto parlavano di Napoleone, di Waterloo, del Piave che lento mormorava, *calmo e placido al passaggio dei primi fanti, il ventiquattro maggio*, dello sbarco degli alleati a Cassibile. E i primi biscotti, già dorati, venivano messi a raffreddare in un piatto, e il tempo passava e loro erano una famiglia per davvero.

Più tardi, a forno spento e cucina rassettata, il colonnello domandò a Paolo: «Dimmi la verità, Napoleone e compagnia bella sono stati solo un pretesto per darmi chiacchiera, oppure davvero sei interessato?».

«Vieni con me» disse allora lui.

Il colonnello entrò per la prima volta nella stanza di suo... del caruso.

C'era una libreria che occupava un'intera parete. E lì, in inglese, francese, tedesco e russo – «Ma solo per mania di collezione» precisò il ragazzo. «Ché leggo solo l'inglese e il francese» – c'erano libri su guerre e battaglie, assedi, capitolazioni, capitani coraggiosi, condottieri famosi e... Minchia, da perderci la testa.

Avrebbe potuto non essere suo figlio quel ragazzo?

L'impeto di stringerselo al petto fu più forte della compostezza che decenni di rigore militaresco gli avevano inculcato.

Certo fu una stretta brusca, maschia, ma sempre amurusa, quindi, scostandolo da sé: «Posso venire ogni tanto a leggere?».

«Tutte le volte che vuoi.»

Risero piano piano, senza disturbare l'emicrania provvidenziale della signora.

E quando il colonnello si fu ritirato nella sua stanza, e restò solo, Paolo avvertì un enorme senso di leggerezza, come se dopo aver camminato per anni lungo una strada pietrosa, fangosa, irta di chiodi e spine, fosse finalmente giunto a una marina magnifica.

«Signora, volete dire che pure lui arrivò a Terramarina?» domanderà un giorno Toni Scianna leggendo queste carte.

«Voi che dite, professore?»

«Che ognuno ha la Terramarina sua?»

«Secondo voi?»

«Signora, con tutti gli anni passati in Continente continuate a rispondere a domanda con domanda?»

«Vossia che dice?»

«Accussì è.»

E rideremo. E ci sembrerà che tutti gli anni non saranno mai passati, che noi due saremo ancora lì, bambini, a buttare le molliche ai pesci rossi delle fontane che un tempo c'erano nella piazza del Municipio, e godremo di quella felicità schietta che è propria dei bambini.

Ma questa è un'altra storia.

22

La scuola, in quello scuro, in quella nebbiolina che tutto compattava, pareva un animale disossato. Solo dopo, quando gli occhi si furono abituati all'oscurità, Andrea ne vide lo scheletro. Il fuoco aveva rosicchiato i muri, fatto esplodere i vetri, reso inagibili i locali, distrutto un'ala di cui restavano, irti come pali, solo alcuni pilastri.

Ma quale potenza di fuoco era stata quella che aveva ridotto l'edificio così? Come aveva fatto l'incendio a propagarsi con tanta rapidità, per di più durante l'orario delle lezioni, dunque con la scuola formicolante di insegnanti, bidelli e personale amministrativo? Erano stati appiccati più focolai, questo era evidente, e tutti nello stesso arco di tempo. Poteva aver ideato e attuato un tale scempio una ragazzina? Perché, poi?

Era su questo che Andrea continuava a rimuginare, ed era stata questa una delle prime domande che aveva rivolto alla ragazza: "Perché sei stata accusata?".

Aveva risposto subito, sicura: "Per far ricadere sopra di me la colpa di quello che ha fatto Cainazzo. Quello ha la mania del fuoco, ogni volta che ne vede uno lo guarda come ipnotizzato e poi comincia a battere le mani".

"Ne ha mai appiccati?"

"Una volta, in giardino. Ma Caina l'ha spento subito."

"Perché proprio la scuola?"

Era rimasta un poco a pensare, quindi: "Forse perché lì sono stata davvero felice".

"Perché?"

"Era la mia scuola, ci aveva insegnato mia madre, spesso ci tornavo con lei pure il pomeriggio, quando c'erano le riunioni, io restavo ad aspettarla da Cesare..."

"Chi è Cesare?"

"Il custode." Dopo un attimo di silenzio aveva ripreso: "Mi volevano bene tutti, davvero... le altre maestre, i bidelli, le signorine della segreteria, ma soprattutto Cesare...".

"Perché ti hanno accusata?"

"Perché non volevo fare il repulisti." L'aveva detto aspra, con una ruga che le spaccava a mezzo la fronte, come se quella parola, *repulisti*, le si fosse tatuata sulla pelle dell'anima e ogni volta che la pronunciava l'anima le doleva.

"Sai se è esplosa una bombola del gas?"

Si era stretta nelle spalle: "Non lo so, io ero già scappata. L'ho letto sul giornale che era stata incendiata la mia scuola e che avevano dato la colpa a me".

"Sei rimasta sempre in Sicilia?"

Aveva annuito.

"Niente fughe di gas, nessuna esplosione" aveva ricapitolato, e intanto la studiava per vedere se si tradisse.

"Nei giornali c'era scritto solo dei materassini della palestra inzuppati di benzina."

Esatto. E benzina su mucchi di stracci sparsi qua e là. Ma di questo i giornali non avevano scritto.

"Dici che tua madre insegnava. Anche dopo aver ereditato?"

Aveva stretto le labbra, s'era fatta triste: "L'eredità ha portato sventura nella nostra famiglia".

"Perché?"

"L'incidente di papà... Poi la malattia della mamma..."

"Fosse tutto collegato?" per un istante s'era chiesto: prima muore il padre, poi muore la madre...

"Perché ha continuato a insegnare?" aveva domandato restando ancorato ai fatti.

"Perché le piaceva stare coi bambini. Perché a scuola c'era allegria, si cantava, si correva, si rideva, si facevano le recite, i cartelloni. Era tutto... Bellissimo."

Bellissimo...

Adesso era tutto morto.

Guardò a lungo la facciata, poi, lentamente, compì il giro dell'edificio.

Un lampione illuminava i ruderi emanando una luce che dava sgomento: fioca, bluastra, un colore d'allucinazione.

Era come se, oltre alla scuola, fosse morta anche l'anima del luogo, come se la minimaglia di voci, sussurri, stormire di fronde, chiacchiericci di dei in libertà fosse stata risucchiata dal gorgo che aveva ridotto tutto in cenere, persino i grilli e le cicale, le lucertole, le chiocciole, le farfalle che abitano i luoghi frequentati dai bimbi specialmente a maggio. Un incendio di cui gli parve di sentire il rugghio, lo scroscio come d'acqua che scorre e invece è fuoco che avanza e crepita e distrugge e annienta e, in mezzo al fuoco, le urla dei bambini, i comandi degli insegnanti, i richiami dei genitori oltre il cancello, le sirene dei vigili del fuoco, le preghiere, le implorazioni...

Riprese a camminare. Il tocco dei suoi passi era amplificato dal silenzio, il vento penetrava con dita di gelo tra nuca e colletto, la sua mente era in stato d'allerta, così l'olfatto, la vista e l'udito. E se da lontano giungevano rintocchi di campane, era solo per acuire il silenzio di lì, per dare risalto a quel nero in cui neppure un dio era rimasto.

"La verità è nelle nostre mani ma è inafferrabile e sguiscia come un'anguilla" pensò con le parole di Montale.

"Per ogni anguilla c'è una mazzacchera" gli aveva detto una volta un collega pescatore. "Una lenza priva di amo che porta come esca un grappolo di lombrichi. Se sei bravo, l'anguilla non ti sfugge, specialmente se ti aiuti con un ombrello rovesciato."

La spiegazione, allora, non era risultata molto chiara, ma siccome lui non aveva intenzione di pescare anguille non aveva approfondito l'argomento. Adesso, invece, ne intuì perfettamente il senso e la funzione. Doveva dunque preparare la sua mazzacchera, doveva trovare un pugno di lombrichi e con quelli confezionarsi un'esca, se voleva agguantare la verità.

Solo quando ebbe completato la ricognizione, s'accorse della luce che s'era accesa dentro il recinto della scuola. S'accostò per guardare meglio.

Vide un cubicolo di cemento con una porta e due finestre: "L'abitazione del custode" si disse. Su entrambi i davanzali c'erano vasi fitti d'erbe. Estrasse dalla tasca un binocolo e lo puntò su di essi: la luce che veniva dall'interno illuminava grandi cespi di ortiche, talmente rigogliosi e turgidi da non sembrare frutto di caso e incuria ma prodotti della dedizione d'un giardiniere.

"Strano" pensò.

Servendosi del binocolo cercò di guardare all'interno della stanza, ma le finestre erano velate da tende che impedivano la visuale. Vide però una figura che si muoveva da una stanza all'altra, che trascinava qualcosa di pesante.

Indeciso se bussare subito o tornare la mattina dopo, sentì l'abbaio di un cane. Si voltò e li vide: un vecchio e un cane, appunto, un grosso pastore belga così nero che si confondeva col buio. Al suo brusco voltarsi, il cane più forte abbaiò.

«Buona» disse il vecchio carezzandole la testa.

Andrea si avvicinò. Solo quando fu a pochi passi da loro s'accorse che l'uomo – alto, dritto, barba sale e pepe, folti capelli bianchi e palpebre chine – era cieco.

"Un Gran Lombardo" si disse. E subito: «Giona?» azzardò.

Il vecchio si bloccò. L'unica persona al mondo che poteva ancora chiamarlo per nome era Lori, per tutti gli altri era il dottor Gur.

«Dov'è mia nipote?» subito chiese.

«Al sicuro» rispose.

Il cane smise d'abbaiare.

Il vecchio restò in silenzio. Era come se continuasse a ripetersi nella mente quelle due parole – "Al sicuro" –, indugiando sul suono oltre che sul significato. Probabilmente, si disse Andrea, stava dando al cane il tempo di annusarlo, di verificarne la natura amica o nemica, perciò rimase immobile mentre la bestia gli girava intorno, mentre gli mordicchiava le scarpe e l'orlo dei pantaloni, mentre gli saltava con le zampe sul petto e cercava di raggiungergli il viso.

Immobile. Consenziente all'esame. E fu solo quando Laika ebbe finito l'ispezione e tornò ad accostarsi al vecchio che questi: «Lei chi è?» gli domandò.

«Un amico di Lori.»

«Come mai è qui?»

«Voglio capire cos'è successo.»

«Vuole sapere perché è scappata?»

«No. Perché è stata accusata.»

«Cosa spera di trovare?»

«La verità.»

Giona non disse: "La verità? Chi può mai conoscerla?", con la spocchia di chi si muove tra le parole dandosi parvenza d'arguzia e invece pesca in una pignata vuota né disse: "È stato pagato da qualcuno? Vuole estorcermi informazioni?". Se ne stette lì, con la mano sulla testa del cane che non ringhiava, non manifestava la normale diffidenza verso il forestiero, piuttosto uggiolava, ma appena appena, in una lingua che solo lui poteva intendere e che dovette confermarlo nelle benevole intenzioni del forestiero se: «Andiamo a casa» disse. Al cane lo disse, ma pure al forestiero, che affiancò il vecchio e il cane e li accompagnò verso il fondo della strada da cui fiottava la gran luce d'una piazza in festa.

Luminarie, bancarelle di dolciumi, il vino caldo in boccali di coccio da cui svaporavano sentori di cannella e d'arancia, il torrone che caramellava in calderoni lentamente ruotanti sopra la fiamma d'un treppiede, un venditore di caldarroste che riempiva cartocci soprattutto per i bambini, un *Venite, adoremus* che sgorgava da chissà dove.

Andrea rallentò inavvertitamente il passo, catturato dall'atmosfera fiabesca che lo riportò al tempo in cui, mano nella mano di suo padre, percorreva i mercatini di Natale, e tutto era troppo alto, troppo grande, troppo rumoroso per la sua piccolezza provocandogli spavento e meraviglia in egual misura.

Oltrepassata la piazza, imboccarono una via ripida che s'aprì in uno slargo. Percorsi pochi metri, il vecchio indicò un palazzo con tutte le luci accese da cui venivano schiamazzi, baldorie da osteria che mal si confacevano con l'atmosfera natalizia.

«È la casa di Lori» disse.

La figura della ragazza smagrita, sciupata, abbandonata a se stessa campeggiò per qualche istante nella mente di Andrea: troppo doloroso il contrasto con l'opulenza del palazzo: «Si sono scordati di lei?» chiese.

«Quelli?» domandò amaro. «Se non torna più, ammazzano il vitello grasso.»

«E se torna?»

Il vecchio riprese a camminare come se non avesse sentito, e lui non insistette a chiedere.

Giunsero a una casa discosta dalle altre, circondata da alberi, da un giardino che al buio appena s'intuiva. Il vento s'era fatto più forte e strapazzava i rami creando grovigli di ombre sui muri, sul lastricato davanti a loro.

Giona aprì la porta, accese la luce e si scostò per permettere all'ospite di passare. Fu in quell'istante che Andrea ebbe l'impressione di trovarsi in un posto conosciuto, già a lungo vissuto: a lungo e con gioia. Un déjà-vu che lo portò a cercare con gli occhi il camino – eccolo, lì a destra –, i due gradini da salire per raggiungere l'altra ala dell'abitazione, il forno in pietra posto nell'angolo accanto alla finestra, la collezione di bùmmuli di varie misure sulla mensola di legno accanto al camino. La sensazione di familiarità fu così forte da dargli un capogiro: in quale altra vita era vissuto lì?

Nella stanza aleggiava un profumo di pane sfornato da poco. Andrea guardò le mani del vecchio, notò minime incrostazioni bianche intorno alle unghie: era stato lui a prepararlo.

Il cane, intanto, si era accucciato davanti al camino, quieto come mai in presenza di estranei, considerò Giona che, rivolgendosi all'ospite: «Cena a base di pane condito» disse. «Non ho altro da offrirle.»

«Sarà ottima» accettò. Avrebbe potuto dire: "Non si disturbi, cercherò un ristorante" ma gli anni trascorsi in Sicilia gli avevano insegnato che rifiutare un invito a condividere il pane non è scortesia ma mortificazione.

Il vecchio si muoveva per la casa con la sicurezza di chi ha occhi sani. Apparecchiò con una tovaglia rossa, piatti di ceramica colorata, bicchieri verdi. Andrea se ne stupì: aveva immaginato il mondo dei ciechi come una sequenza di bianchi e di neri, e invece tutto in quella stanza squillava colore, ma non un'accozzaglia di cromie alla rinfusa, piuttosto un'armonia di gialli e di arancio che si combinavano con i verdi, gli azzurri di certe lacche nei piatti appesi alle pareti, il porpora e il blu dei vestimenti di due pupi – un Orlando e un Rinaldo – a grandezza umana.

La curiosità fu più forte di lui: «Lei non è nato cieco, vero?» chiese.

«Ho visto perfettamente fino a una decina d'anni fa» rispose.

"Un incidente?" avrebbe voluto chiedergli. "Una malattia?" ma non ne ebbe il coraggio.

«La sorprende l'esuberanza dei colori?»

«In effetti» ammise.

«Rallegrano gli occhi e anche lo spirito. Anche ora che non li vedo. Sapere che questi bicchieri sono verdi, che la tovaglia è rossa, che i bùmmuli sono pittati a fantasia, che la tenda è celeste mi dà il senso di una permanenza in un mondo non di tenebre.» Prese dalla madia una grossa pagnotta. «Non saprei spiegarle meglio» aggiunse. «Diciamo che i colori mi sono di conforto.»

«Qualcuno ha detto che sono forze fondamentali della vita nell'universo.»

Lo vide sorridere: «Potrebbe avere ragione».

La pagnotta era ancora calda. Giona vi segnò sopra, con la punta del coltello, una croce, quindi la divise a metà e poi in quarti che spaccò nel senso della larghezza: la mollica – gialla, porosa, profumatissima – ancora fumava.

«Nella dispensa alla sua destra ci sono dei barattoli di conserve» disse. «Le dispiace prenderli?»

Andrea ubbidì. Trovò bocce piene di pomodori secchi sott'olio, alici, peperoncini, ulive condite, tonno e bottarga: «Cosa prendo?» domandò.

«Tutto» rispose.

Quando i barattoli furono sul tavolo, il vecchio ne versò il contenuto in un vassoio a diversi scomparti, sbalordendo per l'ennesima volta l'ospite, dato che non una goccia d'olio macchiò la tovaglia, non un'uliva cadde fuori dal piatto.

«Le piace il formaggio?» chiese il vecchio.

«Molto.»

Pecorino e caciocavallo s'aggiunsero al banchetto. E anche una bottiglia di vino.

«Una cena frugale» considerò Andrea.

Il vecchio sorrise: «Una cena povera, senza carne, pesci, cacciagione. Ma i poveri, talvolta, mangiavano molto meglio dei re» disse. Quindi: «Se vuole lavarsi le mani» aggiunse «di là c'è il camerino di cortesia».

Il camerino di cortesia... Mai prima d'allora Andrea l'aveva sentito nominare così. Gliene fu grato, come d'un surplus di gentilezza, un rispetto che passava anche per le parole, con le quali – si capiva – Giona doveva avere una gran dimestichezza.

Nel corridoio che portava al camerino c'era il ritratto di una donna che assomigliava a Lori. Era l'ingrandimento d'una foto color seppia. La donna, molto bella, era vestita di chiaro. Si domandò chi fosse.

Sentì i passi del vecchio avvicinarsi, lo vide comparire nel corridoio: «È la nonna di Lori, la madre di Filippo» disse. «Mia sorella.»

Andrea continuò a guardarla, poi: «Com'è morto Filippo?» chiese senza smettere di osservare la foto.

«Era ingegnere, è salito su una impalcatura che all'improvviso è crollata.»

«Ci sono state perizie, controlli?»

«Un incidente, si disse.»

«Non fu così?»

Si sfregò il mento, scosse appena la testa: «Tutto può essere...» affermò. «E tuttavia mi chiedo: come mai? Filippo era un gatto, saliva e scendeva dai ponti e dalle impalcature con estrema agilità, da ragazzino s'arrampicava sugli alberi, su per le grondaie... Morire cadendo da un'impalcatura... Che beffa, non le pare? Ma le mie sono congetture d'un vecchio che non vede il mondo di fuori e s'arrovella su quello di dentro. Mi perdoni.»

«E Mina?» chiese. «Com'è morta Mina?»

«Cominciò a deperire, parlarono di un'infezione al sangue.»

«Non fu così?»

«Sono medico, ho esercitato per anni...»

«Dunque?»

«Ci sono diversi tipi di infezioni. Furono consultati esimi professori. Dissero che si sarebbe ripresa, che non correva pericolo di vita.»

«Invece?»

«Nel giro di tre mesi non c'era più.»

«Le pare strano?»

«Strana la sua malattia: un andamento ondivago. In certi giorni Mina stava bene, in certi altri la situazione precipitava.»

«Dubita di qualcosa?»

«Mah, più che altro ho enormi difficoltà a capire. Ma è dei vecchi non rassegnarsi alla morte dei giovani e avanzare sospetti.»

«Ne ha parlato con qualcuno?»

«Un vecchio cieco mezzo matto che sproloquia? Chi gli crederebbe?»

Già, chi gli crederebbe?

Adesso erano seduti uno di fronte all'altro.

Con il coltello in mano per ridurre in pezzi più piccoli la sua porzione, Andrea considerò che ci sarebbe voluto appena un guizzo per aggredire il vecchio, e non si capacitò dell'eccesso di fiducia che quello gli stava accordando.

«Non sono un pazzo e neppure uno sprovveduto» disse Giona intuendo i suoi pensieri. «Se lei azzardasse un qualunque gesto a mio danno, il cane le salterebbe alla gola.»

«Ne sono sicuro» disse, ricordandone le zampe sul petto e il viso all'altezza del collo, quindi, con simpatia: «Oltre a riparare i ricordi» aggiunse «lei sa pure leggere nella mente?».

Il vecchio sorrise: «Mi parli di Lori, del bambino».

«È una bambina.»

«Di nome?»
«Luce.»
Il vecchio restò per qualche istante con le posate a mezz'aria, quindi: «Bello» disse. «Pensavo, però, che l'avrebbe chiamata Mina.»
«Come sua madre.»
«In realtà sua madre si chiamava Concetta...»
«... e siccome le parlava sempre di Terramarina, lei alla fine la chiamò Mina...»
Alzò la testa come a volerlo guardare, ma le palpebre rimasero chine: «Esatto» disse. Bevve del vino, s'asciugò le labbra. «Ecco, se anche mi fosse rimasto un dubbio su di lei, questo riferimento a Terramarina l'avrebbe fugato» affermò. «Se Lori non si fosse fidata di lei, non gliene avrebbe mai parlato. Terramarina è stato un suo chiodo fisso, una smania...»
«Credo lo sia ancora. Esiste per davvero?»
«Come le fate, le sirene, i coboldi... Basta crederci.»
Continuarono a mangiare in silenzio, senza imbarazzo. Ogni tanto Giona riempiva il bicchiere di Andrea, ogni tanto Andrea si guardava intorno chiedendosi in quale vita avesse abitato quel luogo. Una sensazione quasi dolorosa che lo portò a dire: «È come se qui ci fossi già stato».
«È una masseria uguale a molte altre della Sicilia» rispose Giona. «Stessa disposizione degli arredi, dislivello tra un ambiente e un altro che necessita di gradini per scendere o salire» disse.
«Anche altri hanno avuto l'impressione di aver vissuto qui?»
«Sì» disse. Si passò una mano tra i capelli, sollevò appena le palpebre mostrando l'azzurro delle iridi.
"È proprio un Gran Lombardo" si confermò Andrea ricordando il romanzo di Vittorini.
Quando gli avevano detto ch'era stato destinato in Sicilia, il maresciallo Locatelli aveva cominciato a documentarsi: cronache, archivi, libri di storia, giornali, saggi su mafia e antimafia a cui presto, però, aveva affiancato la letteratura: Sciascia, Vittorini, De Roberto, Verga, Tomasi di

Lampedusa, Patti e Buttitta, le canzoni di Rosa Balistreri, l'opera dei pupi, ed era giunto sull'Isola con la sua brava sporta di pregiudizi che era sicurissimo di non avere. Poi, vivendoci, aveva imparato che la Sicilia è altro: non solo una metafora, come sosteneva Sciascia, non solo malaffare, neppure magarìa e incantamento e acque chiare e cieli blu e soli ardenti. Era passione perniciosa, la Sicilia, ché guai a concederle più cuore di quanto non fosse necessario per camparci.

«Lei è un poliziotto?» domandò Giona distogliendolo dai pensieri.

«Un maresciallo dei carabinieri.»

«In Sicilia da molto tempo?»

«Ci sono rimasto per quasi quattro anni, da qualche mese sono tornato in Piemonte.»

«Come mai si interessa a Lori?»

«Per amore» gli sfuggì di bocca. E non se ne pentì. «Non di Lori, stia tranquillo» s'affrettò tuttavia a precisare.

«Ma certo, è solo una bambina!»

«Appunto.»

«Dunque?»

Andrea cominciò a raccontare intrecciando l'arrivo di Lori con la storia sua e della Tabbacchera. Riguardo a Lori tralasciò di proposito alcuni particolari importanti, sbagliò di proposito alcuni dettagli.

Giona lo corresse, ricostruendo perfettamente la vita della ragazza per come la ragazza l'aveva raccontata. Lo fece con garbo, lasciandogli intendere che avrebbe potuto evitare i sotterfugi che si riservano ai delinquenti: «Perché in fondo, se ho capito bene, lei vuole il bene di mia nipote».

«È così.»

«Cosa vuole sapere di preciso?» domandò allora carezzando la testa che il cane gli aveva posato sulle ginocchia.

«Hanno accusato lei dell'incendio per distogliere l'attenzione dal proprio figlio?»

«È questo che le ha detto Lori?»

«Sì.»

«È un'ingenuità di bambina» affermò. «Può anche essere stato così, anzi, è probabile che ad appiccare il fuoco sia stato Cainazzo – come tra di noi l'abbiamo sempre chiamato –, ma non da solo, e non per ripicca.»

Restò in silenzio per qualche istante. Per l'aria solo il crepitio dei ceppi, il lieve tintinno delle posate che sfioravano i piatti, il vento che sbatteva i rami degli alberi contro i vetri di una delle finestre. Poi: «Ha visto il palazzo?» riprese. «È solo una parte delle proprietà che Lori ha ricevuto da sua madre. Un patrimonio che fa gola a troppi. C'è stata una sorta di *coalizione*, chiamiamola così, perché quei beni tornassero nelle mani della famiglia di provenienza. Se Lori non si fosse opposta all'aborto, se fosse stata più malleabile, se non li avesse da subito avversati quei Caini...» S'interruppe, precisò: «Guardi che li chiamo Caini a ragione, perché il sangue che uccide il proprio sangue non può avere altro nome» affermò allontanando la sedia dalla tavola, come se all'improvviso avesse bisogno di più spazio per respirare. «Se non li avesse avversati» riprese, «se non avesse tenuto loro testa, si sarebbe risolta la questione con un matrimonio che avrebbe riunito il patrimonio, con buona pace di tutti.»

«Le cose, però, sono andate diversamente.»

«Appunto. Come la governi una matta? Una che si vuole tenere il bastardo di chissà chi?» domandò brusco. E siccome lui taceva: «Un bastardo, un figlio di nessuno, una vergogna per tutti...».

Andrea aveva la risposta sulla punta della lingua, ma continuava a non rispondere: avrebbe potuto essere davvero così?

Fu Giona a spiegare: «Se la testa matta compie un atto barbaro come incendiare, per esempio, la sua scuola, e qualcuno giura di averla vista, e sul luogo dell'incendio vengono ritrovate delle prove inconfutabili... Che deduzioni ne trae la Legge?».

Ancora la *Legge*! Parola pronunciata con lo sprezzo che si riserva a ciò che significa l'esatto contrario di quanto afferma.

«Ho bisogno di chiarirmi le idee» disse allora Andrea. «Possiamo uscire di metafora, parlare papale papale?»

«Allora: morto Filippo per incidente, morta Mina per misteriosa malattia, resta Lori: ammazziamo pure lei? No, troppe morti sospette sono pericolose, fanno dubitare persino il più scemo dei giudici. Perciò? Facciamola passare per pazza, per assassina, chiudiamola a vita in prigione, e così ci leviamo il pensiero. Non le pare ragionamento corretto?» Lo disse con una rabbia a lungo covata, a lungo repressa e ora finalmente libera di esprimersi, ché quello, il forestiero, davvero la verità andava cercando e non aveva prosciutti di pregiudizio davanti agli occhi.

«Mi racconti tutto per bene, la prego» gli chiese allora il forestiero.

«Ha tempo?»

«Tutta la notte.»

Giona riempì di Malvasia i bicchieri: «Mettiamoci comodi» disse.

Si sedettero davanti al camino, le lampade spente, unica luce quella delle fiamme che lambivano i ceppi; sul tavolino la bottiglia con un liquore d'erbe che sorseggiarono dopo la Malvasia nel corso della notte, e che diede ad Andrea una sensazione d'un grande benessere: niente sonno, niente stanchezza, mente lucidissima, corpo riposato nonostante la folla d'avvenimenti e di emozioni di quei giorni.

E Giona cuntò.

Per tutta la notte Giona cuntò.

23

Cuntò, Giona, di Filippo, di Mina e di Lori, pure di Terramarina cuntò, di questa scaglia di speranza che la vita t'azzicca in petto quando perdi una delle ragioni d'esistere, di questa vita che si fa negra e amara quando ti muore il marito, o un figlio, ché Filippo fu figlio per lui, e lo crebbe come un padre meglio non avrebbe potuto, sversandovi tutto l'amore di cui era capace. Perciò, morto Filippo, gli calò quel velo davanti agli occhi per cui, in qualità di medico, ancora oggi può dire che niente di malato ha la sua vista, solo si rifiuta di guardare un mondo in cui Filippo non c'è più. Cuntò dell'immersione organica, che è quella cosa di quando entri nella vita d'un morto per recuperare tutto ciò di cui sua figlia ha bisogno per scriversi le coordinate di un destino di gioia, con un padre che continua a viverle in trasparenza accanto, ricostruito nel ricordo dalle parole di chi lo amò: «Riparare i ricordi è un esercizio di pazienza» disse. «Occorrono cerotti e bende ma anche forbici, pinzette, aghi...» Sorrise come di una battuta, proseguì: «Ci vuole un'officina di minuzie per riparare i ricordi, un atlante di parole e numeri, una strumentazione adeguata».

Cuntò del fuoco, di come s'inghiottì la scuola e di come la colpa fu fatta ricadere sulla carusa ribelle.

Cuntò che lui era stato fermo, che non l'aveva cercata

perché tutti quei dubbi sulla morte di Filippo e di Mina l'avevano confermato nell'unica certezza che Lori doveva salvarsi scappando il più lontano possibile da lì ché, se si fosse dileguata, quelli non avrebbero pensato a metterla fuori gioco.

«Sono ragionevoli i dubbi di un vecchio orbo che vede mano assassina ovunque?» chiese. «Il vecchio orbo dovrebbe rassegnarsi all'idea che assassina è la vita quando concede a sua sorella la morte di cogliere a manate tra la gioventù?»

Domande che non volevano risposta. Andrea, infatti, continuò a tacere.

Riprese: «Non ci rassegniamo alla morte dei giovani. Non siamo disposti a credere che le Parche spezzino il filo della vita per sbaglio o disattenzione, per cui frana un'impalcatura o un'infezione entra nel sangue di una mamma e se la porta via».

Illazioni, certo – continuò – fantasie d'uno sfaccendato che ha troppo tempo, troppa solitudine da riempire di domande. E avere troppo tempo per porsi delle domande non è cosa buona e giusta.

Fantasie o non fantasie, gli era sembrato più prudente non muovere dito per cercare Lori. E poi lo sapeva che era viva: aveva guadagnato, perdendo gli occhi, un eccesso di sensibilità che lo portava a fiutare la morte da lontano; così era stato per Mina: fiutava la morte al seguito di lei e stava muto, perché non puoi dire a una giovane: "Hai la morte che ti viene appresso". Sperava di sbagliarsi, sperava di confondersi, s'ingannava dicendo che la sua mente – così come gli occhi – aveva perso le sue normali funzioni. E invece no: Mina morì. E comunque non cercò Lori soprattutto perché lui era sorvegliato: la sua casa, la sua persona, il suo telefono... tutto setacciato da occhi e orecchie altrui, perciò qualunque tentativo di dare aiuto a Lori le si sarebbe ritorto contro, e dunque non aveva mai risposto al telefono, e se Lori aveva voluto dargli conto di lei non poteva saperlo, non avendo permesso a quelli che stavano appostati di usare lui come esca per acchiapparla.

Si alzò, smosse le braci, aggiunse fraschette d'olivo per richiamare la fiamma, quindi altri ceppi: «Ha fame? Sete?» chiese ad Andrea.

«No. Sto bene così.» Vero, stava bene, anzi, benissimo, una sensazione che non provava da una vita. Solo: «Mando un messaggio ad Agata» disse, così sta tranquilla.

Giona annuì e, quando Andrea ebbe posato il cellulare, tornò a cuntare.

Dell'amore cuntò, come cuntano dell'amore i vecchi ciechi che l'amore se lo rigirano nei pensieri insieme all'epica di chi d'amore visse e d'amore morì, e disse che l'amore è un discorso che mai finisce, manco quando si cambia di forma e di sostanza, manco quando irrompe la lontananza, ché l'amore è particola d'universo seminata in cuore a ognuno: germoglia fiori, germoglia spine, germoglia fili d'erba che dondolano nel vento, e ora ride e ora piange, come ogni bocca di ferita che la vita t'infligge.

«L'amore è una ferita?» domandò allora Andrea.

«È taglio da cui sgorga la febbre di lei o di lui, e ti confonde nei pensieri, nelle azioni, fino a quando non ti ricongiungi...»

«Vero» mormorò.

«Ma anche ti disamora, perché d'un tratto l'altro ti si potrebbe rivelare indegno, e come un giorno bruciasti d'ardimento poi bruci di rancore per come quel diavolo ti s'azziccò nella vita e pretese di farti cosa sua.»

«Questo non è amore.»

«Questo è ladrocinio, supponenza, scippo del meglio di te, imposizione d'un punto di vista che non collima con il tuo, è sputo di parola che ti annichilisce per cui, per esempio, tu parli di anima e quello vuole il tuo corpo.»

«Questo non è amore» ribadì Andrea.

E fu allora che il continentale, il polentone, raccontò di quella gran donna che era la Tabbacchera, di come l'amore per lei s'era fatto tormento, radice elastica che lo riportava in Sicilia ogni momento, e aveva voglia Torino di parlargli torinese, avevano voglia i torinesi di sovrapporre i loro discorsi a quelli di qui, avevano voglia i notturni nordici d'incantarlo, le montagne d'irretirlo nello splendore freddo delle loro cime: qui tornava, dove c'era lei. Gli disse dei versi che erano il loro codice segreto, della vedovanza di lei, della sua ritrosia nel concedersi al nuovo amore, gli disse del diritto e della poesia, della legge del cuore e di quella dello Stato e, parlando di lei, e di tutti quelli che le facevano cricca intorno, Giona seppe in che mani stava Lori e del tutto si quietò.

«Quand'è nata la bambina?» alla fine chiese.

«La sera del ventiquattro.»

Allora il vecchio, per la prima volta, lasciò al sorriso di permanere sulle sue labbra: «Pure Lori è nata la vigilia di Natale».

E raccontò di Filippo che venne a bussare furioso di notte, ché a Concetta s'erano rotte le acque e lei non voleva mammane per mettere al mondo la sua creatura, ché ad accogliere la sua creatura – aveva detto – dovevano esserci mani d'amore.

«Io tentennavo, mi prese una strana paura. Allora Filippo urlò: "Dottor Gur, si muova!". Era la prima volta che mi chiamava così, e io capii che non cercava solamente mani amorose ma pure mani mediche, e allora corsi.»

E mediche mani amorose furono quelle che traghettarono la creatura dal ventre di sua madre al ventre del giorno, della vita che disattende ogni aspettativa di felicità e si fa feroce più di quanto tu possa sopportare se t'uccide padre e madre nei primi tuoi dieci anni.

«E ora è rinata di nuovo» disse col suo sorriso contento. «S'è ripartorita adulta nello stesso giorno in cui ha messo al mondo sua figlia. Non è prodigiosa, talvolta, la vita?» domandò e si commosse e disse che per troppo tempo lui s'era sentito foglia che trema attaccata a un ramo, e il vento t'acchiappa e ti tira e tu fai di tutto per resistere, ma ora che Lori aveva trovato un esercito d'amore a sostenerla, a occuparsi di lei, ora avrebbe potuto abbandonarsi al vento, smettere di lottare.

«No!» si ribellò Andrea. «Ora più che mai Lori ha bisogno di lei.»

Il vecchio alzò gli occhi, come se ci vedesse: «Perché?».

«Perché tutti noi potremo essere per lei una famiglia di contorno, ma l'unico che ne condivide il sangue è lei.»

«Pure i Caini.»

«Quelli sono sangue guasto.»

E mentre tra Giona e Andrea si trapungeva quel lungo raccàmo di cunto, Sarino Motta, nel suo letto, non godette del corpo di sua moglie, come aveva desiderato, né s'abbandonò alla felicità che la presenza di quelle carusidde avrebbe portato nella sua vita, perché troppo grande era quella felicità per poterla gestire nel buio e nel silenzio: si gonfiava come una pasta troppo lievita, debordava; viva viva conquistava ogni possibile spazio del suo petto fin quasi a soffocarlo, doveva per forza smaltirla, doveva darle sfogo, per cui s'alzò, soffiò sulle braci del camino facendo rinvenire il fuoco e, con gli occhi alle vampe che s'alzavano, fantasticò sul momento in cui quelle carusidde sarebbero giunte lì, alla Saracina strappata alle mani del sindaco che ne voleva fare porcilaia e invece era rimasto paradiso intoccato, anzi, esaltato dalla cura di lui e di Franca.

E siccome pure il restare seduto a guardare le fiamme non gli procurava sollievo, uscì.

Nella notte uscì, e camminò per i viottoli brinati che scricchiolavano sotto i suoi passi, per la solitudine maestosa di quella terra che scendeva a lambire il mare di cui si sentiva il respiro quieto, ché notte di pace era quella e la luna sorgeva come mastra che dirige il coro dei sospiri degli innamorati, e gli sovvenne una filastrocca di quando era bambino: Luna bianca luna bruna / spendi e spandi la fortuna / fanne pioggia fanne reggia / dove... impera la scorreggia.

Rise. La scorreggia non faceva parte della filastrocca, che molto educatamente si concludeva con il verso: "dove il grano già biondeggia"; era stato Micciché, il più stronzo – e bravo – della classe a cambiare il finale, e la maestra non si capacitava del perché quella bella filastrocca sulla luna risultasse così divertente.

"Sarà la prima che insegnerò a Luce" si disse. E di nuovo proruppe la contentezza.

E lì, di fronte al mare, nello sciabordio lieve dell'onda, riuscì finalmente a dirla quell'immensa felicità, quella smisuratezza d'amore che gli levava il respiro, e trovò persino il coraggio di chiedere al mare – ma pure al cielo, alla luna e alle stelle – di concedergli le gioie che dà la figliolanza.

Certo, se qualcuno, anni prima, gli avesse detto: "Un giorno te ne starai come un vecchio scemo in riva al mare a pisciare lacrime per una picciridda che non è sangue tuo e penserai d'intestare a lei la metà della roba che possiedi", gli avrebbe fatto una pernacchia e l'avrebbe spedito con un calcio in culo al manicomio da cui sicuramente veniva. E invece qui era, e qui pisciava lacrime, mentre la gran contentezza germogliava dentro di lui in fiori e fiori – e qualche spina – che scatenarono la tosse: una tossicchia insopportabile, come se un intero mondo vegetale avesse preso a proliferare per i campi spugnosi del suo petto.

E intanto Franca sognava una melagrana che le si apriva tra le mani sgranando chicchi rosati che saltavano da tutte le parti, intanto la Tabbacchera sognava Andrea che le diceva: "Tabbacchera mia" e di nuovo se la possedeva, intanto Luisa Acquaforte, nel buio, sottovoce per non svegliare Giulio, diceva a Carmine: «Un regalo più bello non avresti potuto farmelo» e lui s'accendeva di magnanimità sotto il peso delle coperte e le diceva: «Per te questo e altro, gioia mia» e lei riandava ai giorni felici vissuti da bambina in quelle *Pietre Perse* in pizzo alla collina e si diceva che, piano piano, soldo sopra soldo di quelli guadagnati col ristorante, avrebbe fatto di *Pietre Perse* il suo regno; intanto Lori dormiva sognando Terramarina e Mina s'acquietava dentro di lei, e Toni Scianna lasciava a Violante di godere di lui incondizionatamente. Insomma, tutta la cricca tabbacchera variamente sguazzariava nella gioia.

Chi sguazzariava nel terrore era invece Ada Mangiagalli, impegnata a combattere pure nel sonno l'animazza nera che le dava il tormento per via di quell'unica parola – Terratorta – che bastava e avanzava per farla pazza di paura, che le gonfiava nella mente visioni insopportabili:

Paolo che salta su una mina, Paolo con la faccia devastata da una rosa di pallini, Paolo impiccato, Paolo mutilato, i veleni che svaporano dal suolo – ché tossicità inaudite c'erano là sotto, sotterrate di contrabbando nei dintorni quando avrebbero dovuto essere blindate e spedite nel Nord Europa per essere adeguatamente smaltite –, il cancro in forma di spora che si diffonde portato dal vento e s'annida nelle minne, nel sangue, nelle ossa, nel cervello di gente che avrà voglia di pregare tutti i santi e tutti gli angeli invocando salvezza: quando quelle particole di morte ti entrano dentro e mettono radici quasi niente puoi fare per annientarle.

Incubo da cui emerse sudatissima, che la costrinse ad alzarsi quando non era ancora spuntato il sole, ad aggirarsi per la cucina come una dannata tra i supplizi dell'inferno mentre suo padre, con voce accorata: "Tutto torna nella vita, figlia mia" le mormorava nella mente. "Il bene che hai fatto come pure il male. Tu male facisti, e male ti torna."

E lei: «Ma io non lo voglio il male».

E lui: "Per troppo tempo campasti d'*erba voglio*, figlia, e ora...". S'interruppe, come se d'improvviso qualcheduno gli avesse messo un tappo in bocca.

Ada lo chiamò, ma gli rispose l'animazza nera: "Vestiti e vai a Siracusa, spicciati, ché sennò l'Epifania t'attrova pazza".

«Lassa pèrdiri!» tentò ancora di contrastarlo, ché pure il danno alla Tabbacchera le si sarebbe ritorto contro, visto che Paolo era uno di quelli infatuati della sua pretesa di cambiare il mondo a colpi di cultura e di legalità.

Lo spirdo sghignazzò: "Scema tutta, quella lì. Mai capirà che puoi governare solo quando hai mano ferma e animo camaleontico, che devi essere capace di portare al tuo mulino l'acqua di tutti i fiumi, soprattutto di quelli lurdi, che gli altri schifano, perché sono quelli che ti stabilizzano nel potere".

Lei l'ignorò, si mise a trafficare per la cucina. Allora lui le svampò davanti: una somma di marcescenza lazzariata e putrefatta, così terrificante che urlò svegliando il marito e il figlio, che la trovarono singhiozzante sulla sedia, persa come solo una bambina all'improvviso può esserlo.

E quando Paolo le domandò che avesse, lei scuotendo la testa: «Parrinieddu m'ha fari» mormorò.

Parole che al colonnello parvero insensate, tanto che: «Parrineddu?» domandò. «Scimunisti completamente, Ada? Femmina sei, e parrine femmine ancora non ce ne sono.»

Paolo fu di diverso avviso: *Parrinieddu* aveva detto sua madre, alla palermitana, e non *parrineddu*, per come in uso da loro.

Parrinieddu... che voleva dire? D'un lampo gli tornò alla mente la scena del *Giorno della civetta* in cui Franco Nero, nei panni del capitano Bellodi, interroga il confidente. Sua madre era innamorata di Franco Nero e quel film l'aveva visto almeno una decina di volte.

«Parrinieddu... come il confidente?» le chiese senza tuttavia comprenderne il motivo: l'espressione perplessa, infatti, gli restò come ombra sul volto che di più la confuse mentre lo guardava e pensava che lui era il miglior frutto della sua vita, l'unico essere per cui sarebbe valsa la pena vivere, che non ne poteva perdere l'amore e nemmanco la stima, e perciò doveva denunciare la Tabbacchera, non aveva possibilità di scelta: Terratorta doveva restare un'amenità seminata a limoni e aranci e di quello che nascondeva nel ventre nessuno avrebbe dovuto sapere, non per bocca di Paolo, almeno.

«Ti faccio un caffè?» le chiese suo figlio.

«La caffettiera è già sul fuoco» disse il colonnello. E anche questa era cosa sorprendente: mai preparava il caffè, non sapeva neppure in quale degli stipetti fosse riposto il necessario, così lei fino a quel momento aveva creduto.

Paolo si avvicinò alla finestra: «Non nevica più» disse.

«Finalmente le strade sgombre» si rallegrò Mangiagalli, che la puntata al casinò con la giocatrice prodigiosa non se l'era certo scordata.

"Non hai scuse, Ada, vestiti e vai a Siracusa!" intimò lo spirdo. "Sennò a Paoluzzo male ci finisce."

Calò la testa. Con la voce più ferma che riuscì a darsi: «Tornate a dormire» disse. «E scusate se vi svegliai. Non lo so che m'è preso.»

«Vuoi compagnia?» chiese Paolo.

«No, gioia, pure io torno a riposare.»

E invece, rientrati loro nelle rispettive camere, lesta cominciò a prepararsi: avrebbe dovuto fare a lampo, andare e rientrare prima che i due si accorgessero della sua fuga.

«Mi vesto, vado dalle caruse» disse Sarino a Franca che, non avendolo trovato nel letto, era andata a cercarlo in cucina, poi era uscita in giardino e aveva imboccato il viottolo per il mare, e lì l'aveva trovato, in pigiama, con un plaid sopra le spalle, che un poco tossiva per il freddo e la voce rauca per le implorazioni di prima.

«È ancora troppo presto» disse Franca, mentre contemplava il sole nascente che spandeva violetti sull'acqua e vestiva di gloria il giorno nuovo, pulito pulito, lucente di tutte le speranze che a ogni sorgere del sole la natura offre agli uomini. «Quanta bellezza» mormorò. Mai l'era capitato di scendere al mare nella linea di tempo in cui notte si congeda e sole sorge.

Sarino allungò il braccio e se la mise sotto l'ala di quel plaid che li riparava dal freddo.

E così rimasero, mentre il sole – lento, maestoso, figlio di dei e lui stesso dio – guadagnava lentamente il cielo.

«Ecco il caffè» disse Giona ad Andrea quando questi, lavato e sbarbato, tornò in cucina.

Sulla tavola c'era pure del pane tostato e un qualche barattolo di marmellata: «Assaggi questa di gelsi» disse. «L'ho fatta con le more di quell'albero» e indicò i rami che toccavano i vetri della finestra.

Ora che il sole illuminava la stanza, Andrea fu di nuovo colpito dalla qualità e quantità di colori che aveva intorno. «Sembra di stare in una pittura naïf» considerò.

«O al Teatro dell'opera dei pupi» disse Giona indicando Orlando e Rinaldo.

Fu allora che Andrea s'accorse di un'apertura nella parete a cui prima non aveva badato. S'avvicinò. Vide uno stanzino spoglio, senza finestre né lampade, né colori, una sedia come unico arredo. Un posto che il sole non riusciva a illuminare e il camino a scaldare.

«L'ho lasciato così di proposito» spiegò Giona, sapendo dove gli occhi del piemontese si fossero posati.

«Perché?»

«C'è il mio cordoglio lì» mormorò. «L'evidenza del vuoto che ho dentro.»

«Ma lei ha Laika» disse Andrea notando il cane allungato davanti alla sedia. «Un cane che condivide il cordoglio?»

«Un cane che m'ha tenuto in vita *nonostante* il cordoglio» affermò. «Non è così, Laika?»

La cagnòla si voltò verso di lui, poi verso l'ospite, e prese a uggiolare.

«Mai successa una cosa simile» considerò Giona. «Non sopporta intrusi, è gelosa da morire, e fa il diavolo a quattro finché l'intruso non sloggia.» Rise. «Con lei però... Vieni, su!» Si batté la mano sulla coscia e la cagna gli corse addosso, gli poggiò la testa sulle gambe e soccombette, beata, alle sue carezze. «Con lei, però, no.»

«La ragione di tanto privilegio?»

«Ha annusato Lori in lei, perciò è così quieta.»

"Oh, Bianco, sapessi..." scrisse in quel momento Lisabetta sul quaderno in cui annotava le ricorrenze straordinarie. Sollevò gli occhi dal foglio, guardò il sole che indorava la stanza.

Bianco era l'amico suo immaginario, un compagno di sogni che s'era creata quando Carlo, suo marito, l'aveva lasciata per la segretaria e Peppino Grimaldi non era ancora entrato nella sua vita. «Sapessi che regali la vita certe volte ti fa» continuò a bassa voce.

Chiuse il quaderno, prese dalla vetrina le boccette coi rimedi che sarebbero serviti alla carusa per riguadagnare forze e peso, poi andò nello studio dove suo marito sfogliava un tomo di diritto: «Che studi?» gli domandò.

«Gli errori che non dobbiamo fare.»

«Per dare un corso nuovo e ordinato alla vicenda?»

La guardò: «Non abbiamo di questo potere, Lisa, possiamo solo cercare di evitare gli sbagli più eclatanti, e guadagnare tempo. Credo che adesso soprattutto questo ci serva: guadagnare tempo».

Lei, che delle majare aveva certe sensibilità: «Nell'aria si muovono parole confuse, amore mio, come campanine che ancora non mi si chiarificano, un suono ovattato, lontano, con dentro un'anima festosa» sussurrò, e un poco rideva un poco faceva la misteriosa con quel sorriso a fior di labbro che suo marito aveva imparato a conoscere bene.

«Vado da Agata» disse.

«Ti raggiungo tra un po'.»

Uscì.

Pure Ada uscì.

Lisabetta la incrociò e quasi non la riconobbe: niente rossetto, niente superbia, niente spocchia di vestiti e di gioielleria: dimessa come una qualunque donna che s'appresti a sbrigare incombenze quotidiane senza pararsi come per un galà. Ciò che però le parve più strano fu quel suo camminare rasentando i muri, quasi a voler scomparire. Che malazione progettava? Lei la sapeva vipera, anzi, arpia, anzi, peggio: una con l'anima seminata a zizzania che parla e sputa zizzania e spande intorno a sé il dolore. Dove stava andando così presto?

Era ancora presto, il giorno appena cominciato, ma Lori era stanchissima, aveva trascorso la notte in bianco con la bambina inquieta, che si svegliava continuamente e scoppiava a piangere: forse una colica, forse mali sogni, chissà, chiudeva gli occhiuzzi, un minuto di pace e poi un sussulto e di nuovo il pianto, e lei la spassiava, per tutta la notte l'aveva spassiata, e intanto rifletteva sulla sua condizione, intanto si diceva che era arrivato il momento di risolvere le questioni pendenti della vita sua.

Così, adesso ch'era giorno, pur se sfinita, era determinata ad agire: per prima cosa doveva disinnescare quella balla madornale dell'incendio: lei si trovava a Palermo quando il fuoco era svampato, c'era gente che l'aveva vista e di sicuro riconosciuta, per esempio quel barista del Caffè della stazione, che non le aveva spiccicato gli occhi di dosso e che, al momento di ordinare: "Che ci diamo a 'sta picciotta accussì bedda, 'n vasùni?" – un bacione – e lei sgarbatissima: "Un cappuccino abbasta". E lui: "Minchia come siamo suscettibbili!". Se la sarebbe ricordata, sì. E poi – ed era questa la cosa più importante – doveva riprendersi quello che era suo: se fino ad allora, infatti, delle terre e delle case non glien'era importato niente e l'unica cosa che aveva voluto era liberarsi dei Caini, ora, invece, che aveva una figlia da mantenere – una creatura che non doveva patire manco un'unghia di quanto aveva patito lei – non solo voleva liberarsi dei Caini e riprendersi quello che le toccava, ma voleva pure conto di tutti i soldi che quelli avevano scialacquato, e i rendiconti degli affitti e delle rendite, per come una volta aveva sentito dire a Mina prima che morisse.

Se Giona avesse conosciuto questi suoi pensieri, avrebbe tremato.

In quel momento si propagarono per la casa i colpi furiosi di batacchio, giù al portone. Lei tremò, si rannicchiò nella poltrona chiudendosi la figlia tra le braccia e pensando che mai sarebbe stata quieta, mai.

Poi si diffusero per le scale la voce di Sarino – quanto le piaceva quell'uomo! –, le risate di Franca e Lisabetta, Violante che diceva: «Signora Tabbacchera, l'ascensore ci vuole in questa vostra casa tutta fatta di scale, ché una povera picciotta col piede struppiàto deve fare il triplo della fatica per acchianare» e subito altre risate, strepiti e dinieghi, Violante che, ridendo ridendo: «Non lo dissi certo per farmi caricare in brazzo da voi, signor Motta!» precisò. Ma evidentemente il signor Motta l'aveva già caricata, acchianata e depositata nel salone, visto che le voci erano ormai prossime.

"Che belle persone" pensò, e si disse che, nella disgrazia, era stata fortunata. E chissà che tutto quel parapiglia, tutto quello strammamento nella vita sua era capitato perché lei arrivasse precisamente qui, in questo posto di bene grande che tanto assomigliava alla Terramarina di cui Mina le aveva parlato. Mina... solo allora si ricordò di lei e ne ebbe vergogna. "Mamma..." chiamò nel pensiero. Come risposta le vennero ricordi di loro due al mare: Mina le schizzava addosso l'acqua e gli spruzzi, toccati dal sole, manifestavano arcobaleni. Ne fu contenta.

«Signorina Lori» disse Sarino bussando alla porta. «Che fa, ce la mostra la principessa?»

«Che certo, signor Motta» e alla nnicuzza, in un sussurro: «Mi sa che pure oggi qui si fa festa» confidò.

"Come no!" fece una voce maligna.

Che lei, per fortuna, non sentì.

24

Tra le tante informazioni in suo possesso, Andrea utilizzò per prima quella relativa al brigadiere Luigi Francantonio, di cui Lori gli aveva parlato e di cui Giona gli aveva dato ulteriori ragguagli dicendolo uomo con la schiena dritta, di quelli che non si piegano se non quando passa la china – come il giunco del proverbio – e solo per svettare più alto non appena si placa la furia dell'acqua.

Giunto in caserma, si qualificò e chiese al piantone dove potesse trovare il brigadiere.

«Nella sua stanza» rispose quello.

Se fu sorpreso di tanta fortuna, visto che si trattava comunque d'un giorno festivo, Andrea non lo lasciò trapelare: «Ho bisogno di conferire con lui» disse. Usò di proposito il burocratese, giusto per far capire che, divisa o non divisa, era sempre un superiore.

L'appuntato gli indicò un corridoio: «Terza porta a sinistra».

Andrea bussò, entrò: «Sono il maresciallo Locatelli».

L'uomo si alzò: «Prego, s'accomodi».

Andrea si sedette di fronte a lui: «Sono di stanza a Torino, ma ho lavorato qui in Sicilia per alcuni anni. Nel siracusano» precisò.

«È tornato per le Feste?»

«Sì» disse. «È irresistibile questa vostra terra: una volta che l'hai vissuta, abbandonarla è impossibile. Mare, sole, amurusanza.»

«Cosa?» domandò senza capire.
«Amurusanza. Non fa parte del vostro vocabolario?»
«Veramente no» ammise. «Noi abbiamo l'amuri.»
«Be', viene da lì.»
«La usano nel siracusano?»
«Di sicuro nel paese in cui ho lavorato.»
«Che significa?»
Fece un cenno vago con la mano: «Piccoli atti d'amore» tentò di spiegare, visto che la parola non poteva essere racchiusa in una definizione. «Dimostrazioni concrete del bene. Insomma, gesti minimi che possono spostare montagne. Ma non voglio annoiarla con questioni terminologiche.»
Retorico parve al brigadiere quel discorso senza capo e senza coda, e di più si mise all'erta.
«Dunque in vacanza, sì» continuò il maresciallo. «Tuttavia, poiché l'anima sbirra, come lei sa, non ci abbandona mai, ho pensato di fare una puntata qui da voi per acquisire un qualche elemento ulteriore riguardo a un caso che mi interessa.»
"Dal siracusano a qui non è una puntata, caro mio" pensò il brigadiere. "Qui ci devi venire di proposito. E se giusto a Santo Stefano ti saltò ghiribizzo di correre a quest'altro pizzo di Sicilia, altro che puntata per chiarire alcuni elementi, a me mi pare che la questione t'abbrusca e che tu hai una prescia buttana." «A sua disposizione» gentilmente disse.
Con un'occhiata veloce, l'altro lo squadrò: postura eretta, capelli cortissimi, divisa perfettamente stirata, viso perfettamente sbarbato, occhi che lo scrutavano come aspettandosi il seguito – quello vero – del discorso, ché la storia della *puntata* era suonata falsa pure a lui già nell'attimo in cui l'aveva detta: «Che mi sa dire di Loredana Delle Rose?» chiese dunque senz'altri giri di parole.
Francantonio s'irrigidì, allertò tutti i sensi. «L'avete trovata?» chiese cauto.
«La conosce?»
Sollevò appena le spalle: «Come tutti, qui. Il posto è piccolo...».
«Non le sto chiedendo questo» disse il continentale smet-

tendo la farsa. «Voglio sapere se ci ha mai parlato, se in qualche modo l'ha frequentata.»

«Va sul personale?» domandò infastidito.

Ahi, maresciallo, sbagliaste!

«Sì» rispose schietto.

"Si vuole riprendere in calcio d'angolo" pensò l'altro, ben deciso a mandarlo a fanculo, gentilissimamente, nel giro di cinque minuti.

«Come mai, se mi posso permettere?»

«Gliel'ho detto, ho bisogno d'acquisire elementi relativi al suo caso.»

Il brigadiere rispose vago: «Una volta ci parlai, era una bambina, sì e no dieci anni... L'avete trovata?» tornò a chiedere, e subito: «Guardi che è una brava ragazza» aggiunse. «Guardi che...»

Il maresciallo assunse tono di supponenza: «Secondo lei una brava ragazza appicca il fuoco a una scuola?».

«No, certo che no... ma... Non è andata così» mormora.

«Come, allora?»

"Ma chi sei? Ma che vuoi? Ma perché ci vieni a scassare i coglioni?" avrebbe voluto dirgli, e invece: «Come hanno scritto i giornali» rispose rifugiandosi nell'indifferenza. Fosse stato meno carogna, il tizio, meno spocchioso, forse gliel'avrebbe detto com'erano andate, secondo lui, le cose, ma limone agro aggriccia i denti pure da lontano e quel continentale limone più agro dell'agro era e lontano doveva stare.

«Quelle dei giornali sono in genere informazioni confezionate ad arte» continuò il limone agro.

«Non le piace l'arte?» ebbe la spudoratezza di chiedere il brigadiere, e non seppe perché: le parole gli erano uscite dalla bocca contro la sua volontà e se ne pentì, ne ebbe vergogna non essendo infatti il tipo che manca di rispetto a un superiore.

«L'arte mi piace molto» sorprendentemente rispose quello. «Solo che c'è arte e arte» specificò. E gli lasciò gli occhi addosso fino a quando Francantonio Luigi, brigadiere, alto un metro e settantanove, scuro di pelle e di pelo, verde d'occhi come i gatti, padre di due figli adolescenti e marito di una bella parrucchiera, n'ebbe disagio per cui: «Senta, maresciallo, finiamola di prenderci in giro. Che vuole sapere?» chiese.

«Perché ha detto che Loredana Delle Rose è una brava ragazza?»

Tentennò, glissò, non la voleva compromettere la carusa, non voleva che il limone agro si servisse delle informazioni estorte a lui per arrecarle maggior danno, quindi, partendo alla lontana: «Conoscevo suo padre e sua madre, conosco suo zio...».

«Il tutore?»

Scosse la testa: «No! Sono cugini di sua madre, quelli».

«Che gente è?»

Francantonio congiunse le dita delle mani, polpastrello della destra sopra ogni polpastrello della sinistra, gli occhi fermi lì, come se stesse compiendo l'opera più complicata della sua vita.

Il maresciallo non ebbe fretta di pretendere una risposta che sarebbe stata falsa, lo sapeva, dettata dall'urgenza di levarselo dalle palle, e aspettò mentre da fuori veniva il rintocco d'una campana che batteva otto colpi distanziati e altri due più leggeri – "Le otto e mezzo" pensò –, e la stanza veniva invasa da un odore di brioche, come se la caserma confinasse con una pasticceria.

«È gente di fuori» finalmente disse il brigadiere. «Gente che ha ottenuto la tutela della bambina quando restò orfana.»

Andrea continuò a guardarlo aspettandosi il seguito. Che però non venne.

«Che tipo di gente?» tornò a chiedere.

Francantonio sollevò gli occhi verso quelli di lui, polpastrelli sempre congiunti, espressione guardinga, pesò in bocca la parola valutando se potesse dirla, ma soprattutto se il polentone potesse capirla, quindi: «Ammanicata» rispose.

Il polentone capì.

«E pure bene» allora aggiunse.

«Continui.»

«Il che vuol dire che se loro dicono che la carusa è una pazza piromane, la loro parola difficilmente sarà contrastata, perché tutti tengono famiglia qui, e tutti hanno di che stare attenti.»

«Pure lei?»

«Io? E che posso io?» Lo disse con amarezza, come se si dibattesse dentro quel nodo di serpi che spesso si fanno le verità ammiscate con le iniquità.

«Dirmi come stanno effettivamente le cose.»

«A danno della carusa?»

«La divisa che io porto» allora disse, «è immacolata.» Non aveva divisa e questo rese ancora più forte l'affermazione.

Quello allora rifiatò, sciolse le mani, avanzò col busto sopra al tavolo che li separava per farglisi più vicino: «Non si buttano litri di benzina intorno a un edificio, non si butta un fiammifero e si scappa lasciando a bella vista – là dove il fuoco non può arrivare – chiavi, bracciale e un quaderno dove si parla di un fuoco. Minorenne sì, ma non cretina».

«C'è un testimone.»

«Un venduto!» esclamò soffocando subito la voce. «Ma non è questo il problema, o meglio, non è solo questo. C'è un diavolo d'avvocato che li consiglia quei fitusi, che muove le carte per come devono essere mosse: se la ragazza non torna, fùttisi, loro continuano ad amministrare il patrimonio in vece sua e a comportarsi da padroni, se la ragazza torna, se la polizia la trova, ci sono le carte per farla interdire. E lo possono fare, glielo giuro sulla testa dei miei figli.»

«Ma perché?»

Fece un gesto come a dire: "Minchia, da te questo non me l'aspettavo!".

Andrea non si scompose.

Quello tornò ad avvicinarsi, a parlare a bassissima voce: «Perché non tutto l'oro luce al sole, perché ci sono traffici sottobanco che devono continuare a essere gestiti da chi li ha sempre gestiti. Concetta Montefalco, la madre della carusa, all'inizio lasciò che fossero i parenti a occuparsi pure della sua parte, e le cose filarono lisce, poi suo marito diventò troppo curioso. E morì. Allora fu lei che cominciò a ficcare il naso dove non doveva. E s'ammalò. Una malattia lunga, che le tolse le forze a poco a poco, e alla fine pure la vita...». Tornò a poggiarsi sullo schienale, i polpastrelli di nuovo accucchiàti.

Il silenzio stavolta durò più a lungo. Nella stanza, oltre a quello delle brioche, si diffuse adesso pure odore di caffè, come se qualcuno avesse messo una caffettiera sul fuoco.

«È stata Lori a dirmi di lei, brigadiere» disse allora il maresciallo.

Lori, disse, non Loredana, non la Delle Rose.

"Ottima mossa, maresciallo" si complimentò Francantonio nel pensiero: come avrebbe potuto sapere infatti, il polentone, che la carusa in famiglia la chiamavano Lori se non fosse stata lei stessa a dirglielo? E pure lui cambiò: da sdegnoso, chiuso e diffidente s'allargò in una espressione di simpatia, per cui più sciolto disse: «Casa mia si trova poco lontano da palazzo Monteforte...».

«Palazzo Monteforte?» Non capiva.

«È la casa della ragazza» spiegò.

«Mi scusi. Continui.»

«Dicevo che la mia casa si trova poco distante da quella di Loredana, e siccome ho l'abitudine di rientrare dalla caserma a piedi, ci passo spesso davanti. Anni fa, quando la bambina era piccola, mi capitava di sentirla piangere. La trattavano male quei fitusi e me ne doleva il cuore. Ma che potevo fare? Una volta, però, il pianto era così disperato che mi venne una rabbia fortissima e, senza stare a pensarci due volte, bussai. Ero in divisa. Aprì la moglie, la più schifosa di tutta la famiglia, mi domandò che volevo. Le chiesi della picciridda, del motivo per cui piangeva. Rispose che non mi spacinziassi, niente era successo, non c'era bisogno di scomodare il Telefono Azzurro: "La picciridda" disse calcando a sfottere, "era 'na smurfiusa abituata al lusso e ai capricci"... Minchiate, maresciallo. Era una bambina quieta, che giocava pure con un filo d'erba, per come spesso l'avevo vista quando portavo a scuola i figli miei. Allora, di nascosto, lasciai alla bambina un biglietto col mio nome, il mio numero di telefono... Mai m'ha chiamato.»

«Che mi sa dire del giovanotto che l'ha messa incinta?»

Francantonio sbalordì: «Incinta... Qui nessuno niente sa».

«Perché i tutori sono stati bravi a nasconderlo» considerò Andrea. «Del resto, volevano farla abortire, perciò Lori è scappata.»

S'imporporò, il brigadiere, per la gran collera che adesso gli tremava pure nella voce nel mentre diceva: «Incinta... Abortire... Ricapitolasse, maresciallo, per favore, ché niente ci sto capendo». Aveva capito, altroché, ma voleva essere sicuro di non aver frainteso.

«Un giovanotto l'ha invitata per un giro panoramico, l'ha fatta salire in macchina e poi l'ha stuprata.»

«Oh grandissimo bastardo!» ringhiò. «Approfittare di una picciridda, ma che minchia d'uomo è? Un giovanotto, ha detto...»

«Uno la cui nonna abita nel palazzo di fronte a quello di Lori» rispose. «Non credo sia difficile rintracciarlo.»

«M'informo e le faccio sapere» promise. «Anche perché il pensiero, lei capisce, il solo pensiero che si possa approfittare di carusidde che non si sanno difendere è un crimine contro l'umanità.»

«Lei ha figlie?»

«Una. Francesca si chiama, bedda come il sole. Se qualcuno le mettesse le mani addosso... glielo giuro, maresciallo, i coglioni glieli staccherei a morsi» disse. «E poi vediamo chi mi viene a cercare!» Tremava di rabbia. «E comunque, lo trovo e lo sbattiamo dentro.»

Andrea negò con un cenno: «Non ne avremo i mezzi, brigadiere. Lori non è intenzionata a denunciarlo».

Francantonio non si stupì, anzi, parve che quella risposta se l'aspettasse: «Certe carusidde» infatti affermò «hanno una dignità che noi masculi manco ce la sogniamo. E però...» aggiunse lasciando il discorso in sospeso.

«E però» fece Andrea riprendendo per la coda il discorso, «si potrebbe indurre nel tale – giovane di famiglia stimata e riverita, per come s'è vantato – una certa preoccupazione... un certo spavento... Insomma, fargli sentire addosso occhi inquisitori, no? Solo per fargli passare la voglia di riprovarci.»

«Precisamente accussì: fargli seccare i coglioni dallo scanto» pulito pulito convenne l'altro. «Certo, se poi si trovasse una qualche macchiolina nell'immacolatezza della fedina penale...»

«Bah, a quel punto, giustizia farebbe il suo corso.»

Si capirono. E non perché fossero malacarne che applica la legge del taglione, quanto, piuttosto, perché là dove la legge è monca talvolta può giungere a supporto una stampella, un braccino affinché giustizia sia comunque fatta.

«A questo punto» riprese Andrea «mi manca solo di dare un'occhiata all'incartamento.»

Francantonio s'alzò, trasse da uno scaffale un fascicolo: «Faccia con comodo, io me ne vado di là. Glielo porto un caffè?».

«Sì, grazie.»

Poche carte, poca roba considerò Andrea scorrendo i fogli con occhi esperti: le dichiarazioni del dirigente scolastico, delle insegnanti, dei feriti, i referti dell'ospedale, le prove rinvenute e acquisite, elementi, questi ultimi, che il più sprovveduto degli avvocati avrebbe smontato all'istante. D'interessante c'era la dichiarazione del custode della scuola – tale Cesare Lo Nigro – e fu su quella che si concentrò la sua attenzione.

Cesare... Gli tornarono in mente le parole di Lori sulla madre: "Quando c'erano le riunioni, io restavo ad aspettarla da Cesare...".

Eccolo qui, Cesare! Dichiarava d'aver visto la ragazza uscire dalla palestra poco prima che il fuoco divampasse. Alla domanda se fosse sicuro che era lei, aveva risposto di sì, che la conosceva bene. "Da quando era piccola" aveva specificato – "Dettaglio non richiesto" notò Andrea –, aggiungendo che la ragazza era pratica di ogni locale della scuola, appunto perché, grazie alla madre, aveva avuto la possibilità di accedere anche a quelli preclusi agli studenti.

"E bravo Cesare!" si disse.

Controllò la data della testimonianza ed ebbe la conferma di ciò che aveva intuito: la dichiarazione non era stata resa subito, spontaneamente, ma qualche giorno dopo.

Entrò Francantonio col caffè.

«Che tipo è questo Lo Nigro?» gli chiese.

«Una minchia piena d'acqua. Vuole che traduca?»

«No. Ma non mi basta.»

«Un debole, uno che campa più con la testa nelle nuvole che coi piedi per terra.»

«Abita ancora nel suo alloggio, giusto?»

«Sì. Hanno provato a sfrattarlo, ma non ci sono riusciti, resta lì, dice che deve continuare a sorvegliare, a custodire.»

«I ruderi?»

«Gliel'ho detto che non ci sta con la testa.»

«Avrebbe un posto in cui andare?»

«Le due stanze dove vivevano suo padre e sua madre, tra l'altro al limitare di un campo dove, fino a prima dell'incendio, andava a seminare ogni arbuscello selvatico che trovava ai limiti delle strade, sopra i muri, tra le tombe del cimitero. Ora manco quello più fa. Diciamo che il fuoco l'ha reso un poco locco, un poco scemo.»

«Si è mai sposato, ha avuto figli?»

«Quando mai! Una volta che era ubriaco e aveva la lingua sciolta dal vino, mi disse che gli bastavano tutti i figli che la scuola gli aveva dato, come se la Scuola fosse stata l'unica sua femmina, l'unica che negli anni avesse ingravidato e che, finché morte non l'avesse portato via, avrebbe continuato a ingravidare.»

Andrea chiuse il fascicolo, glielo consegnò: «Grazie» gli disse.

«Dovere» quello rispose.

«Semmai le capitasse di andare a Torino, venga a trovarmi» aggiunse. Subito, però, se ne pentì e non perché non lo volesse come ospite, quanto, piuttosto, perché non sapeva quanto a lungo ancora sarebbe rimasto nella sua città. Gli scrisse su un foglio il numero di telefono corredato di nome, cognome e indicazione della caserma, glielo porse dicendo: «Non faccia come Lori».

Francantonio sorrise, si portò la mano alla fronte come per un saluto d'ordinanza fuori dall'ordinanza e solo per gratitudine. «Se vengo dalle sue parti la chiamo senza dubbio, ci può contare. Ma credo che ci rivedremo ancora qui» aggiunse. «'Sta storia di Delle Rose Loredana deve averlo il suo epilogo, no? Come tutte le storie, e perciò mi sa che io e lei ci vedremo ancora in Sicilia, in un qualche tribunale, a fare il tifo per la carusa.»

«Ha ragione» ammise. «Allora a presto.»

25

Alla luce del giorno la scuola appariva ancora più orrenda. Quello che la notte e la nebbiolina avevano circonfuso d'irrealtà adesso mostrava tutto il suo strazio. Era come la carcassa di un animale che aveva tenuto testa al fuoco riuscendo a salvare alcune parti di sé, a conservare arti scarnificati, ridotti all'osso, la pelle pustolosa in certe bolle dell'intonaco che il fuoco aveva leccato senza riuscire a infiggere i denti a sbrano. Una *femmina*, l'aveva definita il custode nei fumi del vino, l'unica che avesse ingravidato; e come una femmina arsa la scuola se ne stava acquattata sulle cosce, pietrificata come quaglio di lava. La bellezza dei suoi occhi e della sua pelle, dell'incarnato e dei capelli s'era fatta favilla che sciama al vento, effimera, come effimere sono le bellezze. Restavano il cranio, le orbite vuote, qualche dente... L'anima?

Un passero venne a planare sul palo di una giostrina, si poggiò e subito volò via, quasi il ferro fosse ancora rovente.

Il cancello era socchiuso. Andrea lo spinse, entrò in quello che una volta era stato il giardino e si avviò verso la casa del custode.

A colpire la sua attenzione furono di nuovo i vasi sul davanzale, le ortiche erano talmente floride da sembrare geneticamente modificate: un colpo d'occhio in mezzo al nero che imperava.

L'uomo che aprì era di età indefinita: avrebbe potuto essere un cinquantenne come un settantenne. Manteneva un fisico da atleta – "Un boxeur" si disse Andrea –, braccia e petto con muscolatura da combattente, naso rotto, cicatrice sul labbro. Nel volto spigoloso risaltavano gli occhi: scuri, duri, due scaglie d'ossidiana.

«Che vuole?» disse.

Lui indicò le ortiche: «Mai viste di così rigogliose. Ci farei un risotto da leccarsi i baffi, gliele pago quanto...».

«Non sono in vendita» brusco l'interruppe il custode.

«Peccato. Mai viste ortiche così.»

L'altro fece per ritrarsi quando lui: «Aspetti, ne!» calcando l'inflessione torinese. «Ascolti almeno cos'ho da dirle.»

Di più lo sguardo dell'uomo si fece duro: «Che vuole?».

Andrea sorrise alla maniera fascinosa di quando voleva incantare e ci riusciva. Col tizio, però, la recita fallì, e siccome stava per chiudere la porta, «Sono un giornalista» inventò là per là.

«Ho già parlato coi giornalisti.»

«Lo so, ho letto» a precipizio disse. «Le assicuro che la terrorista non mi interessa.»

«Allora che vuole?»

«Devo scrivere un articolo sull'anima dei luoghi» di nuovo inventò. «Anche i luoghi hanno un'anima, lo saprà di sicuro» disse assumendo un tono professionale mentre la tramontana gli gelava viso e collo, e gli occhi prendevano a lacrimargli.

Fu effetto delle lacrime? Dell'anima dei luoghi a cui aveva accennato? Andrea lo vide tentennare, farsi attento.

«Che cosa ne è dell'anima di un luogo dopo che un incendio l'ha devastato?» incalzò fissandolo: «Se l'è mai chiesto? Ci ha mai pensato?».

Lo vide deglutire, scuotere appena la testa.

«È di questo che devo scrivere, ne!» spiegò sempre con quella parlata continentale che doveva indurre il tizio alla fiducia, visto che un continentale rimane estraneo a beghe di carattere locale e familiare. «Un articolo che indaghi l'anima dei luoghi devastati» disse suadente mentre finiva di agglomerare i lombrichi intorno all'esca della mazzacchera, ché lì era l'anguilla, lì era la verità, e non se ne sarebbe andato se prima non l'avesse agguantata.

Quello lo guardava senza parlare.

Continuò con maggiore enfasi: «È morto nel fuoco il dio che abitava questo luogo? Muore nell'acqua il dio delle terre alluvionate?». Fece una pausa brevissima per subito aggiungere: «Vengo da Sarno. Due milioni di metri cubi di fango, centosessanta morti, l'ospedale travolto... solo sette mesi fa... È stato a maggio, ricorda? Mezza montagna franata...».

Calò appena la testa. Tutti i telegiornali ne avevano parlato, era stata una catastrofe.

«Quali sono le conseguenze psicologiche di un evento disastroso?» domandò. «Non sulle persone» chiarì. «Ci sono già torme di psicologici, psicanalisti, psichiatri ed esperti della mente che le sapranno dare tutte le risposte che vuole. Ma l'anima del mondo? Quella in cui ciascuno di noi è immerso e che si parcellizza in anime che animano – scusi il bisticcio – un luogo?» Parlava con fervore, adesso, credendo in ognuna delle parole che gli fiorivano sulle labbra, perché quella storia dell'anima dei luoghi, involontario ma ottimo pretesto per agganciare il testimone, corrispondeva a un reale interesse che andava coltivando, leggendone e spesso recandosi in luoghi remoti, disabitati, per avvertirne, appunto, l'anima.

«Com'era questo posto prima che il fuoco lo distruggesse?» domandò a bruciapelo

«Un gioiello» d'istinto rispose il custode.

«Me ne parla? Non farò alcun riferimento a lei, se non vorrà. Ho solo bisogno di sapere com'era questa scuola prima che il fuoco la uccidesse.»

La *uccidesse*, disse, come se fosse una donna, e vide che quella parola fu come un destro da cui Lo Nigro non riuscì a scansarsi e che gli ammaccò la faccia.

«Dunque?»

Non gli rispose. Guardava per terra, quasi volesse chieder consiglio ai mattoni del pavimento, ai lacci delle sue scarpe.

Dietro di lui c'era una stanza piccola, con il sole che entrava obliquo disegnando un parallelepipedo sul pavimento grigio.

«Non le ruberò più di dieci minuti» insistette.

Il custode alzò gli occhi, storse la bocca: «Lasciasse perdere» disse. «Qui tutto morto è, come può vedere. Buona giornata.»

«La prego!» Era accorato, adesso, e non per finzione di mestiere: pensava a Lori, a Luce, alla Tabbacchera, sapeva che la loro pace dipendeva dal modo in cui avrebbe risolto la questione col falso testimone, per cui: «Ho davvero bisogno di lei» disse.

Una sincerità che incrinò la corazza che blindava l'altro. Del resto, un polentone che sfantasia dell'anima delle cose, che pericolo può rappresentare?

«Entri» capitolò.

Disse che la scuola aveva mille anime che ne facevano una sola: ogni bambino passato di lì ne aveva lasciato un pezzetto della sua. Tutto di anime allegre era fatto quel posto: alberi, uccelli... c'erano pure dei pappagalli verdi – scappati da chissà quale gabbia e venuti a riprodursi tra i pini – che starnazzavano come picciriddi che si permettono finalmente le libertà mai avute. I suoi occhi si fecero più vivi, l'ossidiana balenò come toccata dal sole. Disse che c'era l'anima del canto lì, perché nelle belle giornate – e in Sicilia ce ne sono tante pure d'inverno –, i bambini scendevano in giardino a cantare insieme alle maestre, e c'era pure chi suonava la fisarmonica, e i piccoli cantavano e ballavano perché la fisarmonica fa ballare pure le sedie, e le maestre si mettevano gonne lunghe e larghe e giravano, giravano, e i bambini battevano le mani e certe volte s'infilavano sotto le gonne che facevano la ruota e le maestre ridevano e la fisarmonica suonava. E c'era pure l'anima degli innamorati, disse, perché la sera i ragazzi che s'erano conosciuti tra i banchi venivano qui ad amoreggiare e lui, dopo aver controllato che non fossero ladri o vandali, abbassava le serrande per lasciarli in santa pace. Amore a palate c'era in quel posto, di tutti i tipi, di tutti i colori e di tutte le nature, perché venivano le coppiette, sì, ma pure, di pomeriggio, le nonne e i nonni che aspettavano la fine delle lezioni seduti sulle panche del giardino: le nonne lavoravano all'uncinetto, i nonni parlavano del campionato di calcio, di chi vinceva, di chi perdeva. C'erano pure mamme incinte, che avrebbero sfornato nuovi figli per quella scuola che li aspettava con le braccia aperte come una Grande Madre, donne che aspettavano i figli al cancello e si scambiavano tra loro i numeri del telefono, e ogni anno nascevano nuove amicizie, ogni tanto una di loro portava un ciambellone e un'altra la pizza, un'altra le focacce e le bibite, e all'uscita di scuola si apparecchiava la merenda.

Parlava come in trance, dicendo delle feste di Carnevale, dei coriandoli e delle mascherine, delle trombette, aveva l'anima del Carnevale questo posto, non quello di questa Quaresima, di questo lutto, ché nel fuoco s'arrostì pure Miciu, il gatto siamese che per lui era come un fratello, e s'arrostirono due conigli d'angora che stavano in una gabbia, e s'arrostirono tutte cose, tutte cose...

Si zittì. Come se all'improvviso gli fosse impossibile continuare a ricordare.

«Un'anima collettiva» disse Andrea per impedire al fervore di raffreddarsi. «Anche le stazioni ferroviarie hanno anime multiple: complesse, contraddittorie, espressione dell'umanità frettolosa che si avvicenda ogni giorno» recitò. «E pure i condomini hanno anime multiple, che risentono delle emozioni, dei sentimenti degli abitanti, e i porti, che conservano un'anima mercenaria...»

Lo guardò affascinato: «Non ci avevo pensato» disse.

«Cosa succede all'anima di un luogo quando il luogo viene distrutto?» gli domandò. «Muore con esso?»

Annuì, il custode, e mormorò: «C'è la morte qui. Non la vede? Non la sente?».

«Ne è proprio sicuro? Guardi che le anime tornano sui propri passi.»

«Come gli assassini» amaramente disse.

«Le sue ortiche hanno anima in esubero. Saranno loro a ripopolare il luogo.»

«Di spine? Di ustioni?»

«Macché, hanno mille proprietà benefiche» replicò. «Inibiscono la comparsa di cellule tumorali, soprattutto in zona prostata» ammiccò. «Ripuliscono il sangue dalle tossine, prevengono l'Alzheimer, la caduta dei capelli, puliscono la pelle grassa... Vuole che continui? Sono espettoranti e antiasmatiche...»

Lo guardò beffardo. «Accendono il fuoco nella carne. Producono un dolore insopportabile.»

«Sono ricche di ferro e vitamina C.»

«Bruciano» disse.

Andrea continuò a frastornarlo con argomenti complicati infarciti di nomi strambi che l'ignoranza dell'interlocutore non poteva verificare; girava intorno al discorso che avrebbe voluto fargli come chi cammina sul bordo d'un cratere, s'avvicinava di qualche millimetro, per subito allontanarsi quando la circospezione induriva gli occhi di lui. «In ogni caso, non è come lei dice» dichiarò a un tratto disorientandolo.

«In che senso?» s'allarmò l'altro.

«Non è vero che le anime di questo luogo sono morte: non l'ha mai sentita la presenza di Miciu accanto a sé? Delle lucertole, dei conigli?»

Vide che la fronte gli luceva di sudore.

«Le anime dei pappagalli? I canti dei bambini?»

«Non mi danno pace» confessò.

«E Loredana Delle Rose» disse prendendolo a tradimento.

Sussultò. Altro pugno andato a segno, sul naso, stavolta, dove fa più male. «Aveva detto che non ne avremmo parlato.»

«Ah, ma solo di sguincio! Cosa vuole che me ne importi di un'incendiaria?» disse con una specie di ribrezzo. «Se gliel'ho chiesto è perché il discorso dell'anima s'allarga fino a comprendere quella delle persone, e dunque spesso mi domando: che anima ha un assassino?»

«Lori non è un'assassina» quasi lo gridò.

Lui fece spallucce: «È stata lei a bruciare la scuola».

Impallidì.

«Che razza di anima ha una pazza incendiaria? Me lo chiedo spesso, sa?»

Non fiatò, ma prese impercettibilmente a tremare.

Andrea continuò implacabile: «Una quindicenne che progetta di uccidere un'intera scolaresca, che bambina criminale è stata?».

Il tremore si fece scatto in avanti che lo portò a un palmo dal viso di Andrea: «Ma che cazzo dice? Di che cazzo parla?» ringhiò. «Lei Lori non l'ha conosciuta! Come fa a giudicare?»

Lui gli ficcò gli occhi negli occhi: «È una pazza!».

Di nuovo l'altro sussultò. Il suo viso, un attimo prima terreo, era adesso paonazzo.

Andrea lo allontanò con una spinta, come per pigliare le distanze da quelle che gli parevano assurdità: «Pure la difende?» domandò esagerando stupore. «L'ha vista uccidere e ha il coraggio di difenderla?» Infuriato era adesso, sprezzante.

«Non l'ho vista uccidere» disse il custode.

Rise schietto, amaro: «Ma come? Non ha forse giurato d'averla vista fuggire dalla palestra? Non ha forse detto che era lei, sicuramente lei, perché la conosceva da quando era bambina, quindi nessun errore di persona, nessuno. Sicurezza al cento per cento!» sputò.

Ci fu un silenzio lungo, lunghissimo. Così lungo che la furia di parole assembrata nell'aria ebbe il tempo di calare, di depositarsi per terra raffreddando l'atmosfera, cosa che non doveva assolutamente accadere, pensò Andrea. «Quelle sue ortiche...» disse allora.

L'uomo sollevò lentamente la maglia, aveva la pancia violacea, cosparsa di pustole: «A questo servono» mormorò.

«Perché?» chiese spiazzato.

Rise stridulo, il custode: «Perché così il fuori è come il dentro».

«Che vuol dire?»

«Che vuol dire? E che minchia vuole capire lei che va appresso alle cazzate delle anime dei pappagalli e dei mattoni, alle stronzate delle ortiche cunzate a risotto? Lei continentale è, babbu come tutti i continentali! Che vuole capire lei di come...» S'interruppe, s'asciugò con la manica il sudore che gli bagnava la fronte.

«Ci posso provare» disse Andrea pacato.

Lo guardò come si guarda un cretino. A sfottere, lo guardò, a offenderlo per provocarne una qualche reazione e magari darglielo il pugno che gli bruciava nella destra.

L'altro rimase impassibile.

Allora, lentamente: «Perché dentro di me c'è un fuoco che non si spegne» mormorò. «Nun s'astuta!» ripeté in dialetto, sembrandogli espressione che meglio significava il fatto. Poi, spingendo lo sguardo oltre i vetri: «I viggili non vennero subbito» continuò. «Ci diedero il tempo alla scuola d'abbruciarisi tutta, e mentre abbruciava lei gridava, ittava schigghi come se era viva, e io, solo io, la potevo sentire, solo a me mi diceva: "Aiutami, Cesare, aiutami!". E che facevo io? Lì me ne stavo, fermo e muto, fermo per come dovevo stare, manco la pompa dell'acqua aprivo per arrifriscarla un poco la figghiuzza.»

Grosse lacrime presero a corrergli per la faccia, se le asciugò col dorso della mano: «Vile fui. Vile per mia necessità, per mia sopravvivenza. E invece megghiu mortu! Megghiu abbruciatu! Centu voti megghiu!» gridò.

Si passò di nuovo la mano sulla faccia, sempre guardando fuori riprese: «Poi i viggili arrivarono e alla fine l'astutarono il fuoco, e tutto finì. Nuddu era morto, solo qualche ferito. Potevamo essere contenti. E invece a me m'arristò il fuoco del tradimento a sbamparimi di dentro giorno e notte, giorno e notte, sempre, a mai finire... A me nessuno me l'astuta questo fuoco» disse toccandosi il petto. «Non c'è potenza di viggili, potenza di acqua.»

«E che vuol dire?» minimizzò lui feroce. «Domani vengono gli operai, demoliscono tutto e ricostruiscono, e del fuoco nessuna traccia!»

L'acchiappò per il bavero, prese a scotolarlo: «Io a Lori la conosco da quando era nella pancia di sua madre» gli disse quasi sulla bocca.

Andrea con uno strattone si tirò via.

«Io» disse allora riacchiappandolo per il polso e stringendo a tenaglia «la maestra Concetta la conoscevo e ci volevo bene. E non ce lo sto a cuntare a lei il tipo di bene che ci volevo a quella signora, ché lei niente capisce di sentimento per come parla. *L'anima dei luoghi*» scimmiottò. «*L'anima dell'assassina.* Che ne capisce lei del fuoco che non s'astuta?» Lo spinse via con disprezzo: «Lori qui è cresciuta, in questa casa mia» affermò. «La maestra Concetta mi diceva: "Cesare, la bambina vuole stare qui con te, ti porta impaccio?". "Mai!" rispondevo, perché era una picciridda amurusa, e poi era figlia sua, e lei era la Madonna per me. Lori veniva qui, e subito pigliava la boccia del sale e quella della farina, l'acqua; ci mettevamo qua, sopra a questo tavolo, e impastavamo la pasta di sale, ché a Lori ci piaceva fare i pupiddi, e pure gli animali: i pesci ci piaceva fare, soprattutto i pesci, tutti quelli che riusciva a inventare, di tutte le forme e di tutte le misure, e più erano strammi più le piacevano: "È bello pure essere brutti" diceva. Non mi crede?»

Corse a un armadietto, tirò fuori da una scatola di legno un pesce vivace, lucido, con le squame rosse e azzurre, un grande occhio, le ciglia lunghe di una Betty Boop: «Era lei che faceva a tutti i pesci le ciglia così, come a certe bambole. "Pure se sono maschi?" le domandavo. "Sì. Così gli occhi sono più grandi e ci vedono di più..." Sperta era... sperta...». Con un dito seguì il profilo del pesce, le squame in rilievo. «Ogni volta che entrava qui, portava l'allegria, buttava la casa all'aria e più contento di me non c'era nessuno... Poi la maestra è morta. Poi sono venuti chiddi, ssi bastardi. E la picciridda scomparì.»

Tacque per un poco, gli occhi fermi nel vuoto a rivedere i giorni con la bambina, poi tornò ad Andrea: «Certe cose non si possono perdonare» disse.

«Non è vero» affermò allora lui. «Lori mi ha parlato con tanto affetto di lei.»

«Ma che dice?» scattò. Arrossì, s'impappinò: «Lo-Lori... a lei... ci ha parlato Lori a lei? E dove, e quando? Lori scomparsa è, hanno detto ch'è morta!».

«Minchiate!» disse alla sicula. «È custodita da persone che le vogliono bene.»

Custodita... La parola fu una coltellata stavolta.

«È ricercata...» tentò.

«Lo sappiamo, lo sappiamo, con tutto il rumore che ha fatto quella storia, avrebbe potuto essere diversamente? Però mi ha detto: "Vai da Cesare, digli che gli voglio bene...".»

Lui spalancò gli occhi, farfugliò qualcosa, poi: «Ma che minchia sta dicendo?» domandò. E, subito alzando il tono: «Tutte cose si sta inventando, tutte cose! Fuori di qui, subito! Se ne isse ché i carrabbineri sto chiamando! Subbutu, niscissi fora 'i cca, fora!». Tremava, sudava, l'acchiappò per un braccio cercando di spingerlo oltre la porta.

Andrea piantò i piedi: «"Digli della bambola scucita" m'ha detto. "Se non ti crede, digli della bambola di pezza che poi s'è scucita, lui lo sa"».

S'arrestò, s'inarcò come toccato da dita elettriche, fece qualche passo, trovò il tavolo e vi si aggrappò. Lo guardò e scoppiò a ridere: «La bambola scucita? E chi minchia è? Chi voli significari? Iu nenti ni sacciu, nenti!» e subito fu ripreso da furia, subito acchiappò la prima cosa che gli venne sottomano e la scagliò contro di lui: «Nenti sacciu!» urlò.

Andrea fu svelto a schivare, e il pesce impattò contro il muro...

... il pesce... impattò...

si ruppe...

... cadde...

ancora si ruppe...

Ci fu un silenzio irreale. Lungo.

Un silenzio di vita senza cuore che batte, aria che entra nei polmoni, sangue che circola per le vene.

Ci fu il silenzio di chi tenta di riacchiappare l'istante di prima: l'attimo prima, Cristo d'un Dio!, quello di un momento fa...

E invece il tempo corre con la campana che piglia a battere a battere. *Uno due tre quattro* colpi argentini, suona la campana dell'orologio che sta dietro la scuola, e batte il tempo, segna il tempo allegro che corre, uhhh, via via via, allegra la campanina, come quando qui c'erano i bambini e tutte le anime di tutti quelli che l'avevano abitata, la scuola, e continuavano ad abitarla: Miciu compreso, pappagalli e conigli compresi, e *Uno due tre quattro cinque* suonò la campana. *Uno due tre quattro cinque* e ancora *Uno due tre...* S'ancantò 'sta campana ca sona fausa, s'ancantò pi manu di riavulu che gliela rintrona nella testa la campana, e fa scappare l'attimo di prima, l'attimo della furia, dell'impatto, e il pesce è rotto e non s'aggiusta più.

Crollò per terra.

Tastò con le mani i cocci, prese il frammento su cui era pittato l'occhio, che gli parve vivo: lo guardava e lo giudicava e non lo perdonava, com'era giusto che fosse: «Ché imperdonati si resta». Credette d'averlo solo pensato e invece l'aveva detto.

«Questa si chiama superbia» disse allora Andrea.

Il custode lo guardò con gli occhi d'un pazzo, come guardi chi ti ha portato in casa il Cristo lazzariato e offeso che tu hai lazzariato e offeso e sdirrubbato dal burrone, e quel Cristo ce l'hai davanti e ti perdona, ti porge l'altra guancia, e tu inorridisci, di te stesso inorridisci: «Vatinni!» a denti stretti mormorò.

«Basta!» comandò allora Andrea, calmo e furioso nello stesso tempo come la Montagna che nella panza ha il fuoco e fuori è lava vestita di ginestra. Poi lo prese per i polsi, lo tirò su: «Basta con le sceneggiate!». Da continentale fituso lo disse, ché la disperazione di quell'uomo gli toccava l'anima, ma fu la giusta dose di oltraggio che servì all'uomo per riprendere il controllo di se stesso.

«Che ne può capire lei?» gli disse.

A domanda rispose con domanda, come i siciliani: «Ce ne vuole di coraggio, a restare a casa, giusto?».

Non gli rispose.

«E bisogna essere più che superbi per accettare il perdono di chi hai tradito, non è così?»

Muto.

«Cosa le ha insegnato questa scuola?»

Che gli aveva insegnato? Che Colombo scoprì l'America nel 1492, che la Bastiglia fu presa nel 1789, che due atomi d'idrogeno e uno d'ossigeno fanno una molecola d'acqua, che nove per otto fa settantadue – Vitaliano Profeta diceva sempre *Quarantanove* e tutta la classe scoppiava a ridere –, che Dio è uno e trino per come suor Teresa veniva a insegnare...

«A imparare t'insegnano nella scuola» disse. «Numeri, parole, date, leggi, poesie... T'insegnano a ricordare, e tu t'impari a memoria le tabelline, le poesie... Non te l'insegnano, però, come si fa a scordare, come devi fare per scipparti dalla mente le spine dei mali pensieri, dal petto i chiodi del dolore.» Tirò su col naso, come se fosse raffreddato, guardò ancora il nero fuori dalla finestra. Sarebbe tornata l'anima multipla della scuola? E, nel caso di ritorno, quanto tempo ci sarebbe voluto perché ogni anima, una per una, lo perdonasse?

Guardò il continentale, che aveva sulla faccia un'espressione diversa: s'era levato la maschera di continentale e ora pareva siciliano come a lui, uno di quelli di pelo rosso e occhi celesti che cocci di simenza nordica vennero a chiantare qui; una simenza che solo all'inizio diede arbuscelli selvatici che poi qualcuno trapiantò in mezzo al campo con tutti gli altri arbuscelli, e in quel campo si moltiplicò simenza rossa e simenza nìura, simenza araba, marocchina, francisa, spagnuola, barbaricina, cinìsa e giappunisa, e pure extraterrestre, ché pure gli extraterrestri ci sono ammucciati in terra di Sicilia e popolano la terra di Sicilia...

Lo guardò. E capì che non era un fituso, un mafioso, uno che gli avrebbe azziccato altri chiova nel cuore, anzi, forse era uno che aveva la tenaglia giusta per scippargli dal cuore i chiova che di più gli facevano male. E allora, come quando in mezzo al ring alzi la mano e dici all'arbitro che non vuoi più combattere: «Che devo fare?» domandò.

Il continentale con la faccia cangiata gli disse: «Solo di non essere più così sicuro che l'incendiaria fosse Lori, anzi, la Delle Rose Loredana. Solo questo: che riflettendoci, ripensandoci, sono crollate tutte le sue certezze».

«Quelli mi ammazzano» gli scappò di bocca.

«Non se lei sparisce» disse.

Lo guardò sfottente: «E dove andrei? Non ho soldi, non ho...». Speranza, forza, abbastanza determinazione, avrebbe voluto dire, ma tacque.

«In Piemonte. Posso farla partire oggi stesso» disse. Con verità lo disse.

Quello lo capì che stava parlando sinceramente, e negli occhi gli s'affacciò la speranza, tuttavia: «Lo sta dicendo per davvero?» domandò: per sentirselo confermare lo domandò, ché una cosa è intuire, una cosa è sentire una dichiarazione fatta con voce sicura e consapevole.

«Sì. Vengo da Torino. So di un'azienda che ha bisogno d'operai.» Anche questa era verità: lavorava, infatti, all'interno del programma di protezione riservato ai pentiti, quindi sapeva già dove avrebbe potuto collocarlo.

«Che devo fare?» di nuovo disse.

«Scriva su un foglio che non è sicuro che la ragazza che ha visto quel giorno fosse Loredana Delle Rose, che, ripensandoci, ha ricordato che la Delle Rose aveva capelli lunghi fino alla schiena e non un caschetto, oppure faccia riferimento alla statura, oppure... ciò che le pare, purché metta in dubbio la verità della sua attestazione.»

Non ebbe neppure un istante di esitazione. Andò a un cassetto, tirò fuori un foglio e una penna, scrisse:

> In data 26 dicembre 1998, io sottoscritto Lo Nigro Cesare, nel pieno possesso delle mie facoltà mentali e senza sforzatura di nessuno, dichiaro che la persona che vidi scappare dalla palestra della scuola Primo Levi, andata a fuoco il 5 giugno del corrente anno, non era una ragazza ma un uomo. Dissi menzogna perché minacciato di morte.

Alzò gli occhi verso Locatelli, che aveva già letto, e disse: «Può bastare?».

«Per ora sì.»

Appose la firma, piegò il foglio e glielo consegnò: «Lo sa, vero, che la vita mia è nelle sue mani?».

«Sono un maresciallo dei carabinieri, ha la mia parola e la protezione dello Stato» dichiarò. «Prepari una valigia, la porto a Catania, all'aeroporto.»

Il custode lo guardò: «Ma perché lo fa?» domandò.

Negli occhi, nel viso del torinese giocò una risata: «Perché sono un servo del diritto» disse.

26

Non erano ancora le nove del mattino e Ada era già a casa, di ritorno da Siracusa, seduta al tavolo della cucina, gli occhi fissi nel vuoto.

"Paolo è salvo" non faceva che ripetersi.

Ne provava sollievo e in egual misura spavento, perché quei veleni seppelliti a Terratorta avrebbero potuto lo stesso raggiungerlo e ucciderlo, come avrebbero raggiunto e ucciso la gran parte della popolazione. Perciò quella storia sarebbe dovuta venire fuori, perciò avrebbe avuto ragione Paolo se, nell'apprenderla, fosse corso dal giudice per cercare di salvare il salvabile, ché quei veleni erano bomba che esplodeva lentamente, continuamente, esalando nell'aria pollini che il vento portava fin dentro il respiro della gente.

Si nascose il volto con le mani.

E fu così che Paolo la trovò due ore dopo.

«Ancora mali pensieri?» le disse avvicinandosi.

«T'è passato il sonno?» domandò lei cambiando discorso.

«Sono le undici, mammuzza» disse posandole un bacio sulla fronte. «Ho dormito il sonno dei giusti. Ci voleva proprio» aggiunse stiracchiandosi. Notò il segno che aveva sul viso: «Che è 'sta bruciatura qui?».

"La staffilata di uno spirdo" avrebbe dovuto dirgli, e invece: «Prima, con l'arricciacapelli... mi sono distratta» disse svagata.

I suoi capelli erano lisci come sempre. Glielo fece notare.

«Mi sono bruciata subito, e ho lasciato perdere» disse sbrigativa. Ma era una striscia lunga dallo zigomo all'orecchio, incompatibile con la forma dell'arricciacapelli.

Paolo soprassedette sul dettaglio, però: «Ti prendo la pomata» disse.

«Lascia perdere, puzza troppo! Ti preparo il latte?»

«Alle undici? E se ci facessimo due uova strapazzate?» domandò ammiccando, sicuro che rispondesse: "Sono a dieta!" come sempre.

Al solo pensiero Ada avvertì una gran nausea: «Magari più tardi». Le parole venivano fuori stente, a fatica.

Lui cominciò a canticchiare. Era contento per come le cose s'erano messe col colonnello. "Un miracolo di Natale" si disse augurandosi che fosse duraturo, che estendesse i suoi effetti anche al tempo a venire. E per averne conferma: «Secondo te il colonnello è cambiato per davvero?» le domandò.

E lei, che quel marito lo conosceva da una vita e mai l'aveva visto come nel giorno appena trascorso: «Credo di sì» affermò.

Erano le undici del mattino e la casa della Tabbacchera traboccava di gente: tutti venuti a vedere la bambina, naturalmente, e la madre della bambina. Violante aveva con sé il solito borsone pieno di ciò che serviva per fronteggiare le prime necessità: «Ché domani, quando riaprono i negozi, Lucietta e Franca vanno a Siracusa – io purtroppo non posso camminare – e la vestono dalla testa ai piedi la giiuzza, e le accattano tutto l'occorrente per stare dignitosamente nella vita»; Sarino invece si presentò in tenuta cacciatora, col gilè centotasche che aveva riempito della minutaglia che pensava potesse servire alla carusa: dalla corona del Rosario ch'era appartenuta a sua madre – «Tuttu di bottu cattolicu addivintasti?» gli domandò sorniona Franca – allo specchietto che aveva vinto a un tirassegno, a un portafoglio pieno di soldi che non sapeva come darle perché se da un lato non voleva mortificarla, dall'altro sapeva che di quei soldi aveva bisogno, ché senza soldi manco i parrini cantano messa, e tutte le inutilità di cui si era riempito le tasche servivano appunto a mascherare quel portafoglio che ne ingombrava una interna, all'altezza del cuore.

«Toni dorme?» domandò Agata a Violante.

«S'arriposa» rispose lei imporporandosi, ché notte di fuoco era stata e Toni, non essendo ormai proprio un carusiddo, aveva bisogno di un poco di rizzetto per tornare a fiorire.

«E i bambini?» domandò Lucietta.

«Dormono con lui, nello stesso letto. Figli saggi, sono.»

Lucietta se ne compiacque. Ripensò alle parole di sua madre: "Figli saggi sono quelli che non fanno sbiancare i capelli alle madri a furia di scantazzi, non pigliano la mala strada, non si 'mbriacano, non fumano, non si giocano a carte le proprietà, non cercano malefemmine, sono educati e sanno stare in società. E tu, gioia mia, un marito saggio ti devi attrovare".

Guardò Ugo, gli sorrise: «Lo vuoi un biscotto?».

«Magari più tardi.»

«Un poco di caffè.»

«Quello sempre, lo sai» con un sorriso le disse.

Ne versò in una tazzina e gliela porse e intanto nel pensiero, a sua madre: "Ci misi cinquant'anni per attrovarlo, Carmiledda, e però l'attrovai". E pensò che sua madre, se fosse stata viva le avrebbe detto: "Accussì è gioia mia: chi cerca, e sa aspettare, trova".

«Un brindisi per Luce!» gridò allora Sarino.

Si alzarono bicchieri pieni di succo d'arancia, tazzine di caffè e d'orzo. E si tornò alla chiacchiera, all'abbondanza di paste e panzerotti al tavolo della colazione, alla confusione festaiola intorno a una bambina di luce giunta in quella casa a dissolvere il lutto e a portare la gioia.

Lori, al centro di quella Babilonia, pareva la regina di Saba: così pensò Sarino, che niente, oltre all'esotismo del nome, sapeva della regina di Saba e però così gli venne da pensare guardando quella carusa circondata dal popolo tabbacchero che la onorava come fosse davvero una regina.

«... e se i capelli s'intrizzano di dietro, nella testuzza» le stava dicendo Violante, «non glieli tagliare, sono i ronni che glieli 'ntrizzano, per dispetto.»

«I ronni?»
«Le donne, quelle che girano di notte e s'addivertono a...»
«Minchia!» La voce di Carmine parve una schioppettata.
Si bloccarono. Lo videro impallidire.
«Che fu?» domandò Luisa.
Non rispose subito, come se, prima di parlare, volesse sincerarsi d'essersi sbagliato.
«Allora?» fece Franca.
«I carrabbineri...»
Il cuore di Sarino mancò un colpo, quello della Tabbacchera, dopo una breve scotolata, si stabilizzò al ritmo calmo di chi deve tirare fuori i coglioni per fronteggiare pure l'impossibile.
«Sono venuti ieri, perché dovrebbero tornare?» li tranquillizzò Lisabetta.
«E invece stanno venendo proprio qua» disse Carmine. «E non sono della caserma nostra.»
«Che vuole dire?» chiese Sarino.
Ma già Agata: «Franca, prendi la bimba» comandò. «Tu, Lori, vieni con me» e senza darle il tempo d'aprire bocca se la tirò verso il corridoio, e da qui su per le scale fino al terrazzo, e poi a una lavanderia, e quindi a un camerino con una botola che nascondeva una scala a chiocciola, poi giù per tre piani fino a uno scantinato: una porta, un'altra, le ante di quello che pareva un armadio e invece era un altro stanzino completamente buio.
«Resta qui» comandò. «Non ti muovere per nessun motivo.»
E lì la lasciò, al buio e al freddo, mentre lei lestissima richiudeva accuratamente ogni porta e risaliva e chiudeva la botola e passava al terrazzo e di volata giù per le scale, dove sentì dei colpi secchi al portone, e a Sarino che si precipitava: «Aspetta» disse. «Vado io.»

Al buio e al freddo, sola e spaventata.
La bambina? Che le faranno? Se la porteranno via? Chiameranno i Caini e sarà tutto finito?
Trema. Di paura ma anche di freddo.

Trema, batte i denti.

La bambina scucita ha ciglia di filo bianco, pelle bianca di tela, ricami bianchi sulla tela, tagli e squarci sulla pelle. Tra tagli e squarci, lunghi punti a imbastire: "D'imbastiture è fatta la vita" diceva Giona. "E però tu metti cordonetto bianco a cucitura tra lato e lato e vai avanti."

Avanti? E dove? In un pozzo è finita, nel buio nero nero popolato di morti che se la mangiano.

Non si alza, non cerca un qualcosa da mettersi addosso. Manco il cappotto s'è presa, manco uno scialle e qui c'è umido e ghiaccio, un freddo da congelarsi, un freddo da averne nere le labbra e le dita, i piedi, le mani, un freddo da morire, una paura da morire, il cuore batte così forte che le pare di sentirlo: tu-tùm-tu-tùm.

"Zitto" pensa premendosi forte le mani sul petto. "Zitto" e trattiene il fiato e tende l'orecchio semmai qualcuno venga giù per la scala.

"Mamma, ti prego, aiutami!"

Il buio la terrorizza. Nel buio ci sono gli scheletri che vengono a rapirti con le loro mani d'osso, gli zombie sbrindellati e schifosi che ti vogliono mangiare, scappa, Lori, scappa! Di notte correva nel letto di Mina per via di quei mostri che la inseguivano fin sotto le coperte.

"Mina, ti prego!"

La porta si schiude.

Sobbalza, si mura il grido in bocca.

Subito, però: «Nun ti scantari!» rassicura una voce.

Scatta un accendino, una fiammella illumina il viso del signor Motta.

Le scappa un singhiozzo. È tutta rannicchiata nella poltrona zoppa che oscilla come fosse un barchino in mezzo al mare: «Nun ti scantari» ancora le dice. L'avvolge in un plaid, le mette tra le mani una bottiglia d'acqua calda, e siccome la sente gelata, comincia a sfregarle le braccia, le spalle, forte, a scaldare, e intanto: «Nun ti scantari» continua a bisbigliare, «ca nenti ti succeri, nenti, te lo giuro, ca io ci sono con te e t'addifendo».

Io ci sono con te e ti difendo... Si commuove. Da quando

sono morti papà e Mina nessuno le ha parlato così, nessuno l'ha scaldata, consolata con tanto amore. E allora crolla, s'abbandona e: «Mi scantu» mormora nel buio. «Mi scantu mi scantu mi scantu...» con sempre più affanno, la voce rotta dai singhiozzi.

«E picchì, babbuzza?» fa lui. «Nenti c'è 'i scantarisi. Nun si' sula.»

Non sei sola...

«E se mi levano la picciridda?»

«La vado a rubbare e te la porto, te lo giuro» e intanto accende una piccola torcia, la posa su un mobiletto lì vicino: «L'astutiamo tra un minuto» dice. «I carrabbineri stanno parlando con la Tabbacchera e quella ha una parlantina che 'mbriaca pure a Dio in persona e...»

Un rumore dietro la porta li immobilizza.

Spegne la torcia.

Terrorizzata lei, tranquillissimo lui, ché ha due pugni capaci di mandare all'altromondo chiunque.

Lei gli acchiappa la mano, gliela stringe.

Trattengono il fiato.

Silenzio. Respiri brevissimi per subito tornare in apnea.

Da chissà dove giunge il battere come di un fabbro sull'incudine. Colpi echeggianti. Un trepestio, uno scorrere d'acqua in una tubatura. Poi di nuovo il silenzio.

Ancora silenzio.

Allora lui: «Tranquilla, nessuno c'è».

«Quanto dobbiamo restare qui?»

«Fino a quando quelli non se ne vanno.»

Tacciono.

Ma lei sta tremando, il respiro sempre più affannoso, il cuore a tamburo: «Mi abbraccia, per favore?» domanda allora a Sarino.

«Ca certo!» fa lui un poco impacciato. «Vieni qui.» Si siede sulla poltrona e fa quello che faceva sua madre quando lui era un picciriddu scantulinu: se la prende in braccio, se la stringe forte al petto, ma proprio forte e intanto: «Nun ti scantari» sussurra. «Nun ti scantari...»

Lacrime prendono a colarle per il viso, di sollievo, di gratitudine, ché se c'è uno che ti dice di non avere paura che lui ti difende e unisce la sua forza alla tua debolezza e ti si allea e affronta con te i pericoli visibili e pure quelli invisibili, se c'è qualcuno così, potresti non affidarti, rimettere a lui i tuoi spaventi e farti aiutare a portare la croce?

Si rilassa, Lori, cede alla stanchezza della notte passata a quietare la bambina, ché sicuro l'aveva presentito l'arrivo dei carabinieri e forse, chissà, voleva avvertirla nell'unico modo che conosce. Cede al sonno, alla stanchezza. Nel sonno c'è Mina che la prende per mano e la porta verso una casa tutta circondata di fiori, con un portico di colonnine bianche, una specie di torretta dalle cui finestre aperte svolazzano veli come quelli di una sposa. È una visione così rassicurante da strapparle un sorriso.

Sulla fronte di Motta, invece – preoccupatissimo per quei carrabbineri che la malanova portò in casa – c'è una ruga che la spacca in mezzo mentre nel pensiero: "Tabbacchere" lui dice, "parliamoci chiaro: io faccio tutto quello che è in mio potere per questa carusa che mi entrò nel sangue manco mi fosse figlia. E però fino a un certo punto io posso arrivare, ché sempre limitatamente uomo sono, perciò là dove io non posso, tu devi per forza intervenire. E ti giuro su Franca – che è l'amore mio assoluto – che la Saracina tua spettacolosa addiventa. Te lo giuro, Tabbacchere, la fazzo addiventare per come tu l'avresti voluta e non ti fu consentito. Mi capisti?".

S'aspetta una risposta, che so, un çiuscio di vento, un'apparizione rapida, uno scruscio di porta che sbatte a conferma dell'accordo. Ma niente. Chissà dov'è, in questo momento, il Tabbacchere. Allora s'accuccia meglio la carusa al petto e siccome lo scuro è fitto e siccome c'è un silenzio assoluto, e siccome la Tabbacchera a quelli là sopra li starà scimunendo a chiacchiere per poi sbatterli fuori gentile gentile, per di più col loro ringrazio – perciò non si corre pericolo e l'unica camurria è quella di aspettare –, e siccome pure lui fece nottata senza riuscire a chiudere occhio, ecco che s'appisola.

A uno che li vedesse – così abbracciati, così fiduciosi una nell'altro – sembrerebbero una Pietà a generi invertiti: la madre che si fa padre, il figlio che si fa figlia, la morte che si fa sonno, il dolore che diventa consolazione, lo scanto che si fa pace, la mancanza che si fa pienezza: per cui, se ora ci fosse un fotografo pronto a fotografare la scena, si ritroverebbe davanti questo quadretto di padre con in braccio sua figlia che dorme. Ma non la scatterebbe la foto, e non per la banalità del soggetto, piuttosto perché, sopraffatto dalla tenerezza, si allontanerebbe in silenzio per non alterare manco col fiato la perfezione di quest'istante.

Tre piani sopra, la Tabbacchera sta parlando coi carabinieri. Finge prescia, grandissima prescia, ché in Municipio la stanno aspettando, facciano la cortesia di capire che c'è un'emergenza: in qualità di sindaco, lei ha dei doveri istituzionali da espletare, non può perdere tempo; del resto, vennero ieri i loro colleghi a cercare l'incendiaria.

«Ma non fecero la perquisizione» precisa uno dei due, il più fituso. L'altro è un picciotto alle prime armi che sta imparando e piglia mentalmente appunti. «Non la fecero perché un maresciallo garantì che nessuna incendiaria era ivi presente. Potremmo gentilmente conferire col maresciallo suo ospite?»

Beninformati sono.

«Mi dispiace, l'ospite non è più qui.»

Non le credono. E poi, troppo sicuri sono, pensa Agata. Il fatto che dagli scuri spalancati qualcuno possa aver visto Lori e averla riconosciuta non è cosa improbabile, e già questo le dà i sudori freddi.

«Abbiamo un mandato di perquisizione, *signora*» dice il fituso a smacco, ché a chiamarla sindaca non gli tocca visto che sono in domicilio privato.

«Per quale reato, *appuntato*?» domanda a smacco lei, che brigadiere è, le sa leggere le mostrine e però di proposito lo squalifica.

«Brigadiere Orazio Ligresti» salta su quello come se gli avessero punciuto il deretano. «Del Comando Provinciale di Siracusa» precisa.

«Addirittura il Comando Provinciale» esclama lei esagerando stupore.

"Minchia, Tabbacchera" trema Carmine. "Non si fanno incazzare i carrabbineri che ti entrano in casa."

«Nascondete una terrorista, signora, una latitante» dichiara quello senza perdersi troppo in chiacchiere, ché certe femmine t'avviluppano con la lingua sperta e ti possono far fare minchiate.

«Sono accuse infondate, brigadiere, mi permetta» s'intromette Toni giunto in quel momento alle loro spalle.

Brigadiere, com'è giusto che sia. L'altro subito si placa: «C'è una denuncia, professore» dice avendolo riconosciuto. «La terrorista è stata vista qui. Dobbiamo solo dare un'occhiata» gentilissimo assicura: «Non tocchiamo niente, non vi preoccupate».

«Ci mancherebbe!» fa Agata.

"Ancora, Tabbacchera? Allora veramente a palate li vuoi i guai!" si dispera Carmine. E guarda il guercio (il brigadiere ha un occhio più piccolo dell'altro) e pensa che ha una faccia da sputazzate.

"È uno di quei minchioni" sta pensando del guercio Toni "che usa la divisa per mettersi sotto le scarpe quei pochi centimetri di zeppa che lo portano dalla misura di mezzo nano a quello di nano completo."

Perché tanta ferocia nel giudizio? Perché il tipo, oltre a essere inutilmente supponente, è villano. Altro che *non tocchiamo niente*! Apre sportelli, apre stipetti, come se una terrorista potesse infilarsi nel barattolo dello zucchero o del caffè, appizza gli occhi su ogni cosa che vede e non c'è armadio che non schiude, vestito che non tocca.

«Almeno ce le ha pulite le mani?» chiede disgustata Agata.

«Macari disinfettate, signuruzza» risponde a sfregio.

Pure sopra di lei, arrivando, ha appizzato gli occhi: gliel'avevano detto che la sindaca di quel paese era una bonazza – l'aveva pure vista in televisione, ma lì trucco e parrucco fanno belli pure i cessi –, e però gli erano sembrate le solite chiacchiere da bar. Bonazza invece è. E pure assai: tailleur pantalone grigio, perle alle orecchie, occhi d'un celeste smagliante, le minne prosperose, più alta di lui... Ligresti avverte un poco di soggezione e questo di più l'incazza. E intanto: «L'ha accolta, la picciotta? Le ha dato riparo, signora?» e subito, sapendola vedova e senza figli: «Guardi che non c'è niente di male: ogni cuore di mamma farebbe così».

E lei, superba come di più non potrebbe: «Ragione ha, *capitano*» dice continuando il gioco dello sbaglio. «Ogni cuore di madre farebbe così. E pure ogni cuore di padre, come presumo lei, se si trovasse nelle condizioni di cui mi accusa.»

«Io non l'accuso di niente, *signora*!» sbotta. «Carta canta!» e sventola il mandato.

Spocchiosa, superba, Agata, ma solo per nascondere il terrore per ogni movimento che il carabiniere fa in quella sua casa che potrebbe cambiarsi in trappola per la carusa. Nel pensiero implora Andrea: "Sbrigati a tornare!" mentre l'altro, come un cane da caccia istruito a trovare galline, le gira intorno, stordito dall'odore di femmina di gran pregio che il suo corpo spande.

L'improvviso pianto della bambina rizza le orecchie del canazzo che si ferma e domanda: «Chi è?».

In realtà l'ha vista la donna seduta nella poltrona tutta coperta da uno scialle, ma non ci ha prestato troppa attenzione; quel pianto gli riporta alla mente, completa, la dichiarazione della delatrice, che ha infilato nella storia della terrorista un'ulteriore storia ad aggravio, e cioè che la terrorista – "Minorenne" aveva tenuto a precisare – aveva abbandonato la creatura nella neve, e se non fosse stato per il parrino passato da lì poco dopo la terrorista ora sarebbe pure infanticida.

Si avvicina alla donna con lo scialle, vede la piccola: «A chi appartiene?» domanda.

Franca: «A me. È mia nipote» mente.

«Figlia di chi?»

«Di mio figlio.»

«Dove sono sua madre e suo padre?»

Lo guarda perplessa: «E a lei che ce ne importa, mi scusasse, ci scoppa forse con l'indagine?». Lo chiede con un'impertinenza di cui poi non si spiegherà l'azzardo, ché i carrabbineri sempre carrabbineri sono, ed è meglio non contrariarli per non averne danno.

«Se non risponde» considera l'altro, «è segno che ha qualche cosa da nascondere, visto che le feci domanda legittima.»

«A dormire sono. La picciridda è stata scuièta tutta la notte. Vuole sapere quante volte le hanno cambiato il panno? Quante gocce di Milicon le hanno dato?»

"Minchia!" trema Carmine.

È Toni che, garbatissimo: «Venga, brigadiere, l'accompagno a visionare il resto della casa» dice a stacco di questione.

E va bene, pensa quello, intanto troviamo la terrorista e poi l'accusiamo pure di tentato infanticidio, per come la denunziante ha dichiarato. E siccome l'ispezione di quel piano è finita: «Che c'è là sopra?» chiede indicando le scale.

«Il terrazzo» risponde la Tabbacchera.

«Non ce lo vuole mostrare?»

«Ho gente che m'aspetta in Municipio» gli ricorda.

«Una bedda fimmina si fa sempre aspettare.»

«Vero» accorda. «Pure certi cretini» non può trattenersi dall'aggiungere.

Il guercio incassa. E si segna pure questa. Ne ha di cose da far pagare alla bonazza. E una mano sul culo gliela metterà quanto prima, giura a se stesso: gli si dovranno seccare i coglioni se non lo farà. «Prego» dice cedendole il passo appunto per rifarsi, intanto, gli occhi.

«Prima la legge» fa lei, restituendo la cortesia. E intanto, dentro di sé, muore, intanto si chiede se Sarino l'ha chiusa bene la porta, se s'è scordato un qualche spiraglio, e intanto: "Andrea sbrigati a tornare!" va implorando nella mente.

Toni si unisce a loro, e la mano del fituso dovrà restare dentro la sacchetta.

Raggiungono il terrazzo.

Nulla di rilevante.

Da lì il guercio intravede l'altana, la raggiunge: «Che sciccheria!» commenta. «Non doveva esserci solo il terrazzo?»

«Pure una lavanderia» aggiunge lei, ché la porta per la lavanderia è accanto a quella dell'altana. «Volete frugare tra i panni sporchi?» sfida.

«Sì, ci piacciono particolarmente i panni sporchi.»

Nessun panno sporco. Tutto perfettamente lindo, tutto perfettamente in ordine.

Passano al ripostiglio.

Niente.

Toni dice: «Guardi come si vede bene il Municipio da quassù».

Non gli risponde. Cane istruito a cacciare galline è, ma sempre cane da caccia, e quel dedalo di stanzini, quel labirinto insospettabile gli abbrusca il naso quasi fosse pane cosparso di pepe.

Dal ripostiglio si spostano alla stanzetta con la botola di legno che quello nota subito. "Manco avesse un radar al posto degli occhi" trema Agata.

«Che c'è qui?»

Lei comincia a tossire, sperando che Sarino e Lori la sentano e scappino dalla porticina che dà nel cortile retrostante.

«Le andò di traverso la sputazza, signora?» fa il bastardo, e siccome lei non si leva da sopra la botola: «Non ci faccia tornare» mormora dolcemente. «Diamo una guardata e poi la lasciamo agli affari suoi.» Solleva la botola, e se fino ad allora è stato lento come una tartaruga ora si cambia in lepre che si butta giù per la scaletta, e in breve giunge a una porta che subito apre.

C'è una stanza che pare l'anticamera di un palazzo, arredata di tutto punto. La setaccia con gli occhi: niente, nessuna terrorista.

«Il giro turistico finisce qui» dice allora la padrona di casa afferrando la maniglia per richiudersi la porta alle spalle.

«Un momento!» L'altro si guarda intorno. Vede un drappo che pende da un muro. Si precipita a tirarlo giù.

Dietro il drappo solo un quadro.

«Non le basta?» sbotta lei.

«Un altro poco di pazienza.» Vede quella che sembra l'anta di un armadio, la raggiunge e la apre.

Non è un armadio ma una stanza dove, arresa su una poltrona, c'è quella strana Pietà.

L'uomo s'è appena svegliato, non ha sentito la tosse e neppure il precipitarsi giù per le scale, perciò è rimasto lì, immobile, come un topo in trappola, negli occhi la rabbia viva dell'impotenza.

La ragazza ha lunghi capelli neri, solo questo per il momento nota il brigadiere. E già basta, ché pure la stragista ha lunghi capelli neri. Ed è carusa, come questa. E, in ogni caso, ti pare a te che si rifugiano nel sotterraneo due – ma in che rapporto stanno 'sti due? – che si vogliono fare solo una dormita?

Ligresti scuote la testa e, all'appuntato che l'accompagna: «Che buttanazze sono le femmine» dice. «Specialmente quelle che hanno la faccia d'angelo.»

«Lo dica un'altra volta e la faccio mandare a Gaeta» sibila Toni.

L'altro ride: «Le pare il momento di minacciare, professore?».

«È solo un *avvertimento*.»

Ah, Toni, che brutta, bruttissima parola! Smuove nel guercio un di più d'anima bastarda, per cui: «Naturalmente lei è complice di tutto ciò. C'è di che far saltare il Municipio» dice al collega. «Di che far commissariare il Comune» e già si vede sulle pagine di tutti i giornali, non solo come catturatore di terroriste ma come risanatore d'amministrazioni corrotte.

Lori s'è svegliata ed è schizzata in piedi.

«Ferma lì!» ha intimato il guercio.

Lei lo guarda, poi guarda il professore, la Tabbacchera, il signor Motta, considera la situazione di pericolo in cui li ha messi, ripensa alle questioni sospese della sua vita che saranno un cappio al collo fino a quando non le risolverà, e allora: «Andiamo in caserma» dice. «Così la facciamo finita.»

«Finita?» sfotte il guercio. «Allora niente capisti. Altro che finire, tutto ora sta cominciando, e la strada lunga è, e di salita.» Tira fuori le manette, le si avvicina e... Grida! Minchia come grida! Le manette gli abbolano dalle mani e vanno a cascare lontano mentre lui si piega in avanti urlando come un indemoniato.

Non la vede, il brigadiere, la mano d'aria che gli strizza i coglioni: tutti a un metro di distanza sono, perciò non capisce cosa gli stia capitando. E urla e si contorce ché Costanzo... Minchia, Costanzo fortissimo sta stringendo, a spappolargliele quelle palle di mezza minchia che usa la divisa senza l'onore che la divisa richiede. E strizza, strizza, mentre l'altro carabiniere guarda il collega contorsionista e pensa sia impazzito, e nella mente annota il fatto inusuale di cui dovrà rapportare al superiore, ché mai gli è capitato di vedere in vita sua uno che pare tarantolato.

Neppure agli altri è mai capitata occasione di simile spettacolo, e contemplano muti, allibiti.

Solo Sarino ride, con le lacrime ride, perché lui sì che lo vede il Tabbacchere all'opera, che sta usando entrambe le mani per rendere l'opera perfetta, e intanto gli scaccia l'occhio.

"Perciò m'ascutasti" gli dice nel pensiero.

E quello, beddu come un arcangelo vendicatore: "Pensi tu che certe preghiere possono restare inascoltate?".

Sarino scuote la testa, smette di ridere, pensa che tra la vita e la morte c'è solamente un velo, e che questo velo, certe volte, ha dei purtusi così grandi da permettere ai morti di entrare nella parte dei vivi e fare giustizia.

27

Burdellu ci fu, minchia chi burdellu! E com'è che tutti, a lampo, si sversarono dalle case alla piazza? A lampo, precisamente, non appena s'appalesò lo spettacolarissimo spettacolo della sindaca ammenzu a du' carrabbineri – uno di questi storto e sciancato – seguita da una carusa alta, nera di capelli come lei, bedda quasi quanto lei.

«Chi fu?»

«La sindaca cazzararono.»

«Non può essere.»

«Accussì è, vene cca, talìa.»

«Minchia!»

E corse il popolo, corse come un esercito di formicole verso la gran pozza di miele che era la sindaca in manette – «Quando mai! Nessuno ne aveva manette» dirà Toni alla signora – la quale, nel mentre la folla le s'infittiva intorno e si faceva simile a quella senza respiro della Festa di Maggio, allungò la mano verso la carusa troppo frastornata e la tirò a sé come a significare: "Attenzione, guai a chi la tocca, ché lei cosa mia è".

Corse Grimaldi e corse Calcaterra, don Bruno si precipitò dalla chiesa per venire a conferire coi carabinieri. Ma prima di lui giunse Giallongo, comandante della locale caserma, che avendo visto i colleghi forestieri e senza nulla sapere dell'operazione: «Posso sapere che sta succedendo?» infuriato domandò.

Allo sciancato tornarono in mente le parole della delatrice: "Sono tutti compari, sindaca e carabinieri" per cui: «Venisse a Siracusa e le spiegano ogni cosa».

«Ma io pretendo...»

«Maresciallo» disse. «Una terrorista abbiamo, non ci facisse perdere tempo!»

La parola *terrorista* fu fiammifero che cadde sulla pozza di benzina della mala chiacchiera, da cui un vento malandrino trasse faville che sparsero lesta per il paese la gran notizia: la casa della sindaca era un covo di terroristi che progettavano stragi per impadronirsi del potere sull'Isola.

«Minchiate allo scuro!» dirà Scianna. «Ma quel giorno tutto all'improvviso pigliò i colori della farsa, del grottesco, e ci fu chi davvero credette che la sindaca dava ricetto a terroristi per diventare regina di Sicilia.»

Tra la folla, però, ci fu chi riconobbe la carusa: «Non è quella che diede fuoco alla scuola?».

«Nel trapanese, sì. Lei è!»

«Com'è che venne giusto giusto qui?»

«Nipote della sindaca è, non vedete come ci assomiglia.»

«Non ne ha nipoti la sindaca.»

«Sicuro una qualche parente.»

«E comunque cosa gravissima è.»

La gente di più s'accalcò mentre don Bruno alzava la voce per farsi sentire, e lo stesso faceva Toni Scianna. Lo sciancato, invece, con gli attributi in fiamme, non vedeva l'ora di depositare la terrorista al Comando e filarsela all'ospedale per salvare il salvabile della sua mascolinità. «Largo, fate largo!» gridava sgomitando, e Franca, affacciata al balcone con la picciridda in braccio, pregava la Madonna – quella comparsa a don Bruno, che di sicuro era rimasta nelle vicinanze – affinché facesse il miracolo di riportare la pace nella vita di tutti, e Violante, pure lei affacciata al balcone, diceva alle amiche radunate là sotto: «Tutte menzogne sono, tutte menzogne» e siccome quelle insistevano perché scendesse a raccontare i dettagli: «Ho il piede struppiato» rispondeva, e intanto Carmine correva a cercare l'avvocato Pitigrilli, ottimo professionista, intanto il dottore Grimaldi chiedeva ragguagli a Toni, e la folla era tale che non si riusciva a fare un passo, e i detrattori della sindaca già si sfregavano le mani, ché bellissimo regalo aveva portato loro Santo Stefano, magnifico proprio, e partivano telefonate, qualcuno avvertiva la "Gazzetta del Sud", qualcuno "La Sicilia", ché troppo ghiotta era la notizia della Scassacoglioni in mezzo ai carabinieri come se fosse già condannata.

«Condannata per che cosa?» qualcuno domandò.

«Che t'importa? Basta che le si ammacchia la reputazione!»

Roberto, figlio di Franca e gestore della tabaccheria: «Agata» disse raggiungendola. «Che posso fare?»

«Chiama Andrea.»

«Locatelli?» Non capiva, quello a Torino era.

Annuì: «Digli che ci stanno portando al Comando di Siracusa».

Lo sciancato lo spinse via. Roberto si guardò intorno come un ebete: era rimasto due giorni a Taormina con la zita e... minchia, che putiferio!

«Roberto!» sua madre lo chiamò dal balcone. «Acchiana, presto!»

A quattro a quattro salì i gradini e la raggiunse: «Ma si può sapere che capitò?».

«Poi ti cunto, chiama Locatelli.»

«Macari tu! Che c'entra Locatelli, è a Torino e...»

«Qua è» spazientita l'interruppe. «Venne ieri.»

Scosse sbalordito la testa: «Mancai due giorni, e talé chi putiferiu».

«Allèstiti, chiamalo e me lo passi!»

Ubbidì e lei, strappandogli il cellulare dalle mani: «Andrea, vennero i carabinieri a fare la perquisizione...».

«Andrea?» sdilliriò Roberto.

«Muto!» e all'altro: «Trovarono la picciotta, dissero che ci fu una denuncia, ora se le stanno portando a Siracusa, a lei e ad Agata. La cosa malamente è».

«Non ti preoccupare» fece lui, e al custode che gli sedeva accanto: «Dobbiamo volare» comunicò.

Paolo, che dalla finestra aveva assistito al concorrere della folla in piazza: «Dev'essere capitato qualcosa di brutto» disse a sua madre, che se ne stava accucciata in un angolo del divano come se avesse la febbre.

«Perché?» domandò lei.

«C'è un casino spaventoso.»

«Parla pulito.»

«Ci sono dei carabinieri...» disse aguzzando lo sguardo. «In mezzo a loro la Tabbacchera e una ragazza...»

Ada s'agghiacciò. Più in fretta del previsto avevano fatto. Si chiuse meglio nel cardigan, abbassò la testa per non mostrare quanto fosse turbata e, con la voce più infastidita che riuscisse a fingere: «Qualche manifestazione pro sindaca» considerò.

«No no, dev'essere capitato altro, una cosa più grave! Vieni, andiamo a vedere!»

«Ma no!»

La guardò allibito: «Stai scherzando, mamma? La Tabbacchera prelevata dalle Forze dell'Ordine e tu non esulti, non salti di gioia?». Sapeva benissimo, infatti, quanto la odiasse, quanto avesse trafficato, in passato, per quella storia della discarica alla Saracina.

«È come ti dico» ripeté. «Quella non sa più che inventarsi per farsi pubblicità, per attirare sopra di lei l'occhio delle telecamere.»

Sopra di lei, invece, persecutorio e implacabile, c'era l'occhio di Dio.

«Andiamo a vedere di che si tratta, forza! Pare la Festa di Maggio.»

«Addirittura!»

La Festa di Maggio era quella in cui si celebrava il santo patrono che richiamava folla di devoti da tutti i paesi vicini, un santo le cui reliquie erano giunte in paese in una cassa che s'era fatta irremovibile nel luogo in cui adesso sorgeva la chiesa.

«Andiamo, dài!» insistette con una specie di euforia che mal si conciliava con la presenza dei carabinieri e della sindaca in mezzo a loro, visto che lui della Tabbacchera era amico. «Dài, forza, non fare la vecchietta!» la stuzzicò.

«Certo che sei proprio pesante!» Lo disse con una cattiveria che lo spiazzò, ma subito: «Scusami, Paolo, scusami» e gli occhi le si arrossarono – a lei, all'Ammuccagalli s'arrossarono gli occhi! – mentre lui la guardava e diceva: «Certo che oggi sei proprio strana».

Dalla strada vennero fischi e applausi.

«Andiamo!» l'acchiappò per la mano e se la tirò appresso.

Piazza gremita, confusione, attorno alla macchina dei carabinieri si era formata la ressa dei sostenitori della sindaca che contestavano i modi e i tempi di quella deportazione e minacciavano ricorsi, denunce, querele usando *a cafè* le parole; don Bruno, intanto, s'affannava a spiegare al carabiniere annotatore che niente d'illegale era stato commesso e quello gli rideva in faccia: «Niente di illegale? Tenersi in casa una terrorista?».

«Ma quale terrorista? Solo accuse infondate!» urlò l'avvocato facendosi largo a colpi di borsa professionale, pesante come se dentro, invece che carte, ci fosse piombo.

Lo sciancato, col dolore che dai genitali gli saliva al cervello, cercava di guadagnare i centimetri preziosi che lo separavano dalla macchina.

«Che c'entra la sindaca con la terrorista?» domandò una vecchia a Giulio Acquaforte, che se ne stava nel gruppo dei più ardimentosi a difendere Tabbacchera e terrorista. Da quando l'aveva lasciata, infatti, non aveva smesso di pensare un momento alla carusa, e vederla lì, dopo tutto quello che aveva passato, gli montava una rabbia feroce per cui: «Accuse false sono, niente di vero c'è!» esclamò.

«Che ne puoi sapere tu?»

«Sono innocenti, ci metto le mani sopra al fuoco.»

«Attento ca t'arrusti!»

«Minchiate!»

Qualcuno spintonò qualcun altro e s'alzarono strepiti. Intanto da un altoparlante avevano preso a diffondersi nenie natalizie intrise di una dolcezza che faceva a pugni con l'atmosfera surriscaldata della piazza.

Paolo trascinò sua madre fino al capannello intorno alla

Tabbacchera, al cui fianco, oltre alla ragazza, c'era adesso pure l'erborista.

«Lisabetta!» la chiamò.

Lei si voltò per salutarlo, ma inciampò con gli occhi nell'Ammuccagalli, e a lampo ricordò: l'uscita mattutina, l'abito dimesso, il camminare rasentando il muro... Ada dovette calare gli occhi.

Paolo, che stava seguendo quell'incrocio di sguardi, non si raccapezzò: sua madre, giusto sua madre, che abbassava lo sguardo?

In mezzo a tutto quel bailamme, Sarino Motta pareva un papa: appoggiato a un palo della luce, le braccia conserte, non urlava, non tirava pugni, non si pigliava la questione di petto, insomma, se ne stava lì come se tutto quell'ambaradan non gli facesse né caldo né freddo.

Toni, che aveva temuto di doverne domare la furia di toro imbizzarrito: «Scusami tanto, ma non t'acchiana il sangue alla testa?» gli domandò.

«Manco per sogno.»

Strano gli parve, stranissimo: «Come mai?».

«E che motivo c'è di farselo acchianare?»

«Sai qualche cosa che non so?»

Sarino si strinse nelle spalle: «'Sta carusa è raccomandata in alto loco!» disse. «Niente la può dannificare.»

Raccomandata in alto loco... L'annotatore acchiappò al volo la frase e, pari pari, la riportò sul quaderno sottolineando due volte le parole "in alto loco" e segnandovi accanto un N.B. che pigliava mezza pagina.

«Allora possiamo stare tranquilli?» chiese Toni.

«Tranquillissimi» confermò. Poi, vedendo che la piazza s'infervorava sempre di più e che aggiungere schifìo allo schifìo poteva risultare divertente: «Facciamo un tanticchia di scena, va» disse ridendo. Si sbracciò, si fece largo tra la folla, si mise le mani a megafono davanti alla bocca e: «Governo ladro!» urlò.

Il carabiniere armato di quaderno: «Come si chiama?» disse indicando il Rustico a un tizio che gli stava vicino.

Il tizio nella persona del dottor Grimaldi: «Luigi Spatafora» rispose. «Di professione macellaio.» Quindi, abbassando la voce: «Se fossi in lei, eviterei di scrivere: Spatafora è uno ch'è meglio non averlo per nemico» consigliò.

«Mi piglia per fesso?»

«Per carità!» alzò le mani. «Solo che uomo avvisato è mezzo salvato» e si ritrasse.

Il carabiniere lo squadrò: era un signore distinto, con lo spillino dell'Avis sul risvolto della giacca, dunque, al novanta per cento, doveva essere un dottore.

«Dottore, salutiamo!» disse infatti un vecchio scappellandosi.

Il carabiniere si congratulò con se stesso per l'ottima intuizione. Poi, per non sapere leggere e scrivere, strappò il foglio, l'appallottolò e se lo mise in tasca, mentre il macellaio gridava: «Era meglio quando c'era Mussolini!» e quasi tutti ridevano, qualcuno invece impallidiva e si riprometteva di somministrare al Rustico, alla prima occasione, una bella litrata di olio di ricino.

Fu allora che Toni alzò gli occhi verso il balcone della Tabbacchera e ci vide Violante. La guardò, le sorrise, a fior di labbro le disse: «In questo mondo di pazzi, l'unica mia certezza sei tu».

Lei lo guardò stravolta, ché l'arresto di Lori, la questione della bambina partorita nella neve, l'accusa alla Tabbacchera e tutto il resto le avevano messo addosso un tale spavento da toglierle la parola. E per togliere la parola a Violante Scuderi, maritata Scianna, ce ne voleva.

Pure Ada in mezzo al gran casino restava muta. Pallida e muta, mentre Paolo raccoglieva la poca verità tra le mille notizie fantasiose che circolavano tra la folla, e l'unica certezza che riusciva a raggranellare riguardava l'arresto della terrorista che mesi prima aveva armato una strage.

«Male si mettono le cose per Agata» considerò con amarezza.

Ada guardava la folla come se non la vedesse.

«Mamma!»

Alzò gli occhi verso di lui.

«Ti senti male?» le chiese.

Rabbrividì, ma era tutta sudata. S'infuriò con se stessa: ci mancava solo il rimorso di coscienza. La Tabbacchera era in pericolo? Fùttisi! La salvezza di suo figlio veniva prima di quella di tutti: «Me ne torno a casa» disse spazientita. «Ché 'ste tragediate non mi piacciono!»

Paolo la scrutò con una diffidenza che la fece tremare.

«Che c'è?» sbuffò allora.

«Sei troppo strana» disse. «Vengono ad arrestare la Tabbacchera e non fai una piega... sei in mezzo alla piazza e non ti metti a comiziare... c'è di che fare baldoria e pare che t'è morto il gatto...»

«Ma quante volte te lo devo dire?» sbuffò. «Tutta scena è, per farsi un poco di pubblicità. Figurati se sotto Natale i carabinieri si scomodano a perquisirle la casa per trovare una terrorista che per di più è una quasi infanticida!» Lo disse e tremò: s'era tradita!

Subito lui, infatti: «Nessuno ha parlato d'infanticidio...».

«Ma sì, prima, uno...» e intanto s'avvinazzava nel viso, e intanto la coscienza non le dava pace.

«Paolo» urlò Giulio agitando la mano.

«Ci vediamo dopo» gridò lui di rimando.

«Pure con quella gente te la fai?» domandò bastarda, contentissima dell'occasione che lo distraeva dall'infanticida.

«A ognuno gli amici che si merita» rispose Paolo.

Lei si chiuse nel cappotto, s'avvolse meglio la sciarpa intorno al collo, infilò nelle tasche le mani gelate e cercò d'inghiottirsi un lamento. Ah, come le doleva il cuore! Era come se la coscienza si fosse svegliata, come se fosse uscita da una lunga narcosi e ora patisse per tutto il male, tutte le iniquità compiute nel tempo in cui era vivo Occhi janchi e lei era la sua pupa perfetta. Il pensiero dello spirdo fu come un pugno che la fece vacillare.

«E ora che c'è?» fece spazientito lui.

«Mi fa male la testa.» Aveva la bocca asciutta, una forte nausea: «Andiamo a casa, ti prego».

Paolo guardò verso l'erborista, che continuava a inchiodare su sua madre uno sguardo furioso.

Pure lui avvertì un improvviso malessere, come quando

una verità ti balena davanti agli occhi e tu li serri per non vederla, ma sai che è lì, pronta a colpirti non appena li riapri: «Andiamo a casa» capitolò.

Il brigadiere Orazio Ligresti azionò le sirene, e avviò la macchina. I più accaniti sostenitori della sindaca provarono a ostacolarne il procedere, ma intervenne il maresciallo Giallongo che: «Picciotti, non mettetevi dalla parte del torto» disse. «Lasciate fare alla giustizia.»

Il cielo s'era scurito, così, d'improvviso, e una pioggia stanca aveva preso a cadere dal grigio compatto; stanca, come d'improvviso stanchi si sentivano tutti, quasi il fermento di prima, le voci di prima, le chiacchiere, la malanova dell'arresto della sindaca avessero attinto al serbatoio delle energie emotive di ciascuno con una tale potenza da svuotarlo, per cui era con lentezza che si tornava a casa, e ci si lasciava intridere da quell'acqua stenta, da quel sospiro di Dio che si manifestava in lacrime di sconfitta, col senso di una sconfitta che permeava pure quelli dell'Opposizione, come se piovessero loro addosso i mali del mondo, le colpe del mondo, i dolori di quanti – invece di godere delle amenità natalizie – pativano la fame negra, lo squasso delle città bombardate, i diritti vilipesi, bambine sposate a nove anni e uccise per sfondamento, donne obbligate a ridere pure quando avrebbero voluto morire, soldati costretti a buttare bombe per segnare confini, ambiti d'appartenenza... Tutto il dolore del mondo in quella pioggia avvilente, tutte le grida del mondo in quel silenzio manco rotto da un tuono.

Allora a molti prese urgentissima necessità di fumare, e siccome Roberto aveva aperto il tabbacchino, si precipitarono a comprare sigarette e accendini, avendo lasciato i propri, nella prescia di uscire, a casa, e chiesero a Roberto spiegazioni relative all'accaduto, che lui però non seppe dare: «Ve lo giuro, niente so, tornai un'ora fa da Taormina e mi trovai in mezzo al burdello, piuttosto ditemi voi che capitò».

Ognuno riferì quel poco che sapeva, quel poco che aveva sentito, quel poco che ricordava per averne letto mesi prima sui giornali o averne sentito in televisione; qualcuno disse che in realtà quella storia dell'accusa era tutta una montatura, che la ragazza era "ricercata perché informata dei fatti", che nell'incendio non era morto nessuno e già questo non era poco, e intanto uno, spinto dal bisogno tossico di nicotina, se ne fregò del divieto di fumare in luogo aperto al pubblico e accese la sigaretta, e venti altri subito l'imitarono e nel tempo di un lampo il tabbacchino si riempì di una densa nuvola di fumo che svaporò dalla porta e s'alzò verso il cielo portando con sé le perplessità di tutti, tanto che quel giorno di Santo Stefano resterà inciso nella memoria dei paesani come il giorno in cui molte certezze andarono in fumo e alcune altre, però, si consolidarono del tutto.

Paolo, giunti a casa, non le diede manco il tempo di levarsi il cappotto, di togliersi la sciarpa: «Che è 'sta storia dell'infanticida?» volle sapere.

«Ancora?» sbottò lei. «L'hanno detto in piazza, l'ho sentito.»

«No. Ero con te e l'avrei sentito pure io. Nessuno ha parlato di infanticidio. Ti pare che una notizia così tremenda sarebbe passata senza scruscio, senza un'impennata di popolo?»

«Senti, lasciami in pace, mi fa male la testa.» Inavvertitamente si toccò la bruciatura alla guancia che prese a sanguinare.

«Dovresti farti medicare» disse il Mangiagalli entrando in cucina.

Un primo sguardo tra lui e Paolo aveva immediatamente fugato i reciproci dubbi: l'intesa c'era, la simpatia pure e dunque si poteva stare contenti. Solo dopo s'accorse che tra quei due qualcosa non andava: «Novità?» domandò.

«Non hai sentito niente?» fece sua moglie.

«Di che?» Aveva dormito magnificamente, s'era lavato e sbarbato ascoltando la radio, con canzoni e chiacchiere che avevano coperto i rumori della piazza.

«Hanno arrestato la sindaca» disse Paolo.

«Come mai?» Lo domandò a sua moglie, ché lei era il gazzettino informatissimo dei fatti del rione, del quartiere, del paese tutto.

«Si tenne in casa l'incendiaria» rispose asciutta. «Bell'esempio di legalità.»
«Ma di che state parlando?» Davvero non capiva.
Fu Paolo a spiegare: «Quel caso della ragazza che ha dato fuoco alla sua scuola, ricordi? È scappata, e di lei si sono perse le tracce».
«Allora?»
«La nascondeva la Tabbacchera» fece lei.
«Cazzate!» Troppo abile era la sindaca per commettere sciocchezze del genere.
«L'hanno detto in piazza. E adesso pare pure che sia un'infanticida.»
«Pure?» ridacchiò. Tutta una farsa gli pareva, una storia da operetta.
«L'ha detto lei» rispose Paolo indicando sua madre.
Che sbuffò: «Terrorista, infanticida, tutta una cosa è! Di scuola elementare si trattava, no? E non ci sono picciriddi in una scuola elementare? Non si parla d'infanticidio quando s'ammazza un picciriddo?».
«Nessuno morì» la contestò suo figlio.
Il colonnello li guardò, non capiva le ragioni di tanto dispetto, e il fatto di cronaca lo ricordava a malapena, per cui: «Mi avete fatto venire tanta di quella curiosità che vado subito a ficcare il naso in Municipio» disse.
«Torni a pranzo?» domandò il ragazzo.
«Certo, Paolo.»
Paolo... Per Ada fu una sgraffiata nel petto. Non di gelosia, piuttosto la consapevolezza che il ragazzo avrebbe amato quel padre d'accatto forse più di lei.
Uscito il marito, fece per tornarsene in camera. La voce di suo figlio la raggiunse come una coltellata alle spalle: «Sei stata tu!».
Finse di non sentire, continuò a camminare.
Le corse dietro, l'acchiappò per le braccia, la costrinse a girarsi, a guardarlo: «Tu l'hai denunciata la Tabbacchera!».
Se lo scotolò di dosso: «Ma che ti 'nsonni? Vattene a dormire, va!» e riprese ad andare.
La riacchiappò, più forte le strinse le braccia, prese a scuo-

terla, a scuoterla e intanto: «Tu sei stata» gridò. «Solo tu sapevi dell'infanticida, solo tu sei così bastarda da fare una cosa così terribile» e scuoteva, scuoteva, come fosse una bambola di pezza, scuoteva e intanto piangeva: di rabbia piangeva, e di dolore, ché c'era stato un patto tra loro, un patto dopo che Occhi janchi era morto e lui aveva saputo che il Mangiagalli non era suo padre e che sua madre era la zoccola del sindaco, la regina dell'harem, la schifezza in persona. Le aveva buttato addosso il fango che avevano buttato addosso a lui: "Me ne vado" le aveva detto. "Troppo schifo mi fai." Allora lei aveva promesso, aveva giurato: "Cambio, niente più porcate, niente più uomini, niente più traffici, niente, te lo giuro, figlio, te lo giuro." *Figlio* l'aveva chiamato e lui si era squagliato e però aveva ripetuto che non la voleva una madre indegna, che non voleva bastardume intorno. "Cambio, te lo giuro!" Gli aveva chiesto un'altra possibilità: avrebbero ricominciato insieme una vita diversa, con lei veramente madre: "Madre per davvero". E ancora aveva giurato... E in effetti così era stato: nel tempo aveva mantenuto la parola. Certo, non s'era fatta agnello, ma aveva smesso il pelo e la ferocia del lupo, e così erano andati avanti. Un figlio guadagnato, un figlio ritrovato, un figlio che l'aveva riempita di soddisfazioni, bravissimo a scuola, sempre troppo delicato, questo sì: più masculu l'avrebbe voluto, più aggressivo, con più faccia tosta e intraprendenza, e invece era fine, garbato, un angelo nato dalla semenza di due diavoli, accussì era, e avrebbe dovuto farci pace.

A lampo ripensò a tutto questo, Ada, e a lui che le stava domandando: «Perché?», non rispose. Che avrebbe dovuto dirgli? Uno spirdo mi ha ricattato? Tra la morte tua e il tuo disprezzo ho dovuto preferire il tuo disprezzo purché tu viva?

«Lasciami in pace!» scattò.

Lui arretrò di qualche passo: «Tutto ti ho perdonato, tutto» mormorò. «Pure di essere il bastardo di un uomo indegno, gli affari sporchi... Questo però è troppo. Veleno hai nel cuore, non cambierai mai...» In sordina lo disse, come se non gli bastasse il fiato.

E intanto indietreggiava
Intanto se ne andava
In punta di piedi se ne andava.
E lei sapeva che sarebbe stato per sempre.

Neppure ci provò a fermarlo. Sentì solo il rumore della porta che con rabbia si chiudeva alle spalle.

Dall'alto di una mensola partì un applauso: "Minchia, che scena! Degna del Massimo di Catania!" rise sgangherato lo spirdo.

Manco lo guardò: aveva perso un figlio, che importava tutto il resto?

Andò all'armadietto dei medicinali. Prese un flacone, un altro.

"Tutto torna, figlia mia" sussurrò la voce di suo padre all'orecchio. "Il male che hai fatto, il bene che hai fatto."

Solo male lei aveva fatto.

Ma che importava, ormai?

28

Giunti all'aeroporto di Catania, Locatelli salutò il custode: «Ha tutto: numeri di telefono, indirizzi, persone da contattare, soldi. Troverà ad aspettarla un carabiniere in borghese, sarà lui ad avvicinarla».

«Perfetto.»

«Allora ci vediamo a Torino» gli tese la mano.

L'altro la trattenne un attimo nella sua: «Grazie».

«Ha fatto la cosa giusta» in fretta disse Andrea. «A presto.»

Cesare restò a guardare la macchina che s'allontanava di corsa, la vide farsi piccola e poi sparire. Si sentiva così leggero che un colpo di vento avrebbe potuto portarselo via. Pensò a Lori, pensò alla maestra Concetta, pure all'animus loci pensò e si chiese quale fosse quello del luogo in cui si trovava.

Lo sommerse un frastorno di risate e canzoni.

"Una scolaresca in gita" pensò.

Non si trattava di scolaresca in gita ma d'un gruppo di scout.

Lupetti e Coccinelle in divisa blu e azzurra, i calzettoni al ginocchio, fazzolettone e totem attraversarono la strada e s'inoltrarono per uno dei parcheggi poco lontani. Non cantavano canzoni di Natale e neppure canzonette, piuttosto una marcia sconosciuta, e intanto ridevano come per uno scherzo che qualcuno aveva fatto a qualcun altro, e avevano in mano mazzi di margherite: gialle, maggioline, incongrue col periodo. "Spicci caduti dalla tasca del sole" li avevano definiti una volta in un libro. E pensò che la similitudine era bella. Anche perché in quella giornata di dicembre, lì a Catania, il sole c'era.

A Torino non sarebbe stato così.

"Fùttisi" si disse.

Voltò le spalle e oltrepassò le porte scorrevoli.

Giona Gur avvertì l'assenza di Lori come mai prima gli era successo. Parlare col maresciallo aveva evocato il passato con una tale forza da renderlo vivo e presente, da fargli avvertire come dolorosissimo il vuoto che la ragazza aveva lasciato, la solitudine da cui aveva cercato di salvarsi attraverso la dimenticanza: tristezza e cecità sono connubio mortifero se non t'armi d'antidoto; il suo antidoto era stato appunto il complicato gioco dell'oblio, la meticolosità nel perdere le strade conosciute della memoria per aprire nuove vie che si ponessero quale alternativa alla realtà, un gioco che non puoi condurre all'infinito: all'improvviso arriva uno, ti domanda di quell'altro tempo e il castello d'invenzioni frana, e ti ritrovi coi legni duri e aguzzi della tua vita di cui non sai che fare. Ci vorrebbe una bimba scucita per ricostruire la casa, ripristinare l'arredo, ci vorrebbe tutto un corredo di allegrezze per ridare senso alla vita.

«Laika» chiamò.

Il cane lo raggiunse.

«Usciamo.» Doveva distrarsi, lasciarsi confondere dal rumore, dalle chiacchiere per non pensare a Lori e alla sua bimba.

«Luce...» disse. Sarebbe stata capace di accendere la sua cecità?

Nel prendere le chiavi di casa dalla ciotola in cui di solito le riponeva, trovò un oggetto sconosciuto, un tondo di ferro, una catenella, un qualcosa che subito, al tatto, riconobbe come una scarpa. Un portachiavi. Un portachiavi senza chiavi... Che ci faceva lì? Pensò al maresciallo, solo lui avrebbe potuto dimenticarlo. Ma non si dimentica un portachiavi senza chiavi.

"Mastro della dimenticanza siete, maresciallo" avrebbe detto Agata se fosse stata lì. "A casa mia vi scordaste il cappello, qui 'sto gingillo. Possibile che vi fecero maresciallo sapendovi così distratto?" e avrebbe riso e l'avrebbe abbracciato e gli avrebbe detto: "Ah, maresciallo, diavolicchio siete, e forse è pure per questo che mi faciste perdere la testa".

Sorrise Andrea a quei pensieri intanto che col piede spingeva sull'acceleratore, intanto che la macchina si mangiava la strada da Catania a Siracusa, intanto che il cielo si copriva di nuvolaglia e una pioviggine rendeva saponoso l'asfalto – "Stasse accura, maresciallo!" –, intanto che un operaio a bordo strada muoveva una bandierina rossa obbligandolo a rallentare perché c'erano dei lavori in corso e dunque andasse piano, piano!

E piano dovette andare, a passo di lumaca, mentre avrebbe voluto volare a lampo fino al paese. A passo di lumaca, e adesso persino in sosta.

Ne approfittò per chiamare la Tabbacchera, che non rispose. Allora telefonò a Roberto che: «Già partirono per Siracusa, maresciallo» l'informò.

«C'è anche Scianna con loro? Motta?»

Sentì ridere. S'indispettì: «Roberto!».

«Mi scusasse. Altro che Scianna e Motta!» esclamò. «Mezzo paese c'è appresso alla Tabbacchera, mi credesse. Un corteo che pare quello di una sposa.»

Andrea rifiatò: «Spero di fare in tempo» disse.

«Non si preoccupasse, lo sanno che devono aspettare a lei» lo rassicurò. «E sanno pure quello che devono fare.»

«Precisamente che cosa?»

«'Nanticchia 'i burdellu.»

"Minchia!" In siciliano lo pensò Andrea e tutta la fretta che l'aveva fatto guidare come un pazzo fino a lì si placò.

E meno male, maresciallo, ché Nostra Sorella Signora La Morte a pizzo di strada se ne sta, e approfitta d'ogni attimo di disattenzione per fare incetta di animuzze.

Dunque rallentò, e Nostra Sorella Signora La Morte lo guardò passare, e si compiacque del fatto che fosse davvero nu gran beddu picciottu.

Un corteo, un popolo.

Alla guida dell'auto carrabbinera c'è il collega annotatore, che solo adesso Ligresti ha chiamato Arturo Confidenza dandoci così modo di conoscerne l'identità. Accanto a lui c'è la Tabbacchera, dietro, ammanettato con la terrorista, c'è appunto Ligresti.

Arturo Confidenza guarda preoccupato dallo specchietto retrovisore: «Sempre più assai sono» dice al collega delle macchine al loro seguito.

«Guida e non parlare.»

«E se ci tagliano la strada?»

«Troppa televisione vedi. Guida!»

Saponosa, scivolosa, la strada, una Smart ha appena fatto un testacoda ed è andata a finire contro il guardrail: tutti illesi per fortuna, pure il picciotto alla guida che faceva lo sperto e ora si becca da suo padre una scoppola – Agata guarda la scena dal finestrino – che non se la scorderà più.

E però pure il brigadiere è preoccupato. Ha chiamato il comando per chiedere rinforzi. Conoscendo la sua tendenza all'enfasi, nessuno gli ha dato ascolto.

«Prendi la strada vecchia» ha detto al conducente.

E così sono passati in mezzo alla zona industriale, tra vasche e colonne, trincee di tubi, valvole, ponti, conglomerati metallici che, se non fossero in parte arrugginiti, darebbero l'idea di una città futurista. Agata ha decodificato e mentalmente annotato le varie fetenzie distribuite per l'aria ripromettendosi, non appena a casa, di telefonare a chi di competenza per segnalare l'irrespirabilità là dove feto non ci dovrebbe essere, pronta a rifarsi Scassacoglioni per come ha scelto di essere.

Dietro di loro, in testa al corteo, c'è la macchina di Carmine Acquaforte guidata da suo figlio Giulio, che oltre a madre e padre s'è caricato un paio d'amici, di quelli casinisti nati, e adesso racconta la storia di Lori e di Luce. Dalle parole che usa, dall'enfasi con cui s'esprime, tutti i membri dell'abitacolo deducono che Giulio Acquaforte s'accese di rapido e divorante fuoco per l'incendiaria, per cui Carmine: "Fuoco che non si astuta è" pensa compiaciuto, perché pure a lui la carusa è entrata nel cuore, e pure a Luisa, che già sfantasia circa il momento in cui la picciridda la chiamerà nonna.

A seguire c'è la macchina con dentro Scianna, Sarino, Calcaterra, don Bruno e Grimaldi. Quindi quella con Violante, Lisabetta e Lucietta.

Franca è rimasta a casa con la picciridda, a cui non si può permettere la mala frequentazione di una caserma.

Dietro ancora ci sono gli altri, Mangiagalli compreso, che non si perderebbe per nulla al mondo la scena della Scassacoglioni tra le braccia della legge.

29

Amare sono le medicine. Troppo amare. Non riesce a berle tutte in una volta.

Ha cincischiato, aspettato che Paolo tornasse.

Niente, invece.

Lo spirdo s'è cambiato in ombra che le grava addosso.

Se ne frega di lui.

Davanti a sé la boccia coi biscotti che colonnello e caruso hanno preparato la sera prima, la desolazione di una vita tutta fatta di sbagli impossibili da riparare. Bisognerebbe tornare indietro, al tempo in cui la sua anima era immacolata, ai giorni in cui aveva un padre che l'amava come di più nessuno avrebbe potuto.

Ora è lei che ama suo figlio come di più nessuno potrà. Né mai saprà, suo figlio, che l'ultima bastardata che ha fatto è stata per amore suo.

"Per amore, solo per amore" si dice.

"Tutto torna nella vita, figlia mia" le ripete a disco incantato suo padre nella mente. "Il male che hai fatto, il bene che hai fatto."

Che bene ha fatto lei?

Ha salvato suo figlio da morte sicura.

E che merito è? Ogni madre si comporta così.

Te ne vai. Deciso a mai più vederla, a mai più mettere piede nella casa dove vive lei. Corri e t'allontani e la pioggia ti cade addosso e t'inzuppa, il vento ti entra nelle ossa, ti battono i denti e intanto pensi che non vuoi, proprio non vuoi avere il sangue che hai, la composizione fisica che hai, quel particolare del sorriso che è identico a quello di lei: te ne sei accorto, certo che te ne sei accorto: sorridi e davanti a te, nello specchio, c'è la faccia di tua madre che sorride, e vuoi scipparti il sorriso, rompere lo specchio, cancellarti la faccia.

La faccia... Quel lungo segno d'ustione... Uno sfregio sembra, altro che arricciacapelli.

Rallenta il passo.

E tutta quella stranezza? Quei comportamenti così anomali? Quel piangere atterrita il giorno di Natale, quell'avvinghiarsi al colonnello? E lo sguardo vitreo? E la paura? Quel terrore che mai le ha visto addosso?

Cammina. Intorno a lui la folla si disgrega, alcuni sdilliriano, altri vanno a cercare notizie dell'ultima ora semmai si definiscano le posizioni di sindaca e terrorista.

«Così scema fu la Tabbacchera da ficcarsi in casa un demonio?» dice uno.

Un demonio... Questo è stata sua madre, un demonio che però aveva giurato di smetterla, e per quattr'anni c'era pure riuscita.

«Eh, cara mia, la mente un filo di capello è. Chi lo sa quale tornaconto venne alla Tabbacchera dal ficcarsi in casa la terrorista» dice il meccanico alla giornalaia ch'è finalmente riuscito a portarsi a letto.

«Tornaconto, dici? Quando mai! Quella a capriccio si muove, a come le gira la luna.»

Un pugno sui denti Paolo le darebbe, ma va oltre: troppo forte è il suo dolore per gravarsi pure di quello di Agata.

«È la vita che certe volte si fa buttanissima» sospira una.

«Buttanissima specie quando s'accanisce sugli stessi cristiani» l'accompagna con un altro sospiro l'amica.

E se qualcuno l'avesse costretta? Se ha ceduto a un ricatto?

"Scemo sei! Sempre pronto a giustificarla" s'infuria con se stesso, con questo suo andamento ondivago per cui un momento la odia e quello dopo vorrebbe abbracciarla. Ma stavolta lei ha davvero passato il limite.

"Figlio, amoroso giglio... figlio bianco e vermiglio..." L'imparò alle medie quella poesia.

Allora è vero che quando stai per morire ti torna interamente il passato e ti ricordi tutto, pure quello che hai pensato perso.

Figlio, occhi giocondi, figlio, che non rispondi... figlio bianco e biondo, figlio, volto giocondo... figlio dolce e piacente, figlio della dolente...

Beve. Amara la medicina.

Più amara, però, la vita.

Se qualcuno la minacciasse?

Se la minaccia fosse così enorme da costringerla a tradire quel loro patto?

Ride aspro: Ada l'Ammuccagalli... chi la potrebbe mai minacciare senza uscirne morto?

«Non ti pare 'na bomboniera la chiesa tutta bianca di neve?» domanda il falegname al nipotino a cavalcioni sulle sue spalle.

Pure lui avrebbe voluto stare sulle spalle di qualcuno, e invece per terra, a strisciare, ché bastardo sei, e fino a quando il tuo vero padre ha fatto paura e nessuno t'ha smerdiato e non hai saputo la verità, pensavi al colonnello come a un padre anaffettivo. Morto il sindaco, il fango nella bocca di tutti. E Mangiagalli si fece più lupo.

«Talìa, là sopra, talìa!» dice qualcuno alle sue spalle.

Alza d'istinto gli occhi e vede un aquilone, alto vola, rosso, con una coda che sembra uno sfrangio di luce.

"Se avesse ubbidito a un ricatto?" fortissimo adesso questo dubbio dentro di lui.

Non può andarsene così: se abbandono dev'essere, e definitivo, non deve lasciarsi dietro ami che lo terrebbero agganciato col pensiero a lei per tutta la vita.

Torna indietro.

Di corsa torna. Come se dalla casa giungesse un grido a richiamo.

Sta gridando sua madre?

È lei che lo sta chiamando?

In fretta, più in fretta torna sui suoi passi.

"Carusu è" qualcuno direbbe, "non ancora abbastanza uomo da tenere il punto, non ancora abbastanza uomo da essere irremovibile nelle sue posizioni, nell'offesa per il patto tradito."

"Carusu è, e come tutti i carusi ama a pelle, a istinto, con la furia dell'irragionevolezza."

«Mamma» chiama entrando.

Vuota la casa.

«Mamma...»

In cucina non c'è, nel soggiorno non c'è, in salone non c'è.

«Mamma, dove sei?»

Esce nell'orto retrostante, ancora neve intoccata qui, ch'è zona d'ombra.

«Mamma...»

Silenzio.

Vuoi vedere ch'è stata lei ad andarsene?

Un fiotto d'odio lo pervade, ah, maledetta, pensa, sempre a te l'ultima parola!

«Ada!» L'urlo gira potentissimo per la casa.

Silenzio.

Corre verso la sua camera, spalanca la porta.

Lì è, prona, che dorme. Sopra di lei un'ombra maligna.

Non dorme. Il braccio spenzola morto, sul comodino flaconi vuoti.

Le corre addosso, la scuote, la smuove: «Mamma» singhiozza mentre lo spirdo nero si fa laccio che vorrebbe legargli le mani. Ma forza d'amore muove 'sto figlio in salvezza di madre, forza d'amore che la piglia e la porta nel bagno e qui la schiaffeggia, forte, fortissimo, le mette la testa sotto il rubinetto d'acqua ghiacciata, le ficca due dita in gola: «Vomita» grida. «Vomita, mamma.»

Un conato, un altro, intontita è, niente capisce. E però vomita. Poca cosa, certo. Che dà al ragazzo un di più d'ardore, mentre lo spirito: "Morì, Aduzza, morì" esulta.

Non lo sente, non lo può sentire.

Lo sente Ada. Come attraverso una nebbia, ma più forte sente la voce di Paolo che: «Non morire» sta implorando, e singhiozza come singhiozzerebbe un qualunque figlio che ha nelle mani la vita di sua madre e non può contare sull'aiuto di nessuno.

"Morì, l'Ammuccagalli" spernacchia lo spirdo. "Rassegnati, figlio."

Rassegnarsi?

Un occhio apre l'Ammuccagalli e lo vede il maledetto, e vede la disperazione negli occhi di suo figlio che la ama come di più figlio non potrebbe amare madre – e questo nonostante il bastardume di lei, nonostante la sua pochezza, ché madre è, comunque madre – e con due dita in fondo alla sua gola sta tentando d'indurle il vomito, e lei l'asseconda, e al vomito s'abbandona rigettando il veleno di due flaconi. Non è passato troppo tempo, il tossico non è ancora entrato in circolo, e per indurla a rigettare tutto Paolo riempie d'acqua calda il portaspazzolini e la costringe a bere: acqua nauseante nella bocca di lei che ingoia e subito rimette in uno schizzo che si trascina appresso benzodiazepine e chimiche varie, beve e vomita, l'anima vomita, a pezzi, a scaglie, a schegge, parti molli e parti aguzze, mentre l'ombra maligna continua a incombere sopra di loro, mentre lei: «Vatinni» farfuglia, e si agita e piange, e Paolo non capisce, non lo vede il nero, non lo vede lo spirdo. Perciò di più lei si agita, e a niente serve che le dica: «Siamo solo io e te, mamma, nessun altro».

«Occhi... janchi» sussurra lei.

Le carezza i capelli, la placa: «Solo noi due... È allucinazione, effetto delle gocce. Tranquilla» dice. «Tranquilla...».

«Iddu fu» dice allora toccandosi l'ustione sul viso.

Iddu fu?

«Lui fu a bruciarti?»

Annuisce, Ada, e allarga le labbra in una smorfia di soli denti: «Iddu» mormora.

«Lui ti ha ricattato?» È incredulo, incerto. Non vede ombre, non vede altro che il vapore che riempie la stanza.

«Talìa» dice allora lei indicando lo specchio.

Lui guarda. E grida!

Lì è lo spirdo, in tutto il suo sfacelo di putridume e orrore.

«Via!» urla Paolo. «Vai via!»

«Non ero... pazza...» biascica lei, e chiude gli occhi, e s'abbandona al sonno.

Non può, non deve dormire! La scuote, la schiaffeggia.

Ada manda un piccolo lamento, un sospiro, con la bocca semiaperta ciondola indietro la testa.

Lo spirdo, allora, prende a colare verdastro dallo specchio, giù per le piastrelle fino al pavimento, e lento comincia a strisciare.

Paolo, tirandosi appresso sua madre, indietreggia.

Lo spirdo dilaga, s'allunga a toccarli, a rapirli.

Difendersi? Come, in che maniera?

Scongiuri, formule, aglio, crocifissi?

No. Gli sovvengono le parole di don Bruno: "È l'amore che ci salva, Paolo, ricordatelo. Sempre ci salva, in ogni occasione".

Sempre, in ogni occasione. L'amore, la carità...

«Che tu abbia pace» dice allora allo spirdo.

Lo dice nel mentre sua madre s'arrende al sonno, nel mentre la casa freme e fremono gli asciugamani, tintinnano le boccette dei profumi, il lampadario oscilla.

«Che tu abbia pace.»

Così svaporò Occhi janchi mentre suo figlio, dopo essere rimasto a terra per un tempo lungo quasi quanto una vita intera, svegliò sua madre e sollevandola piano piano: «Puzzi da fare schifo, mamma. Hai bisogno di una lavata».

La spogliò e la immerse nell'acqua tiepida.

Lei lasciò che la ripulisse d'ogni sozzura, e intanto, dentro di sé: "Tutto torna, papà, avevi ragione".

Lo sentì ridere quel suo padre così tanto amato, e chiuse gli occhi, e Paolo non s'accorse delle lacrime che si frammischiavano all'acqua saponata che le colava per il viso.

30

Burdellu, minchia chi burdellu! Dacché la caserma era vuota e sonnacchiosa – come talvolta capita nei giorni di festa – a che fu invasa da un'orda vociante, scomposta, variamente intramata di masculi e fimmini, carusi a volontà, distinti signori con lo spillino dell'Avis sul risvolto della giacca, un cane con un occhio celeste e uno nocciola, un macellaio connivente, sorpreso con in braccio la terrorista nel sotterraneo della casa della sindaca, per come Arturo Confidenza stava riferendo al capitano che guardava abbarrulito la folla e non sapeva che dire.

Non sapeva che dire, il capitano, perché quel momento era l'esempio tipico di quando un diavolo ci mette la coda e distrugge la dignità che un uomo s'è costruita in quarant'anni d'onorato servizio: nella stanza accanto, in incognito, in borghese, c'era infatti un generale in visita. E questo nessuno lo sapeva, e nessuno lo doveva sapere, perciò sudava freddo il capitano, e non faceva che ripetere: «Silenzio, fate silenzio!» ma tale era la bolgia che nessuno stava a sentire, mentre Ligresti, appizzato alle sue costole: «Ve lo dissi per telefono di preparare i rinforzi, ma niente, io Cassandra appi la sventura di essere!».

«Femmina perciò siete?» domandò Sarino a smacco.

«Mutu, 'gnuranti!» sbraitò quello coi gioiellini ancora in ardore e senza aver avuto la possibilità di una fuga al bagno per controllarne lo stato.

«Silenzio!» intimò di nuovo il capitano.

Ma vi pare che gli ubbidivano?

Fu allora che la Tabbacchera: «Per favore, signori, un poco di calma». Soave lo disse, come una Circe che ammansa gli armali. E di botto si fece silenzio.

In quel silenzio si aprì la porta dell'altra stanza e comparve un uomo celeste d'occhi, chiarissimo di pelle, educato, compito, distinto, vestito di blu.

Posò gli occhi sulla Tabbacchera, le disse: «Vuole essere così gentile da spiegarmi la situazione, signora?».

Agata guardò perplessa il capitano che si affrettò a dire: «Sì, sì sì. Vada!».

Entrarono e l'uomo si chiuse la porta alle spalle.

L'uomo e la Tabbacchera erano adesso faccia a faccia.

In comune avevano molte più cose di quante ne apparissero (l'azzurro degli occhi, l'estremo candore della pelle), per come si sarebbero accorti parlando.

«Con chi ho l'onore di conferire?» domandò per prima cosa la sindaca.

L'uomo avrebbe potuto dire solamente il suo nome, senza specificare il grado, ma non si sarebbe spiegata l'occupazione indebita della stanza del comandante, per cui: «Generale Alberti» rispose.

«Agata Lipari» disse allora lei.

«Avrebbe la pazienza di spiegarmi cosa sta succedendo?»

«Sarò concisa.»

Bella era, bellissima, un piacere per gli occhi, tanto che il generale: «No, la prego. Esponga con calma, nei dettagli» e si appoggiò alla spalliera per disporsi all'ascolto.

E cuntò, la Tabbacchera, cuntò.

E incantò con l'armonia della voce, l'esattezza dei termini, la proprietà di sintesi, la genuinità delle emozioni, la logica delle premesse subito seguita dalla logica delle conclusioni in un discorso che brillava per coerenza.

Raccontò di come la ragazza fosse giunta in casa loro, di come don Bruno avesse trovato la creatura che lei aveva partorito – da sola, in mezzo alla neve – e poi adagiato nei pressi di casa sua, affrettandosi a precisare che la mamma aveva lasciato la bimba non appena aveva visto il sacerdote, sicura dunque del fatto che sarebbe stata soccorsa, raccontò dei suoi genitori morti quand'era ancora piccola, dei tutori che non si erano comportati come umanità richiede.

Ogni tanto lui la interrompeva per riassumere la situazione, ogni tanto chiedeva di precisare qualcosa, ogni tanto la pregava di tornare indietro. Ma non perché fosse stata confusa o imprecisa o superficiale o imperfetta, no, solo per il piacere di ascoltarla ancora.

Oltre la porta, intanto, erano sopravvenuti i rinforzi: la terrorista era stata chiusa in uno stanzino, il capitano aveva messo sotto torchio Scianna e Motta – altro che macellaro, altro che Spatafora!, come aveva detto Confidenza – e chiedeva nei dettagli la storia, tutta, precisamente tutta, e voleva sapere il perché e il percome, il quando e il dove, il come mai, il fino a che punto pensavate di violare la legge.

E Toni, pacato, spiegava.

Motta, dopo aver dichiarato quello che sapeva, s'era messo a guardare Patuzzu: pareva fatto d'una sostanza diversa da quella degli altri esseri umani, quel cane. Fissandolo aveva iniziato a pensare a quei purtusi nel velo che separa il mondo dei vivi da quello dei morti, e che permettono ai vivi e ai morti di mettersi in comunicazione. Allora ricordò il Tabbacchere che strizzava le palle del villico e rise, e di nuovo giurò a Costanzo che la Saracina, per mano sua, sarebbe diventata ancora più bella, e che l'avrebbe trattata con lo stesso amore che aveva avuto lui per lei quando ancora era vivo. Ma che aria accupusa c'era in quella caserma. "Aprite le finestre!" avrebbe voluto dire, e invece stava muto, lì, a considerare quei purtusi nel velo tra vita e morte, e guardava il canuzzo che gli restituiva uguale guardata meditativa, lui che pareva vedere lontanissimo, nel tempo ultimo in cui le cose sarebbero state come destino voleva che fossero.

Insomma, la caserma ronzava come fosse un enorme alveare, piena com'era di brusii, voci, colpi di tosse, qualche risata, squilli di cellulari, squilli di telefono, la sirena d'un'ambulanza in corsa verso il vicino ospedale che ogni tanto rompeva la quiete della strada.

Nella stanza dove generale e Tabbacchera parlavano, però, non si sentiva volare mosca: insonorizzate erano le pareti, per come un vecchio comandante anni prima aveva preteso che fosse.

«E questo è quanto» concluse Agata.

Il generale sorrise, scosse la testa: «Terramarina...» disse. «Non è che mi sia poi così chiara. È una terra? Un'isola? Un'invenzione? Cos'è di preciso?»

«Domanda difficile» mormorò Agata.

«Se ne sarà fatta un'idea.»

«Credo sia il sogno di ognuno di noi, il nostro più grande desiderio.»

«Dunque non esiste?»

«Esiste nella stessa misura in cui esistono i sogni, e la nostra volontà nel perseguirli.»

«Un po' come l'Itaca di Kavafis?»

Agata sorrise: «Itaca è il viaggio».

«Già» disse. «*E devi augurarti che la strada sia lunga, fertile in avventure e in esperienze.*»

«*Sempre devi avere in mente Itaca*» continuò lei. «*Raggiungerla sia il pensiero costante.*»

«*Soprattutto, non affrettare il viaggio...*»

«*Fa che duri a lungo, per anni, e che da vecchio metta piede sull'isola, tu, ricco dei tesori accumulati per strada...*»

«*Itaca ti ha dato il bel viaggio, senza di lei mai ti saresti messo sulla strada...*» Poi: «Dunque Terramarina è Itaca?» domandò.

«Anche» rispose lei.

Andrea Locatelli giunse in città più tardi di quanto aveva previsto. Trovò parcheggio non proprio nei pressi della caserma e dovette percorrere a piedi un lungo pezzo di strada.

Era tranquillo: il biglietto con la dichiarazione del custode in tasca, e la disponibilità di quest'ultimo a ritrattare in sede di processo quanto aveva dichiarato gli davano la giusta dose di ottimismo per sapere che le cose sarebbero andate bene.

«E con questo» concluse Agata «credo d'aver esaurito gli argomenti di conversazione.»

«Non ancora» lui però disse.

Lo guardò un poco preoccupata: «Cos'altro ci sarebbe?».

«Quel vostro motto... Ha camminato per tutta l'Italia, e anche oltre, sa?»

«Cambiare il mondo a colpi di poesia?» domandò sorpresa.

Sorrise: «Sì, e anche quella vostra parola...».

«L'amurusanza?»

«Quella.»

Scosse la testa incredula, Agata Lipari: «Ma no, se n'è parlato qui da noi, in Sicilia, generale. Per il resto...».

«Anche altrove, signora Tabbacchera.»

Avvampò: «Scusi, come fa a sapere che mi chiamano così?».

«Non è lei Agata la Tabbacchera?»

«Io, sì... Chi gliel'ha detto?»

«Mi giunse all'orecchio, lì a Roma dove vivo, la storia d'una cricca tabbacchera che voleva cambiare il mondo a colpi di poesia e, in parte, ci riuscì.»

«E come fu che vi venne all'orecchio giusto questa storia, generale?» disse passando al più confidenziale voi.

Il generale restò come in bilico tra verità e giusta riservatezza, poi, visto che non c'era alcun carabiniere che stava redigendo verbale: «Conosco una signora, a Roma» confidò, «una che parla di Tabbacchere e pure di Sparviere... Ogni tanto ci capita di prendere un caffè assieme».

Sorrise, Agata, piena d'amurusanza: «Me la saluti» mormorò. «Le dica che l'aspettiamo, che ne abbiamo ancora tante di storie da cuntarle.»

Locatelli freme.

Freme Motta.

Di più freme Scianna che, fraternamente (ormai) amandola, teme per la sindaca in camera caritatis con quel tipo che... Ma non è che se ne approfitta?

Freme il capitano che non capisce cosa stia succedendo oltre la porta chiusa.

La ragazza è l'unica tranquilla. Chiusa nello stanzino: "*A Terramarina vado abitando, quando non sono sveglia e neppure dormo*" canticchia con la voce di sua madre.

E il Tempo si siede.

È un bambino scalzo che le si accoccola accanto e con la sabbia di Terramarina comincia a giocare.

Finalmente la porta si apre e la Tabbacchera esce.

Il generale convoca Locatelli, che subito s'è fatto avanti. Acquisisce la dichiarazione del custode, si confronta col maresciallo riguardo all'accaduto e conviene con lui la procedura da seguire. Poi ascolta e fa mettere a verbale le dichiarazioni degli altri.

Il più infervorato è don Bruno, che sta dicendo d'aver preso la bambina subito dopo che sua madre l'aveva lasciata, lo poteva giurare sull'ostia sacra: Lori mai avrebbe abbandonato la bambina in bocca ai canazzi. «Per davvero, signor generale, mai.»

Quindi, riuniti i protagonisti della vicenda, compresa naturalmente Lori: «C'è però da risolvere la questione della minore età della ragazza».

Tacciono tutti.

"Ecco, qua siamo" trema Sarino.

"E ora chi ci cuntamu?" si domanda Scianna. Lo sa che la legge considera i minori incapaci, pure se sono spertissimi, perciò li attacca al guinzaglio dei genitori o di chi per loro, sa pure che una minorenne non è che si può tenere una figlia che...

«Di quale minore parlate?» domanda il capitano perplesso.

«Di Loredana Delle Rose» dice il generale.

Quello, che nel frattempo aveva richiesto l'anagrafica della ragazza: «No, dice. Nessuna minore età, guardi».

Il generale prende il foglio e ad alta voce legge: «"Loredana Delle Rose, nata a Salemi, provincia di Trapani, il 24 dicembre del 1980"». Solleva gli occhi e guardando Agata:

«Siamo nel 1998 e se la matematica non è un'opinione Delle Rose Loredana ha compiuto diciotto anni due giorni fa».

S'impietrano. Tutti s'impietrano. Loredana Delle Rose per prima, ché nessuno meglio di lei sa ch'è nata il 24 dicembre del 1982. Ma muta, zitta e muta sta.

Si guardano: "Muti, zitti e muti" si dicono con gli occhi. "Sbaglio c'è, ma teniamocelo per noi, per favore."

Muti, zitti e muti.

Sarino alza gli occhi verso la mensola su cui, gambe spenzolanti nel vuoto, è seduto Costanzo.

Lo guarda e capisce: "Le carte false, Tabbacchere, alla fine le facisti tu" pensa.

Costanzo ride: "Ma tutto il resto l'avete fatto voi".

31

E vi pare a voi che la storia finisce così? Con un *Te Deum* – come don Bruno pretese – una messa, lazzi, mazzi e frizzi vari, e tutti vissero felici e contenti?

Vi pare a voi che ci può essere lieto fine come in una qualunque favoletta di Natale col bello che vince il brutto, il buono che appizza il cattivo al chiovo, i poveri che diventano ricchi, le stragiste che risultano innocenti (come a breve un giudice sentenzierà), il gioco delle tre carte per cui una minorenne diventa maggiorenne, un generale infinocchiato da una Tabbacchera sempre più buttana (per come i maligni dissero), una zoccola che si trasforma in madre di famiglia, un becco che diventa padre d'un bastardo, un frocio che non è frocio, un vìllico che si paparìa come fosse un re, un continentale che fotte in letto siculo, un parrino di strada che addiventa monsignore (così fu dopo che in Curia si seppe della bambina salvata), un cane che odora di Provvidenza, un purtuso che mette in comunicazione il mondo dei vivi con quello dei morti?

Vi pare a voi che questa storia finisce a tarallucci e vino?

32

Sono in macchina, il Rustico alla guida, Lori con Luce in braccio nel sedile accanto.

«Ce l'avete un posto, bedda figghia» dice Sarino pigliando voce di poesia, «dove vi piacerebbe passare un pezzo della vita vostra? Che so, un posto che pare un pezzo di paradiso?»

«Se lo trovassi quel posto, signor Motta, tutta la vita ci passerei.»

«Attonna cu 'stu signo' Motta! Quando ce la finisci di chiamarmi accussì, ché scarpazza vecchia mi fai sentire, manco buono a comandare al cane.»

«È che...»

«... che sono troppo vecchio per darmi del *tu*? A tuo nonno non glielo dasti il *tu*? "Signor nonno" lo chiamasti?»

Ride. Ridono.

«Sarino» lei dice. E storce la bocca: non ci riesce a permettersi la confidenza del *tu* con una persona anziana. «E se la chiamassi zio?»

Zio? Minchia, s'arruzzolò per le scale della contentezza quel cuore rustico che mai nessuno aveva chiamato così.

«Onorato sarei.»

«E allora sì» e, guardando la bambina: «Lui si chiama Sarino, gioia, ma noi lo chiamiamo zio».

E siccome la cosa è di un'enormità alla quale tutti e tre devono fare l'abitudine, si cuciono le bocche.

Oltre il finestrino cammina un panorama di muri a secco,

mandorli, carrubi, spalliere di rovi in mezzo ai quali, d'inverno, Lori coglierà gli asparagi che Franca cuocerà in frittate o sughetti da intingerci il pane lasciando il piatto immacolato, e d'estate le more per le granite, per le marmellate, la salvia selvatica, le erbe che Lisabetta le insegnerà a conoscere, trapassando in lei l'arte majara del sanare – per mezzo delle erbe – corpo e cuore, tagli visibili e strappi invisibili come quando, per esempio, un amore ti lascia portando con sé tutta la te che gli avevi donato.

Poi, oltrepassata una curva a gomito, eccola.

La Saracina si stende superba fino al mare. Al centro del terreno c'è una casa solida abbellita da un portico di colonnine slanciate, tutta bianca come il velo di una vergine, rigogliosa di fiori e alberi, profumata di gelsomini, incoronata dagli svolazzi di candide palombe. È un'antica masseria di famiglia che Costanzo il Tabbacchere aveva adornato come meglio gli era piaciuto piantandoci un seme dopo l'altro fino ad averne mandorleto e frutteto, pini a frangivento che cricchiano sotto il sole di questo gennaio che pare giugno.

La macchina si ferma davanti al cancello. Tossendo, Sarino scende per aprirlo. Tosse maledetta che lo tormenta e non gli dà pace, che lui cerca di tenersi in bocca per non infettare coi germi dell'influenza la carusa e la picciridda.

"Devi fare degli accertamenti, Sarino" gli ha detto Grimaldi prescrivendogli un caforo di analisi che lui non ha nessunissima intenzione di fare: con tutto il lavoro che c'è? Con Lori e Luce arrivate qui? Con la vita nuova che abbisogna solo di contentezza per riparare i danni di prima? Fu un colpo d'aria che diventò bronchite, dottore, fùttisi, siamo programmati per autoguarirci, qualche altro giorno e la tosse passa.

Franca ha sentito il cancello cigolare – "Bisogna passarci l'olio su quei cardini" –, i colpi di tosse adesso sovrastati dai colpi festosi del clacson. Corre fuori asciugandosi le mani nel grembiule.

Le vede: Lori è seduta al posto del passeggero, Luce in

braccio a lei. Ed è così contenta che non riesce a spingere un passo.

«Benvenute alla Saracina» solennemente dice Motta spalancando il cancello.

Lori scuote appena la testa e, con gli occhi fissi sulla visione magnifica: «Ci sono arrivata, mamma» mormora.

E si fa silenzio. Sarino smette di tossire, i cani d'abbaiare, gli uccelli di cinguettare, il trattore di macinare la terra, il contadino di zappare, la pompa d'irrigare... È come quando, al tocco dell'Ave, ogni occupazione smette, ogni voce tace e, col cappello in mano, si ringrazia Dio.

Dalla casa corsero fuori tutti: Tabbacchera, Locatelli, Violante e Toni, Lucietta, Ugo, Lisa... Tutti c'erano ad accoglierle, tutti a farsi casa di sentimento dentro la quale Loredana Delle Rose avrebbe abitato finché avesse voluto. Pure Giulio c'era, con madre e padre, e cuore ballariante in petto.

«Vieni, entra» diceva Franca vincendo la soggezione di lei, mentre Sarino correva ad aprire tutte le finestre per fare entrare il sole di quella mattina che con l'inverno non aveva niente a che spartire.

«Entra, entrate.»

Lori, con in braccio Luce, oltrepassa la soglia di questa casa magnifica. Stanze grandi, ariose, col soffitto alto e archi che introducono agli ambienti successivi. La prima è una sala con un tavolo lungo, di legno scuro, capace di accogliere non meno di venti persone, in fondo un camino in cui palpitano braci che diffondono tepore, davanti al camino due poltrone fiorate, quindi una credenza antica che contiene belle ceramiche di Caltagirone e di Santo Stefano di Camastra, sulla destra un pianoforte sul quale, un giorno, Luce eseguirà la sonata di Mozart che tanto piace ad Agata la Tabbacchera, poi un angolo con scrittoio e scaffali di libri. Da una porta sulla sinistra si accede alla cucina...

«Entra, entra...» Adesso è Sarino che guida, che trepido fa strada come se quella casa oggi fosse la sua, e le porta fino alla soffitta, la carusa con la picciridda, tre piani più su, da dove si vede il mare verso cui confluisce la tenuta.

«Entra, vieni, guarda...»

Entra, vede, guarda.

Stanze, e stanze, e un salire e scendere di scale che portano ad altri piani, le finestre aperte, le tende che svolazzano bianche, mobili antichi che Costanzo andava comprando presso rigattieri e mercatini dell'usato, faceva restaurare e portava lì, in quella casa che avrebbe voluto piena di figli e di nipoti, così come in effetti si prepara a essere, e se figli e nipoti non hanno il sangue suo che importa? La figliolanza non tiene conto di emoglobine e plasma, piuttosto di compartecipazione dell'anima, e quindi stiamo a posto.

«Fermi tutti» dice a un tratto Scianna. E tira fuori la macchina fotografica per fermare questo momento. «Mettetevi sulla scala» comanda.

Obbediscono.

Lori, con Luce al collo, è accanto a Sarino, che la cinge col braccio sinistro, mentre col destro abbraccia Franca e la stringe forte a sé. Nella foto, Sarino sta parlando all'orecchio di sua moglie, chissà che le sta dicendo. Lei, Franca, ride, gli occhi tutto uno sparpaglio di luce; Lori sorride, la bambina, dritta e con gli occhi aperti, guarda oltre l'obiettivo, dietro il fotografo, là dove c'è un Tabbacchere che ha sopra le spalle – uno da una parte, una dall'altra – un Patuzzu e una Laika a dimensione giocattolo, che insieme a lui si godono la scena.

33

E poi la tosse, Sarino, tutta questa tosse che a maledirla ormai non ce la fai, che si porta appresso un dolore alle ossa e una sbandata di capogiro per cui ormai lo capisci che è cosa che non passa, che non è scherzo di sigaretta fumata troppo a lungo che ha intartarato i polmoni.

Piuttosto – ma non lo sai – è frutto di quel veleno che giunge, a seconda di come tira il vento, dalle inabissate sostanze di Terratorta.

C'è la tosse che rimbomba per le stanze che furono del sole e ora lasciano all'ombra di possederle e tu aspetti e dici: "Ora smette, ora passa" e invece non smette, non passa.

E poi arriva tutto il resto, quel resto che in troppi conoscono, e perdere i capelli è una sciocchezza, in confronto, e perdere i denti pure.

A tutto c'è rimedio, la scienza chi la batte?

Natura, invece, si riprende natura, e i conti non quadrano, non tornano.

Lori s'aggira per le stanze in punta di piedi, per evitare il disturbo, e invece vorresti che cantasse, anche se ogni tono più alto del sussurro è ago che ti trapassa la mente.

"Canta" le dici. "Canta."

Non ti ubbidisce.

Nessuno più ti ubbidisce.

Nessuno più ti ubbidisce, vecchio che ripari i ricordi. Solo lei, Laika, ti si mette al fianco, e non hai bisogno di chiederle cosa deve fare. La strada per Terramarina è lunga, specialmente se la percorri a piedi. Ma fretta tu non ne hai.

"Vieni!" ti ha detto al telefono Lori. "Sono a Terramarina."

Ma era inverno fitto.

"In primavera" hai promesso.

In un lampo è giunta primavera, per cui: «Andiamo!» dici a Laika. E ti metti in cammino.

A piedi, sì, perché a Terramarina ci devi arrivare lentamente, devi mangiare l'erba che cresce sul ciglio della strada, devi camminare nella polvere che compone la mappa di Terramarina dentro di te, devi appoggiarti ai muri a secco a confine tra campi e rose, mandorli e orti, ti devi fermare, devi dormire, devi rimetterti in marcia.

A guidarti è la cagnola.

Con la mano sulla testa di lei, ripercorri i giorni con Filippo e Mina, infili un ricordo dopo l'altro, un passo dopo l'altro.

Percorri la costa che ti porta da un pizzo all'altro di Sicilia, per cui passi dal Duemari tirrenico al Duemari jonico, giungi a Messina ch'è notte e femminote in contrabbando di sale solcano con delfini e *dindin* il malo mare tra Scilla e Cariddi. Ti fermi, annusi l'odore di femmina che viene dalle femminote e ti ricordi del tempo in cui anche tu ardevi a quell'odore che ti metteva il pepe nel sangue. I ricordi aggallano come la cicirella in tempo di guerra – il minutame di pesce che campò il popolo pescatore –, delle femminote senti il tonfo del remo che batte l'acqua, dei delfini i guizzi che alzano spume che non vedi, e non solo perché è notte.

Volti le spalle a Cariddi e prendi a percorrere la costa da Messina in giù: a piedi, come un viandante qualunque e non come un uomo che ha appuntamento con la morte.

Gli appuntamenti non li rispetti da un pezzo, e dire che un tempo, quand'eri un Rustico che gli altri temevano per via di quei pugni che sfasciavano musi e denti, era quella, la puntualità, la virtù che ti riconoscevano. E puntuale passavi davanti alla casa di quella Franca Cortese vedova che non metteva in vendita la sua solitudine per concederla al santo che venisse a comprarsela. Seduta al tavolo da mastra custurera, metteva punto dopo punto su una tela che non finiva mai, ché questo è il mestiere delle sarte: cominciare un vestito e finirlo intanto che ne hanno incominciato un altro e un altro, e perciò non lo finiscono mai il lavoro del cucito e sempre stanno chine sul tavolo: il metro, il gesso per segnare la via dei punti, la forbice e il puntaspilli. La guardavi dalla finestra e lei lo sapeva di essere guardata e faceva conto di non vederti intanto che perfezionavi dentro di te l'altare che la conteneva e s'andava arricchendo, ogni giorno, d'un gesto, una parola, un fatto che si faceva reliquia per un amore da scimunirci: vent'anni?

Vent'anni, sissignore, l'aspettasti 'sta femmina che ora viene, si siede, ti porta il bicchiere alle labbra, t'imbocca, ti legge storie di terre favolose da mettere a confronto con questa Saracina, che ti entra minutamente nel corpo grazie ai quotidiani racconti di Lori.

Un viandante senza fretta, che spesso si ferma per respirare la brezza, che si perde tra i banchi di un mercato, stordito dall'odore del pesce freschissimo, dei ricci spaccati ed esposti su piatti larghi, e poi l'aglio e i peperoni, l'odore di creme solari che i turisti spandono, l'odore dell'alga marina che scende in lacci verdi dalle cassette posate sul ghiaccio, e poi le voci: chi vende calzette, chi sale, chi bandiere trapunte di stelle. Poi c'è quello che impuntura orli: la macchina da cucire in mezzo ai banchi di arance e finocchi, l'uomo di Calcutta s'è inventato il mestiere di sarto ambulante; l'accosti, gli chiedi nome e provenienza, lui mastica parole sufficienti a spiegarsi, ti dice di come in terra sua investiva in Borsa e di come, poi, la sorte l'ha portato qui, a esumare il mestiere di sua nonna e a ricucire gli strappi, a rifondare un patrimonio.

«Per rifare gli stessi sbagli?»

«Mai!» e spinge il piede sul pedale e tu senti il correre dell'ago che unisce ciò che prima era disunito, dando forma all'informità, circoscrivendo un discorso che altrimenti andrebbe avanti senza fine.

I viandanti hanno il privilegio della lentezza. Che si sfaccetta in cento altri privilegi, tra i più importanti quello di fermarsi a spartire il pane con chi non ha pane e non ha companatico: te lo chiami a lato, il miserabile, vi sedete dove c'è un poco di posto, tagli la pagnotta – «Mezza tu, mezza io» –, apri il cartoccio con le olive o le acciughe salate, o il pezzo di pecorino e: «Mangiamo» dici. In cambio chiedi cunti, storie: «Da che posto vieni? Come fu che capitasti qui?».

E mangiate e parlate e bevete vino, e l'altro ti cunta l'inaspettato, per esempio di come fu che il mondo si divise in terre e acque e lo spirito vi alitò sopra.

La tosse è bestia che ti allontana da qui. Guardi fuori dalla finestra, un tubicino nel naso ti regola l'aria, un tubicino nel braccio rompe i denti al dolore. Guardi la distesa di aranci che scende al mare. Pensi al Tabbacchere che perfezionò 'sta casa dei suoi nonni con un ardore degno di un martire, pensi al vecchio Occhi janchi, che avrebbe voluto distruggere questo paradiso, pensi che la vita è più furba delle vecchie volpi diaboliche che vogliono cambiare in oro la munnizza, pensi alla Tabbacchera che ha fatto sua la guerra per la pace e ora vive in ebbrezza di felicità, incinta di un figlio che è maschio e nascerà a settembre.

"A Terramarina ci vado vivendo intanto che sono vivo" si dice. "E poi si vede."

Franca ha sempre occhi tranquilli. Non la mostra la disperazione. La presenza della nnicuzza mitiga lo strazio.

Lori cammina con passo d'angelo. A Terramarina non si mastica solamente la gioia.

«Così è, figghia» le hai detto ieri. «Pure il meglio paradiso ha una bocca di fuoco. E però ridi, figghia, ridi, ché io ancora campo. Assai campo. Malandato e infilato in questo letto, ma campo. Statti contenta.»

Lei t'ha guardato, ha calato la testa come fanno le brave bambine quando ricevono un ordine al quale vorrebbero disubbidire e invece per amore – solo per amore – si confanno.

Laika cammina. Il pelo liscio sotto la mano.

"A Terramarina vado cantando quando ho un dolore che non mi dà scampo" così diceva Mina.

O forse è la voce di Lori che giunge a richiamo?

Cammini.

Ti fermi.

Un posto per riposare lo trovi.

Il cane ti si accuccia accanto, sul letto insieme a te. Il suo respiro, sempre leggerissimo, come di chi dorme con un occhio solo, si accorda col tuo, ugualmente leggero, che dormi a pelo di sonno, senza mai affondarci del tutto.

Il tempo è margherita spogliata.

Lori viene, trattiene la voce.

La riconosci dall'odore che ha nelle mani.

Fresche le mani sue. Te le posa sulla fronte, sulla bocca insieme a un cubetto di ghiaccio che leva l'arsura.

Non li apri gli occhi, le palpebre saracinesche di ferro che non sai sollevare.

Lei col ghiaccio ti disegna sulla bocca un cuore.

Se prima ti diceva: "Sbrigati a guarire", ora si limita a sospirare.

"È il tempo che ti modula." Lo pensi, e Laika ti lecca la mano.

Che senta i tuoi pensieri è verità antica, di cui ormai non ti sorprendi.

Sogni forbici che tagliano lacci, un bosco di lacci. Minchia, e quanti sono?

Nel sonno hai forza e vigore, prendi Luce sopra le spalle e la porti al galoppo su e giù per il portico. E se anche viene la tosse, nel sogno galoppi lo stesso.

34

Franca è entrata nella stanza portando con sé odore di basilico e menta, s'è vestita elegante come per andare a messa.

Si siede sul letto, in un sussurro gli dice: «Ti devo leggere una cosa».

Lui annuisce.

«Ascolta bene» mormora. «E poi dimmi se non pare scritta per noi.»

Di nuovo quel cenno che vuole dire sì.

Lei si schiarisce la voce, comincia:

L'amurusanza, cavaliere, fu quel vostro camminare
torno torno alle sponde del mio cuore
quel vostro essere assedio
irrispettosa passione
zucchero e mandarino ogni volta che vi parlavo
fumo e vento
a legarmi
quando provavo a scappare,
fu amurusanza
quel vostro bussare alle porte
di notte
impedendo il sonno
il vostro prendermi per mano e portarmi in questa terra
dove l'amore sboccia
sui rami seccati dall'inverno
e qui resta
come olio dentro una lampada
che mai muore.

«Non pare scritta per noi?»
Sorride, scuote piano la testa: «Io... Rustico fui...».
Gli si poggia sul petto: «Tu la gioia mia sei».

Vorrebbe parlarle, risponderle in poesia, e invece le parole gli restano murate in bocca, solo nel pensiero c'è una voce che le va snocciolando quelle parole che, un giorno, Franca troverà scritte in un libro, e le leggerà, e le sentirà sussurrate nell'orecchio come quando in sogno gli amanti si parlano:

Pane d'amurusanza siete, mia signora,
che sapete di me il cuore e la risata,
l'allegria che trapassa da qui a lì e vi fa Morgana che abbòla
a pelo di mare
e il mare canta
e cunta
e io vi sento
signora
e vi parlo per come la veglia e il sonno mi consentono
e qui sto
e da qui vi guardo
e qui le mani mie scrivono il mio amore per voi
sopra ogni centimetro della vostra pelle,
e ombra mi faccio d'ogni vostro passo
e vi bacio e vi ribacio
e vi tengo le mani annodate alle mie.

35

La cassa la portano in spalla Toni Scianna, Roberto Mancuso, Carmine Acquaforte, Ugo Calcaterra.

Grimaldi è dietro. Al suo braccio Franca Cortese. Che cammina come una bambola a cui hanno dato la corda. Si muovono le gambe. Il cuore batte, certo. I polmoni pompano aria. Il sangue circola per le vene, ma lei non c'è. S'è rifugiata dentro la foto del giorno in cui Lori e Luce giunsero alla Saracina e suo marito quasi impazzì di gioia. E lì se ne sta, abbracciata stretta a suo marito che nell'orecchio le dice: "Ricordami di ringraziarla a ogni momento che vado campando, la vita".

A seguire ci sono Luisa, Giulio, Lori, la Tabbacchera e Andrea. Poi Violante, Lisabetta e Lucietta.

Nell'aria un frastorno di cicale. Per il resto, silenzio. Ché a nessuno esce la voce.

All'improvviso un grido: «Giona!».

Giona sussulta. Di Terramarina ha sentito l'odore, il mare e le zagare e i gelsomini, pure il tanfo di medicina, pure l'odore che fanno le lacrime piante e quelle che non si riesce a piangere.

È arrivato.

È fermo davanti alla cassa. La mano posata sulla testa del cane.

La Saracina sfavilla. Mai stata così bella.

Giona sente il lutto, sente il dolore.

Riconosce la voce del piemontese.
Fa un passo di lato, si scosta.
Gli uomini poggiano la cassa sul carro funebre, tolgono il coperchio per l'ultimo saluto.
«Ciao, Sarino» mormora Franca.
Chiudono la cassa.
Giona si mette accanto a Lori.
Luce sorride a un uomo che le sta carezzando il viso: uno identico a quel Sarino che dorme nella cassa.
«Possibile, sei davvero tu?» chiede Lori sbalordita.
Sarino la guarda: "Gioia mia, tutto è possibile" le dice.
Lo vede accostarsi a Franca, che sta ritta davanti alla bara, e passarle un braccio intorno alla vita.
Franca sente il braccio, sente il sussurro sul collo, la voce che le sta dicendo: "A Terramarina non si muore mai, amore mio".
Don Bruno scuote la campanella: «Tardu si fici...» mormora.
Ha gli occhi gonfi, mai avrebbe pensato di piangerlo così quel Rustico che un tempo avrebbe strozzato. Mai. E si riserva con lui un colloquio in sogno, come ogni tanto fa con sua madre.

Sarino Motta si gira a guardare Lori, le scaccia l'occhio.
Lei impercettibilmente sorride.
Laika abbaia. A saluto abbaia.
Sarino Motta china la testa a ringrazio.
Il feretro parte.
Tutte le campane cominciano a scampanare.

E la vita ride.
E la vita canta.

Ringraziamenti

Ringrazio Linda Fava e Massimiliano Catoni, compagni magnifici, magnifici nocchieri nel viaggio per Terramarina.

Mondadori Libri S.p.A.

Questo volume è stato stampato
presso ELCOGRAF S.p.A.
Stabilimento - Cles (TN)

Stampato in Italia - Printed in Italy